王小洋
——
著

做平行宇宙里最勇敢的自己

江苏凤凰文艺出版社
JIANGSU PHOENIX LITERATURE AND
ART PUBLISHING, LTD

图书在版编目（ＣＩＰ）数据

做平行宇宙里最勇敢的自己 / 王小洋著 . -- 南京：江苏凤凰文艺
出版社，2017.10

ISBN 978-7-5594-1049-8

Ⅰ．①做… Ⅱ．①王… Ⅲ．①随笔－作品集－中国－当代
Ⅳ．① I267.1

中国版本图书馆 CIP 数据核字（2017）第218078号

书　　　　名	做平行宇宙里最勇敢的自己
作　　　　者	王小洋
出 版 统 筹	黄小初　　沈浛颖
选 题 策 划	鲤伴文化
责 任 编 辑	姚　　丽
特 约 编 辑	蒋　　慧
责 任 监 制	刘　　巍　　江伟明
封 面 设 计	荆棘设计
出 版 发 行	江苏凤凰文艺出版社
出版社地址	南京市中央路165号，邮编：210009
出版社网址	http://www.jswenyi.com
印　　　　刷	北京中科印刷有限公司
开　　　　本	880mm*1230mm　　1/32
字　　　　数	150千字
印　　　　张	9
版　　　　次	2017年11月第1版，2017年11月第1次印刷
标 准 书 号	ISBN 978-7-5594-1049-8
定　　　　价	38.00元

影视版权抢订热线　010-57194853

江苏凤凰文艺出版图书凡印制、装订错误可随时向承印刷厂调换

▲曾经我无奈地想，会不会在平行宇宙的某一个地方，还有另一个我，做着我不敢做的事，过着我想要的生活。直到有一天，我突然按下了人生的 Reset 键。没错，如果真有那么一个人，我希望那个人就是我。

▲感谢"好妹妹"，感谢那些年轻岁月里美好的相遇。

也许 我们都是一样

像支帆 看不见未来的彼岸

有时脆弱 偶尔撑着一般

明天的太阳 照着倔强的平凡

种下的太阳 总会如梦般绚烂

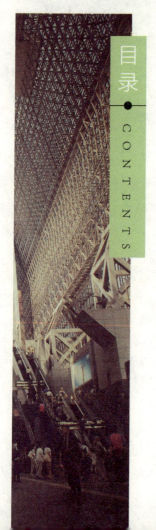

目录

CONTENTS

第Ⅲ部分 在喧嚣世界的另一边画着画

永远的少年

王小洋是一个魔法师，他的漫画、歌曲、文字，都能给人注入一种安定的力量。

我记得第一次看到他的漫画时正值高三，开始考虑应该去哪儿上大学，学些什么了，对未来满怀憧憬。那时在杂志上看到了《机器妈妈》，看到热泪盈眶，觉得原来画漫画可以给人带来那么多感动和力量，对这位小胖子作者也充满了好奇，上网搜罗他所有的作品，越看越着迷。于是心一横，就从重庆考到了遥远的长春，王小洋家所在的地方。那时我听说他是吉林艺术学院的学生，我就报考了吉林艺术学院动画学院的漫画专业，觉得在一个学校的话一定能见到并认识这位心中的偶像学长。结果到了才发现动画学院和艺术学院本院离得十万八千里，后来还成为了独立学院，我连他的学弟都算不上了。最惨的是，我去上大学那年，他刚好毕业离开长春。

我们在长春就这样擦身而过，无缘相识。那会儿还流行写博客，我经常半夜看王小洋的博客，他会经常分享作品和生活，他在外闯荡的小故事。那些文字和图像，激励着我也陪伴着我度过了大学时光。

后来的故事，在这本书里也有讲到了，我们的相遇，我们彼此熟悉起来，我们在一起喝酒玩耍，一起唱歌，如何成为音乐人。有些细节在我脑海中都已经模糊了，可他却还能清晰地描述出来，那时候谁在什么地方说了怎样的话，记忆力异常好啊。

很惊讶也很感谢你还能记得那些片段，让我也想起了很多美妙的时刻。最近两年自己有些懈怠，不太有年少时候的冲劲儿了，但想起那些时候，我们对音乐对生活有那么大的热情，我真有些惭愧。人如果想保持年轻，应该就是需要一直保持年少的热情吧。

前两天和王小洋一起在咖啡馆玩，我们还是第一次在一起画画，他拿出随身带的小手办，有李小龙，还有月野兔，街头霸王。我们把这些小家伙摆在桌上，吃着橘子，一边画画一边有一搭没一搭聊着天。我知道他一直都没变，还像个小孩一样热情，纯粹，温柔，令人安心。

你我都曾是少年，但王小洋这个人，不管过去了多久都还是少年，现在是少年，未来也是少年。充满魔法的胖少年！

好妹妹 浪客秦昊
2017 年 7 月 30 日星期日
于北京 17cafe

第 I 部分

DI YI BU FEN

我是茫茫宇宙间
的一粒尘埃

那些年，我是一只掉队的蚂蚁

我从小就不喜欢站在队伍里，觉得特傻。

是的，这归结于我不喜欢集体，因为总觉得在集体中会失去自己，于是我早早就开始了这场保卫自己的持久战。

据妈妈说我小时候最不爱上幼儿园。我现在还能记起在幼儿园门口大哭的痛快感觉，那种歇斯底里的哭能驱走绝望，于是我边哭边逃跑，但又被妈妈哭着活捉回来。是的，妈妈每次也都会哭，并且边哭边喊：别逃了，上班又要迟到了，这个月奖金又没了！

读初一的时候，我第一次尝试逃学，是在一个黑色星期一的早晨，与其说是逃学不如说是逃离一种绝望。那天我逃到儿童公园，周一早晨的游乐场一个人都没有，我一下子就跳进一个全是塑料球的娱乐设施，在里面撒欢"游泳"。游了一会儿，一个戴着工作牌的老太太跑过来，气势汹汹地对我说："补票！"我说我没钱，她说没钱我就把你的书包扣了！我感到绝望了，只能偷偷跑回家取钱。等我又回到游乐场的时候，老太太说："我翻了你的书包，发现你的语文考试得了92分，看来是个好学生，奶奶决定不收你钱了！对了，你是逃学来的吗？"我拿回书包就跑了，就这样开始了往后漫长且愉快的逃学生涯。

初中逃学一个月，高中更是逃学一学期。因为那时候我太年轻气盛了，特别想在外面奔跑，完全受不了整天被憋在一个立方体里。有一次我再次绝望地逃出教室，疯狂地骑自行车骑到市郊的一座小山边。我爬到半山腰，俯瞰一片矮树丛，视野里空无一人，于是平时羞涩的我终于可以放飞自己，我歇斯底里大喊起来："啊啊啊啊啊啊啊啊啊——"这时，矮树丛里突然站起来好多工作的人，原来他们之前都在蹲着修剪树丛。我疯狂地逃跑了。

那个年纪总是懒得去想那么遥远的未来，管它呢！老师总是忧心忡忡地对我说："这样下去，你以后怎么办？！"可事实证明，现在就是当时的以后啊，不是挺好吗？哈哈。哼——

当时班里还有另外一个逃学大王，是个暗恋我的女生，她是被三毛影响太深，总想流浪。于是我们俩偶尔会一起不上课，陶醉在流浪里。

有一次我们跑到一个小公园，她坐在树下看小说，我坐在地上画画，她说："你看，那边有个老爷爷在写生！"于是我们兴致勃勃地跑过去观看，发现原来是个老头在大便，他手里拿着的"写生本"原来是一团卫生纸。

我觉得这个世界最不公平的事就是让每个不一样的人总要参加如此公平的考试。

那个和我一起逃学的女生竟然很擅长考试，就算流着浪也能把名次考到前面去。而我就惨了，有一次期末考试我考了倒数第二，但值得安慰的是没有考成倒数第一。倒数第一每次都是同一个人，他学习特别认真刻苦，害得我总想劝告他：别继续了，这条路真的不适合你！你肯定有自己的路，但绝不是这一条……但他还是没放弃，最后终于在毕业前考了一次倒数第二。

而那时候我已经离开学校到北京当北漂去了，没错，那次倒数第一就是我。

后来在掉队的路上我又遇见许多人。掉个队又有什么呢，那只是一条大多数人走的路，并不是每个人必须要走的路。尽管有时在队外的人会多多少少伴着不安，怕自己跑偏得太远再也回不来，就像很多人都在努力证明着自己的与众不同，但当发现自己真的与众不同的时候，又想努力变得和大家一样。

人就是这样矛盾的生物。

多年后那个总和我一起逃学的那个女生结了婚，新郎当然不是我，因为我不只在学生生涯掉了队，在结婚生子的这条路上也主动脱了队。她终归回到了大队伍里，变成妻子，变成母亲，找到安心。

而我，还在一直掉着队，做着一个自由的流浪汉，因为那才是我的安心。

大大的北京和小小的我

最新一场弹唱会的日期已经定下来了，2013年3月30日，我却想不出主题（总觉得一次专场演出总要有个主题才对得起观众），我说不如唱电视剧主题歌专场吧？好朋友卷卷说：你认为会有几个人来听？

那时候我正在送卷卷去火车站的路上，他刚在北京批发了一大堆衣服要回长春去卖。继卷卷完成了他为期半年的华丽的"沈阳挥霍青春之旅"后，如今又完成了他的第二个梦：开一间属于自己的小服装店！在我尚没有经纪人的日子里，卷卷说他可以临时充当这个角色，比如帮我接洽一下演出，或者在现场帮点什么，而最够意思的是他说会赞助我一年的演出服，而最最让我感动的是他承诺这些衣服不是在动物园进的！

"那我就放心了！"我说，"那今年一定要多演几场！哈哈哈！"

和卷卷在进站口告别后，我转过身，身后的大钟敲了7声，然后响起《东方红》的音乐。站前的景象和我七年前刚来北京时没太大差别，也是这个季节，连风里的味道都一样。

2006年，我的"北京梦"开始的那一年。

那个傍晚，我沿街一直走到雅宝路，那年刚来北京时的住处，当时还借宿在姐姐的公司，如今姐姐早已离开北京，而公司还在不在已无从知晓，那栋大楼也已经重新粉刷，变成了另作他用的建筑。

那晚我走过北京车水马龙的街，依旧背着双肩包，穿着简单的运动鞋，时而累了便会在路旁坐一会儿，然后许多车卷着一阵飞扬的尘土从我面前飞驰而过。

初离家时，我脑海里总有个画面会以为自己以后会"飞得更高"，其实说得俗气一点儿就是"飞黄腾达"！就像很多青春电影一样，主人公最后总是"人品大爆发"，开着豪车，进出高档写字楼，结识各种叱咤风云的上流人士，做着各种改变时代的大事情，还有一份像电影里那样的爱情……哦，太美妙了！我总以为时间会把这些慢慢地一一送到我面前……而结果是，这么多年过去了，我依旧骑着自行车在破旧的胡同里穿行，能不打车就不打车，我走在商场里依旧会觉得很多东西很贵，吃东西也依旧偏爱特价套餐……这几年我出了不少书，但没有实现我的"人品大爆发"，却赶上了"网络大爆炸"，好多人对我说"亲，这年头儿谁还买书？"我想也许我早生个二十年，赶上"文化大爆发"那个时代，境况可能会比现在好得多。那个时代的确出了不少厉害的文学家，而且销量都是过百万的，许多影响至今，不像我们这一代只有韩寒和郭敬明，虽然我很喜欢他们，但随着阅历的增长，我越来越搞不懂郭敬明了，反而开始懂韩寒了，他俩一个梦幻一个现实，我却越来越明白后者了。至于爱情呢，刚结束了很糟糕的一段，并且以后都不想再对爱情抱什么幻想了。如果说搬家会让我丢半条命进去，那谈恋爱绝对会让我丢掉另外的半条命，最后就剩下一口气，苟延残喘的，好几回都差点死了。卷卷说这一切都归结于我现在住处的问题，我当时住在北三环的一户老民房里，我房间的门正对着厕所，他说："不招烂桃花才怪！"不过还好我就快搬家了，又要开始飘飘荡荡，一如从前，而现在最主要做的就是努力恢复一些生命值。

其实有时会觉得七年的时间也没什么，可是看看现在流行的选秀节目，许多7年前十几二十岁的老面孔如今都变成了大龄参赛者，并且许多都在比赛里发出最后的誓言："这是今生的最后一博！"

难免不让人感叹，青春好短呢，也就不过那么几年啊！

当时先后来京的同学如今都先后离了京，有几个结了婚，还有几个离了婚。听说和我同一年来北京的屯屯找到了一份很让人倾羡的爱情，但几个月前又听说还是分手了，有人说他病了，如今瘦得厉害，父亲也在他离家的第3年辞世了，离开的时候他正在匆忙赶回去的飞机上……从前爱讲冷笑话的毛毛依旧爱讲话，不过变成了讲大话，不是和我们吹牛，就是讲他的工作，几十万几百万的，我和卷卷后来只见过他一次，那晚只聊了没多久就匆忙和他告别了，犹如逃离坏空气，我们已在不同的世界。

再也回不去了，七年前一起在潘家园的小房子里笑得没心没肺的日子。

毕哥算是我朋友里发展最好的了，他在几年前终于告别打工仔的生活自己开了公司，但他并没有如我想象变成电影里那种气派的大老板，虽然他的公司开在电影里那种气派的写字楼。他依旧过着苦逼的生活，因为他说大部分精力都要与那些许多的"有关部门"周旋来周旋去，搞得他无法专心工作，身心俱疲。他说他虽然恨死那些吸血鬼，却又得戴上陪笑的面具，因为下面还有许多人要靠他吃饭。"如果有一天那些混蛋把老子逼急了，我就……"我们都不想看到某一天新闻软件会推送出这样一条消息："今日，某男子持刀……"

……

如今混乱的社会新闻已经足够多了。

我有时会问："是社会变了，还是我变了？"

然后有人告诉我，是社会变了；还有人告诉我：你也变了。

七年，真的变了许多，许多的事情都已揭晓，许多的未知都有了答案。有过的，失去的，错过的，达不到的。惟独不变的，只是我还像一只小蚂蚁一样，穿梭在这座偌大的城市。从这点上看来，又似乎什么都没变。

那天晚上我终于知道接下来的弹唱会要唱什么了。

几天后鼓楼的街头贴起许多"《大北京 & 小身影》- 王小熊猫·北京弹唱会"的海报。其实是我自己贴的，哈哈哈！当然主办方也有帮忙贴。

那些天"好妹妹"正在录制第二张唱片《南北》，于是小厚整天不在家。我叫来吉他手麦丽素天儿在家排练，在演出当天下午最后一次的排练里，天儿把新处的对象带来了，他总是把第一次神圣的见面选在我家，想必是让对象看到我们的排练，晚上再一同看我们演出，看到天儿弹吉他时的英姿飒爽，兴许就能爱他爱得更死心塌地。但我忘了告诉他我的房子风水不好，我的门正对着厕所，所以……天儿上次的恋爱也是在我家发生的，他把从外地来看他的对象带到我家来排练，晚上看了场我们的演出，接着他们度过了幸福的第2天、第3天，然后第4天就分了。而我只能默默祈祷这次不要分得那么快……

弹唱会的当晚几个女孩子早早到了，带着神秘的笑，自发地在布置场地，每个人都不陌生，几乎每回演出会都能看见的几个女孩子。

小小的蓝溪酒吧挤满了人，我又紧张得黯然发抖，还好有麦丽素天儿帮我弹吉他，有他的部分都表现得很完整，轮到我自己弹的部分都因为手指头不听使唤而磕磕绊绊，还有一首歌突然忘了怎么弹，唱到一半就停下了，还好貌似没人发现，因为我每次出错时都会卖个萌，可能大家都习惯了，以为我只是在卖萌。

今天除了唱自己的歌还翻唱了不少别人的歌，有汪峰的、许巍的，都是第一次尝试。我刚来北京的时候就在听他们的歌，总觉得他们的歌就像老北京旧旧的灰城墙，布满沧桑。

我还唱了特别挑选的《我想有个家》，这首歌特别符合这些年我在北京的心情，可能也是每个北漂的心情吧。

这些年不只一个朋友曾对我说，当他终于攒够了首付后发现房子又涨价了，于是只能继续攒钱，却发现永远也追不上房价了；当然，更多的朋友是连首付都望尘莫及的。

在这个时代，房价不得不说是一场灾难，淹没了许多年轻的梦。

"不是每个人都应该有一栋属于自己的房子吗？这不是最基本的吗？因为只有这样，大家才可以放心地去做自己喜欢的事，追逐自己的梦啊！"我常常发出这样的感慨，是因为我看到身边无数的人整日都在为了一套房子卖命，他们早就把梦不知丢到何处了，或者说，他们现在只剩下一个梦了，就是"房子"。

小时候我总抱怨如今生活的时代太平凡了，不像爸爸妈妈爷爷奶奶的时代那么波澜起伏，可慢慢的，这个时代也满是惊涛骇浪了。仿佛一夜之间，所有的事情都开始围绕着房子，到处"拆那""拆那"，超级有钱人开始疯狂圈地盖楼，一般有钱人开始疯狂买房囤房，而大多数人因为一辈子（或者几辈子）也买不起房子而失去了生活目标，还有少数人走向了极端……

说起来，我曾用实际行动抗议过房价离谱的怪现象，就是在即便能买得起房时也不买房，要和坏现象战斗到底。但代价就是几年里我花着昂贵的房租，同时被房东赶来赶去到处流浪，浪漫和自尊在奔波中不停消耗，手里的钱变得越来越不值钱，而房价依旧疯涨，我的抗争就像一只飞蛾妄图用翅膀扑灭漫山大火，结果只是淹没了自己……谁也无法和大时代抗衡。

高房价还衍生出了高房租。这次弹唱会结束后我就要搬家了，室友们也要开始寻觅新的住处了，我们即将要告别这栋挤了五个人的房子。室友舜这些天开始了找房之旅，每个晚上都灰头土脸地回来，如今做着电视台编导的他说以他的年龄（"90后"）在北京有这样的收入（六七千！）已经算不错了，但他实在不能接受往后每个月要把一半的收入用来交房租！然后我们不得不担心起那些收入普通或者更低的年轻人，他们该怎么生存呢？（请原谅我这里用了"生存"，实在没办法用"生活"……）

于是这时候一定会有人说，既然如此，为什么还要留在北京挣扎？回老家得了！可是能这样说的人，他们一定不懂……选择留下的人，心里那个"北京梦"。

这座城市，对于很多人，就是一座舞台，他们情愿在台上演着自己小小的角色流泪流汗，也不要在台下麻木地半躺在舒服的椅子里半睡半醒。这是他们的决心，只有梦相似的人才会懂。

毕哥说上一代的北漂要好过现在的北漂，在2008年以前房租还没贵得离谱的时候，每个月只用拿出一部分收入来租房，再攒下一半，剩下的钱还可以用来提高生活品质。不像现在的北漂，大多只能住在用假墙隔出来的小屋子里，或是一大群屌丝挤在一个出租屋里，过着"蚁族"的生活。

"时代退步了！"毕哥愤愤地说。

我不免总想起小时候许多歌里唱的，"我们是跨世纪的新一代"，是"祖国的花朵"，或许那时谁也不会想到未来的花朵们会遭遇这样的困境。可能在多年以后，再回头看这些年，会发现这是个如此疯狂的时代，而身在这个时代的我们，谁都无可奈何，只能默默祈祷新时代的到来。

于是我只能唱着《我想有个家》：

"我想要有个家，一个不需要华丽的地方，在我疲倦的时候，我会想到它；

我想要有个家，一个不需要多大的地方，在我受惊吓的时候，我才不会害怕……"

弹唱会几近尾声的时候，先前布置会场的几个女孩子在大屏幕上播映了她们特别制作的短片，一个迟到的生日祝福，我也才明白了她们此前神秘之笑的含义。

几天前的生日前日我正在录音棚，听"小娟和山谷里的居民"在大玻璃的另一边唱着歌，我要等他们录完音，才能进入自己部分的录制（《那年的愿望》的口琴部分），于是就那样一直等着，等了7个小时。我踱步到走廊上，趴在窗口许了个愿，这是每个生日来临时都要做的事。那晚的月亮很孤独，有点像我的心情。就在前一个晚上，我回到家时，衣柜里的衣服少了一半，许多熟悉的东西不见了，你真的走了，我又变回一个人，持续半年的同居生活画下句号。出租房里的5个人变成4个人，然后一个月后我也要搬走了，大家都要搬走了，我不会再记起这里，也不想再回到这里，这里将成为一个回忆的禁区。

回到录音棚，所有人依旧忙碌着，桌上零散摆放着茶点和小蛋糕，我随便吃掉一块，算是让这个生日草草了事。

只有小厚一直记得我的生日，于是他让所有人都知道了。凌晨3点，工作结束后，西三环的一间火锅店里，秦昊和黄老大弹着尤克里里为我唱着生日歌。记忆里，这不知是不是第一次被许多人庆祝生日，好怕被簇拥的感觉啊！怕眼睛会湿。

生日短片里一张张播放着我从前的照片，制作视频的女孩子 TUZ 在台上哭了，后来听说 J 也在那时哭了。程诚一说他当时正转过头对 J 说："看，台上那个女孩哭了！"却看见 J 也在泪流满面，吓了他一跳。

在我转头的时候，视频刚好定格在一张我2006年刚来北京时的照片上。

到现在刚好七年。

七年里，许多人来来去去，相聚别离，最后我还是一个人在这座大城市里走着走着，聚光灯忽明忽暗，有时照着我，有时照着别人，就像夜晚长安街上沿路的霓虹。

太珺的旅程

好朋友岳峰来北京看摇滚音乐节，约好临走前一天来我家做客，结果那天我一直等到晚上他也没来，他的电话还很神秘地关机了。估计……哈哈……我懂。很邪恶地想。

家里因为一场失约突然显得有些空寂，我抚摸着这个家熟悉的墙壁，准确地讲：这里马上就不是我的家了。就在几天前，房东下了最后通牒：必须尽快搬走！

因为她要把房子卖了。

该去哪里呢？我感觉自己就要变成一个无家可归的人。

就在我放弃等待的时候，电话却响了。是岳峰。他气喘吁吁地解释失约的原因是因为遇到了一个麻烦。

"啊？什么麻烦？"

"我捡了一条流浪狗。"

"啊？流浪狗？"

　　"对！"他仔细讲解，"这只狗是昨天我和同学出去的时候捡到的，当时它正被人追打，我们把它救了。今天我们整天都在找能收留它的地方，结果一直没找到，手机也没电了。我们还去了收容站，但看到里面的样子实在不忍心把它送进去。但是你知道，我明天就回湖南了，而我的同学和人合租的出租屋里规定不许养狗。所以……你愿意收留它吗？"

　　"啊？我？！"

　　怎么可能！！我的生活太动荡了！！完全无法担负起一个生命！！我用大概这个意思回绝了他，但答应至少尝试帮他的狗找个归宿。

　　我发了个朋友圈，配了那只狗的照片，一只白色的女拉布拉多。

　　竟然马上就有消息了，一个朋友说他的朋友愿意领养这只狗，一会儿就能来取。我赶紧把这个好消息告诉岳峰，他说："太好了！真顺利！那我们这就把狗给你送去！"

　　我说："来吧来吧！哈哈哈！"

　　但是，如果这件事真的这么顺利就好了。

　　就在我骑车去公交站接岳峰和他同学的路上，朋友的电话突然又响起了……

　　"那个……对不起，我朋友突然反悔了，狗他不要了。"

　　"啊？"

　　……

　　我的心情突然沉重得像此时正蹬着的那辆破自行车。还来得及反悔吗？那一刻我好想马上和岳峰还有他同学说：别来了！别来了……

　　可当我抬起头，发现他们已经到了，就在我前方不远处，两个男人和一只狗，正坐在马路牙子上。

那画面有点诙谐，诙谐的点是，岳峰依旧是一身黑夹克，大头皮鞋，很摇滚的样子，但他身边那个同学比他还摇滚，一身又黑又破的衣服，裤子上栓着大铁链子，还戴着耳环，貌似还有其他环……怎么说呢？"不三不四"这个成语仿佛是专门为他们定制的。但就是这两个"不三不四"的人，竟然爱心大爆发救了一只流浪狗，还为它奔波了一天……

"就是这只狗吗？"

我看了一眼他们身边那只脏兮兮、瘦巴巴的狗，有点心有余悸。我把刚才的坏消息告诉了他们，同时接过了狗，有如接手一个烫手山芋。我知道，接下来的日子里，这只狗只能先住进我家了，直到新主人出现为止，我已没了选择。

我们把那只狗装进我的自行车筐，在这个过程中它一直战战兢兢，而当我刚骑上车的一刹那，它一下子就从车筐里跳了出去，前脚没踩稳，嘴都磕到地上了，但它也来不及喊疼，爬起来就夹着尾巴跑走了，狼狈地跑到马路中间去。而岳峰的那个比他摇滚的同学的确比他摇滚，他想都没想也冲到马路上。那只狗看到他，似乎才停止了惊慌。他轻而易举就把那只狗抱了回来，尽管当时我的脑海曾闪起这样邪恶的念头：倒不如它就这样跑丢也好……

其实我到现在也不知道岳峰的那个同学叫什么，暂且叫他"摇滚男孩"吧。

那个摇滚男孩抚摸着那只狗说："'太军'很怕人的，只是不怕我。"

"哦？它叫……？"

"'太军'。这是我给她起的，觉得'太军'这个名字霸气冲天！而她似乎也很喜欢，每次叫了都有反应，也许和她以前的名字很像吧。"

"'太珺'……好美的名字。"其实那时我在心里早就把"太军"这个鬼名字改成了"太珺"。

那个晚上岳峰和摇滚男孩一直把太珺抱到我家，摇滚男孩叮嘱说："最好能给她洗个澡。如果饿了就喂她火腿肠，记得放足够的水别让她渴到……还有……"啰嗦了很多。临走时他抱了太珺，眼神中闪烁出特别不摇滚的光。

就这样，即将无家可归的我和曾经无家可归的太珺，两段旅程短暂地重叠到一起。

太珺来的第一天晚上，她始终和我保持一定距离。我每动一下，都能吓她一跳。倘若我试图走近她，她绝对能以各种姿势翻滚、跳跃、逃窜开去，然后再在另一个安全的距离里又趴下。我从没有养过母狗，也不知道这是不是女性狗狗的特点，见了帅哥就矜持（……），于是只能试图对她说："太珺，别害怕，我不是坏人。你闻，我的身上还有狗味儿呢！"但她依旧不理我，只用警惕的余光盯着我，直到眼神慢慢迷离起来，她困了。

"呼……"。我听到一声叹息，那还是我第一次听到狗的叹息。她似乎终于死撑不住了，整只狗松懈下来，过了一会儿，房间里响起微微的鼾声。我躲在椅子背后，趴在椅背上一直望着她……她的睡姿很娇柔，的确是个女孩儿。如果洗了澡，她的毛应该是雪白雪白的吧？如果不是因为流浪，她一定是一只很漂亮的狗狗吧！

然后那个晚上我竟然趴在椅背上睡着了。

太珺来的第二天，我喂了火腿肠给她。火腿肠是岳峰的同学摇滚男孩留下的，他留了4根，说1块钱一根，楼下小卖店就有卖。太珺吃火腿肠的时候狼吞虎咽，一点儿都不优雅。

为了防止她在房间里大便，我决定带她出去散步，但她夹着尾巴不肯出去，估计以为我要赶她走。

外出的时候我只能把她关在厕所里，因为怕她咬坏了房东的家具，那会给马上要无家可归的我又一致命打击。我把剩下的火腿肠都放在厕所，还有水，我摸着太珺的后背对她说："在家要乖哦！"那时候我发现太珺和我的距离竟然不知不觉间近了许多。

那一天我出演的一部电影在院线上映，虽然只有几句台词和一些一闪而过的镜头，我还是特地去电影院看了。晚上一个人在三里屯大吃了一顿庆祝，一结账：52块！突然有些罪恶感，52块，相当于吃掉了太珺的52根火腿肠。回来的路上我带着愧疚的心给太珺买了更高级的火腿肠。2块一根的！

"太珺现在在做什么呢？睡了吗？寂寞吗？……"

当我想起太珺的时候竟然有一种有人在等我回家的感觉，那感觉很温馨很奇特。于是我把火腿肠抱在怀里，加快了脚步。

相比昨天的狼吞虎咽，太珺今天的吃姿优雅了许多。

第三天，太珺越来越不怕我了，竟然开始展现了粘人的一面！她会用脸使劲往我身上蹭，求抚摸。我从没养过母狗，以前养的公狗们都是抱着我的腿使劲蹭……

趁着太珺对我敞开心扉，我捉住她给她洗了澡。

洗完澡的太珺，突然让我感慨起来：哎呀！她多么美啊！如果不是因为流浪，她一定是一只贵族狗。因为她的举爪投足都浑然天成很有范儿，连趴着都是一只爪搭在另一只爪上，超级贵妇范儿！

晚上我坐在沙发上的时候，太珺又主动接近我了，她坐到我脚边，靠到我腿上，于是我把她抱到膝盖上，轻轻抚摸着她顺滑的背毛，突然感觉自己也很有贵妇范儿……

太珺在第四天早上竟然亲了我。就在我还没起床之前，感觉嘴上和脸上湿湿的，睁开眼，看见她正在舔我。啊，那个早上我的心都要随着阳光融化了！我抚摸着她的脑门，她干脆把脑袋搭在床上任我抚摸。

我终于成功带太珺出去散步了，但她还是紧张，一到户外就夹起尾巴。原来她不只怕人，还怕狗，特别是当有猥琐的公狗过来调戏她的时候，她就飞窜而去了。如果是我们刚认识那天，也许邪恶的小我还会庆幸地想：跑丢也好……

而此刻的我正紧追着她，到处找，呼喊她的名字：

"太珺——太珺——""太珺——太珺——"……

最后在草丛里我找到了惊慌失措的太珺。她看到我就跑过来，扑进我怀里，我拥抱着她，感到前所未有的安心。但伴随着安心的是，我突然想起我的家也要没有了，还不知要去哪里……

太珺还在浑身发抖，我只能把她抱得紧紧的，对她说：

"太珺，别怕！虽然我也要无家可归了，但我不会让你无家可归的……"

说到这儿，画面正进展到最煽情的时候，那只变态公狗色情狂又过来了，太珺吓得躲到我身后，我气愤地跑过去赶走了那个色魔。

第五天，我又把太珺关进洗手间，因为想买房子的人陆续来了，房东要把房子尽快卖掉。

厕所外是看房人挑剔的声音，厕所里是太珺的吼叫，她好像想把那些人赶走。

人走了后，从厕所出来的太珺一直在舔我，好像在给我安慰。我们对望着，只看到彼此无助的双眼。

真的不想搬家，甚至好想财大气粗地对房东说："不就是想卖吗？老子买了！"可是这间房子售价170万，如何买得起？这个时代，房价就是一场灾难，有钱的人买了越来越多的房子，没钱的人越来越买不起房子。

"我就要被赶走了……"我对太珺说。

那时她努力舔着我的脸，舔着我的眼角，我知道这是她作为一只狗能为我做的所有。

"太珺……"那一刻我抱着她，觉得我们是那么像。

当天晚上我接到两通电话，一个是上次要狗的朋友的，一个是摇滚男孩的。

上次要狗的朋友说：上次真不好意思。听说那只狗还在？我又有个朋友想收养它，这回绝对不会反悔了！他后天一早会开车来取。

摇滚男孩说："太军"这几天乖吗？听话吗？她有没有吃饱？

我对摇滚男孩说：告诉你一个好消息，有人肯收养太珺啦！

他说：是吗……

我说：是的，后天就来取。

感觉他一点都没为此高兴。

第六天，又一批看房人走了后，房东竟然来了，她刚好路过要检查一下房子。讽刺的是，她居然不记得自己的房子在哪儿了："不好意思，这房子买来就是用来投资的，从来没住过。所以是几门几号来着？"……

"呀，真温馨啊！这个房子被你弄得真温馨嘛……"房东进来后就赞不绝口，"可是洗手间里是什么声音？有狗？"

那里是太珺的怒吼，她生气了，一直在低吼，然后狂吠。和房东的见面在太珺不断的吼叫中结束了。房东走了后，我打开厕所的门，太珺生气地冲出来，我拉住她，抱住她试图让她消气，对她说：别生气了，人类的世界就是这样的。

是的，人类的世界就是这样的。

那天晚上我边逛宠物超市边这样想着。我也是个可恶的人类。

那时我正在为太珺挑礼物，买了一袋狗粮，最贵的，还有进口的鸡肉干、啃咬棒、小罐头……完全停不下来。因为每挑到一样都会想到：太珺一定没吃过！一定要给她尝尝……这些，是我给她的离别礼物。

那天我带着礼物回家的时候太珺冲上来舔我，蹦得好高，有如迎接归来的家人。我不知该说些什么。

和太珺在一起的最后一天，还是到了。

早上我又是被她亲醒的，她越来越粘人了，或许她以为这次终于拥有了一个安定的家，可这里依旧是她的临时客栈，我也只是她生命里的一个过客。只希望下一个收养她的人，会是她永远的主人。

给太珺拴狗链的时候她似乎感觉到我要把她送走，于是一直在逃，躲到角落里。我不忍心看到她再流露出那种眼神，那是我们初见时她的眼神，那是在这一星期里已渐行渐远的眼神。

太珺"未来的主人"还是来了，他带了个大纸箱子，太珺将被装在里面开始新的旅程。可我最后也没能把太珺装进箱子，因为她一次次挣扎，按进去，就跳出来，再按进去，又摸爬滚打地跳出来，嘴都磕在地上，一次又一次。屋里回荡着太珺"呜呜"的声音，好像在哭，令人心碎。

我不忍心再让她摔倒，因为不知道为什么我也开始感到疼；我不敢再看到她的眼睛，因为每一次四目相接我都会感到有什么东西突然在眼睛里打转。

但我还是用尽全身力气尝试了最后一次，终于把它按进了箱子，但在把盖子盖上的一刹那，箱子里发出一声好绝望的叫声，在那个叫声里，我眼睛里一直打转的东西一下子就滴落下来了。

"啊啊啊——"

我反悔了！我反悔了！！

我慌乱地撕开箱子，摸爬滚打般抱住太珺，并对她"未来的主人"疯狂道歉：

"对不起！对不起！不送了！！狗我不想送人了！！不送人了……"

慌乱之中我的电话也来凑热闹，它响个不停，接起来，竟然是摇滚男孩。

电话那头是气喘吁吁的声音："太珺还在吗？！我想了很久！我要收养她！我决定搬家！找一个能养狗的房子！我要收养她！！我这就赶过来！！我要收养她！！！别把她给别人！！！……"

在太珺"未来的主人"摇着头走了后，摇滚男孩赶来了。

我想这一定是太珺的生命里最值得骄傲的一天。就在这一天，从来没有归宿的她竟然同时被三个男人争抢。

走廊的另一端，是依旧穿着一身又黑又破皮夹克的摇滚男孩。

我对太珺说："太珺，做出你的决定吧。无论怎样，我们都爱你。"

然后我看着太珺狂奔起来，当她扑进摇滚男孩的怀里，而摇滚男孩也将她紧紧抱住的时候，那是我见过世间最温情的画面，也是最不摇滚的画面。

"太珺，太珺……"摇滚男孩一口口喊着她的名字，太珺舔着他的脸颊，仿佛一对久别重逢的亲人。

房子终归卖掉了。

退租交接的时候，房东望着空空如也、残残破破的房子，感叹说："真神奇，原本是这么普通的房子，你竟然能把它变得那么温馨……"她又踱了几步，好像突然想起什么，又说：

"对了，你的狗呢？"

在与太珺分别以后，我的生命也开始了新的旅程。我搬到了一个合租房里，那房子里有北漂的年轻导演，有北漂的摄影师，有北漂的歌手，有新的青春故事。而几年之后，我也变成了一个民谣歌手，一个人背着吉他走遍全国，一段一段旅程没有停歇。

在全国巡演路过湖南的时候，我又遇见了岳峰，如今他已变成了民谣演出策划人。岁月为一些人脱去叛逆不羁的摇滚皮衣，换上随遇而安的棉麻衬衫。我们又聊起他的同学摇滚男孩，但话题却全是太珺。

"知道吗？太珺已经成了祖母了。哈哈哈……"他说。

在那场百转千回的离别后，我再也没见过太珺，但我曾多次想象过她往后的生活……很多小狗依偎在她身边，她眼神迷离安宁，带着些许困意，终于不用再为明天担心，担心又会流落到哪里……她终于找到了旅程的终站。

▲2006年的北京街头。
摄于潘家园。

韩国漂流记

1. 我的朋友进了拘留所

我手里的书被窗外的海洋映成一片蓝色，这让我停止阅读，向外张望。飞机正在下降，几辆游轮在海面上留下的白色水纹清晰可见，延向天际的是一座座岛屿和上面整洁排列的建筑物，一串语气极为客气的韩语广播在机舱内响起："飞机已到达韩国，即将着陆思密达。"我猜里面说的是这些，哈。

是的，我终于到韩国啦！几年前计划了好多次的旅行一直没来得及实现，结果却因为出差而来到这里！嗯……"出差"这个词实在有点不浪漫，暂时换成"因工作而远行"吧，哈。

下飞机就接到身在韩国的好朋友 Michel 的留言，说："等你工作结束那天我会开车来接你，到时我们开车穿越韩国！"于是我潇洒地走出机场，等待工作结束的那一天。

又是来参加"世界漫画家大会"。

　　变成漫画家以来已经参加过好多次这个大会，至今也不明白意义所在，参会的行业工作者其实比漫画家多，探讨的问题也都是专业的产业问题和学术问题，估计真正的漫画家在这种场合都会睡着吧，不过换个方式想想，能因工作而远行也挺好，又可以暂时从赶稿地狱里被解救出来并且还能被解救到一直想来的韩国，也挺好。

　　坐在驶向市区的漫画家专用巴士上，车内空空荡荡，窗外的一切陌生又熟悉。对于韩国的全部了解都来自几部催泪的韩剧，和我的一位韩国朋友，Zaide。

　　Zaide 是个"欧巴"，他出生在韩国，大学就来了中国，那时候浩瀚的韩国大军还没开始"中漂"，望京还是个大农村，但他居然留下来了，留下的原因好简单，他说那时的中国特好，什么都便宜，特别是牛肉，可以疯狂吃！于是他吃啊吃，从裴勇俊吃成了姜虎东。他是我年纪最长的外国学生，我是他年纪最轻的美术老师，如此奇妙的关系。我常听他边画画边用奇怪的中文讲着他的过去，那些韩国的往事，曾经的汉城，如今的首尔，他出生的大邱和靠着海的釜山，那些记忆里的六七十年代，在咖啡的香气和西洋音乐的配合中，交织成许多老电影般的怀旧画面。

　　那时我用标准的中文对他说："有一天我一定要去韩国，看看你故事里的地方。"

　　Zaide 说："我也去韩国看。"

　　我说："对你来说应该是'回'，不叫'去'。"

　　他始终分不清"去"和"回"的区别，语法也超多错误。还好画画这件事不需要语法。

　　Mayfield，很动听的名字，那是仁川的一间很偏僻的旅馆。我匆匆把旅行箱放下，便参加漫画家大会的酒会去了。

又是许多熟悉的面孔，基本每次都会见到的中国漫画家姚非拉，他正推着一架轮椅，轮椅上是许久未见的长发美女漫画家夏达，听说她下楼时摔倒了扭伤了脚踝，我脑补了一个凄美的画面；还有台湾来的好朋友小熊，每次见到我们都会来一个深情的熊抱；多年未见的韩国漫画家老爷爷，抱歉我始终不知道他的名字，因为每次我们每次只能用手舞足蹈交流，这回70多岁的他依旧像一只调皮的小猩猩在人群里穿来穿去……

晚上的交流酒会，我们几个来自内地的家伙坐在角落里独饮独醉，延续着那个"内地漫画家都不善交际"的传说。期间翻译过来请求我们一定要派一个人过去与各国的漫画家交流，我们决定用"石头、剪子、布"的方式选出最后的失败者扮演此次的"交际花"。然后几轮拼杀之后，刚坐过来的白骁老师被翻译无情地带走了。

接下来几天略显枯燥的活动里，还好我和十九番会在一些诸如"漫画产业报告"的会议中脱逃。我们在偌大的动漫基地里一路狂奔，俨然两个携手逃学的小伙伴。是的，我一直认为那些会议是大人们的事，对此十九番也十分同意，没错，我们就是两个死也不肯承认自己也是大人的变态。我们一直守护的"童心"，那是我们的"创作之源"，别人不懂。

在动漫基地里横冲直撞的时候我们还溜进一些漫画工作室探险，这里的动漫基地和国内的动漫基地有些不同的是，这里真的会有知名漫画家和动画人在里面，不只工作，还有居住。而国内的动漫基地、产业园什么的我到现在也不知道里面到底在搞什么，那里似乎隐藏着许多离我既遥远又复杂的问题。话说你看过那部投资两千万的动画片《雷锋的故事》吗？

在一路探险中，有一间老漫画家的工作室半开着门，那是一间不过40平米的小房间，房间四周的书架上都是漫画书，中间的地上铺着一个大垫子。

老先生见我们探头探脑，居然主动邀请我们进去坐坐，然后发现我们语言不通，但在漫画的世界里不需要语言相通的，画可以表达一切。这位老人说他生活和工作都在这个小房子里，他说年轻时每天可以画十几页漫画，但现在速度越来越慢了，几天才能画一幅，而且因为长年劳累，如今他无法再坐着工作，只能伏在地上的垫子上一笔笔完成他的画作。漫画家的确是一份辛苦的工作，有时为了应付连载要以失去青春和健康为代价，因为工作而无法睡觉简直是漫画家的必修课，有些人课程没有结业累死在画桌上……但老先生说他爱这份工作："Love！Love…very much！"虽然已经这样画了几十年，颈椎和腰已残，但还是爱。"会画到死吧！"这是我在他的深情里感受到的语言。告别时我们与他握了手，他的手苍老而有力，掌心握笔的位置结着坚硬的茧，那一刻某个曾任性地关掉工作室又经常自己停掉自己的连载的家伙有些自惭形秽。

我终究无法变成这样的人，只能仰望。

历时几天的漫画家大会结束后，第二天一早，漫画家们纷纷返航。我的小伙伴十九番也离开了，他要重返赶稿地狱，没办法，这就是漫画家的宿命，于是我只能安慰我的小伙伴说："请加油吧！不过话说这期的稿子我早就画完了！哇哈哈……"

那个上午我一个人坐在酒店的大堂里喝着咖啡，之前已经约好当地的好朋友Michel游览韩国，他会开车来接我，带我潇洒地远离这片荒芜的Mayfield直奔首尔。

然而接着我在那里等啊等，几乎目送完所有人离开，又快翻完了半本小说，喝了一大壶咖啡，又吃完午餐，下午才接到Michel姗姗来迟的消息……

"Sorry！洋！我遇到些突发状况，没有办法去接你了！"

"啊？你还好吗？"

"还好！不用担心！只是我现在人在拘留所！"

"啊？拘留所？！"

"对，说来话长！我被拘留了，但没什么大问题，过些天应该就出去了，只是这次不能陪你游韩国了！很遗憾。好了，我得挂电话了！祝你旅途开心！等出去再联络！"

"好！你要照顾好自……"

嘟——

……

挂了电话之后，我的优雅一下子变成恍惚。我在韩国唯一的朋友进了拘留所。这回翻译没了，向导没了，我一个人在这个人生地不熟又语言不通的韩国，怎办？怎办？该怎么办？

这时我想起我另一个好朋友，她一个人去了日本，在语言不通的情况下，独自完成了一场穿越日本的铁道之旅。曾经我还以置身事外的角度称赞过她的勇气，而这次我想我不得不做一件和她一样的事了！

那一刻，只见我故作镇定地优雅起身，潇洒地背起背包走出了酒店大堂，尽管明知一个观众也没有，但也不能失去气势！嗯，计划不能变！就算现在只剩下自己，我也是个不会被困难打倒的小强！这回我要一个人穿越韩国！

我找到一块站牌，用有限的英文词汇辨别路线，然后上了一辆大巴车，就这样驶向一片陌生的天地。

Seoul，应该是"首尔"的意思吧？哈哈哈……

我就这样上路了。

2. 首尔的暴雨与 Z 的眼泪

我发觉自己一直对流浪有种莫名的向往，究其原因这种变态的"流浪情结"可能来自两位"三毛"的影响。

小时候爱看《三毛流浪记》，觉得他的流浪很有趣！少年时喜欢的女生最爱看台湾女作家三毛的书，所以她经常逃学，最轰轰烈烈的一次是她从长春逃到了北京，在那里流浪了一个月，逛免费的图书馆和展览馆，或者泡在书店看一整天的书，晚上借宿在朋友学校的宿舍或者公园的长椅上，平时就靠馒头和自来水为生，走之前她还向我借了50块钱，所以我才一直忘不了她吧？！但更忘不了她的原因是她在我心里埋下了一颗渴望自由的种子。

流浪，流浪，流浪远方，流浪……

因为她，我也爱上了逃学和流浪。

当车窗外出现了一座好长的桥，而桥的另一边出现了一座巨大的城市的时候，我知道已经成功到达首尔了！接下来，就要在这里开始我的流浪了。

但遗憾的是，我并没有身无分文，所以流浪还是不能淋漓尽致，虽然我可以把身上的钱都丢掉或者给路边的流浪汉，但我还有卡，并且在很多银行还有存款。在成为漫画家之后，仿佛有了花不完的钱，但快乐却并没因此增添多少，反而时常会怀念起有一年一个人在北京飘飘荡荡又紧衣缩食的日子，总在盘算：啊！超市打折的时段又到了。常常穿着一件单薄的外套走在冬日夜晚的三环路上，畅想着：啊，好想吃火锅。

首尔街头有数不尽的咖啡馆，我随便进了一家歇脚，翻看身上带着的一本舒国治的文集，叫《流浪集》，书里写着："这是我梦想的出行方式，可能这种方式看起来有点疯狂，有点和现在高速发展的社会背道而驰，但这真的是我很渴望的生活。没有钱，哪里逗留久了，哪里就是家。搭便车，吃捡来的食物。对着相互计算着的社会，也只是一个局外人。"喝完咖啡，我合上书，发呆了很久。

出门索性坐了一辆电车，又坐了地铁，我渴望迷路，渴望每个出站口带给我的新奇感。可惜我始终没有迷路，首尔的交通线路看似错综复杂，却井井有条。

我一直走一直走，累了就坐在路边的长椅上，或者坐在闹市街头的花坛边，耳朵里传来听不懂的韩文和各种各样的语言，当然偶尔还能听到中文。说着中文的人在我身边肆无忌惮地讲着他的私事自以为无人能懂，我则像个隐形人一般享受着偷听的乐趣。

傍晚下雨了，地铁站口和垃圾筒旁边随处可以看到伞，很多好心人会把不再需要的伞放在那里给更需要它们的人。我选了一把喜欢的，撑着它走在雨中。

在首尔"流浪"的几天，我只能用各种夸张的表情和手舞足蹈来表达自己。

"反正都是人类，总有办法沟通吧！"这样的鼓励令人兴奋。我仿佛变成一个新生儿，回想起刚来到这个世界的情景。

在异国的街上，在慵懒的阳光里，我漫无目的地走着。说真的我很少这样漫无目的过，在国内我总有做不完的事，并像还债一样整天送走旧任务接来新任务，无论做什么都带着明确的目的。我们马不停蹄地一直工作，浪费太多生命去赚许多本以为需要其实却可能用不到的钱。究竟用青春换无尽的钱重要，还是多花些时间去感受世界重要呢？我们人生的目标究竟是要沿路寻找幸福，还是要用钱去购买幸福呢？

夜晚的落山，因为临近中秋而空无一人，我独自登到山顶，在那里可以依稀遥望整个首尔。我开始想念起我在中国的韩国朋友 Zaide，他说中秋对于韩国的意义就像春节对于中国。中秋的时候，所有离家在外的人都要回到老家去，回到亲人身边。

在有一次临近中秋的绘画课上，平时很喜欢讲话的 Zaide 难得的寡言，我也问了一句很不合时宜的话："中秋就要到了，你不回韩国吗？"

他的笔突然停下来，整个人躲在画板后面默默哭了起来。

"哎？你怎么了？"

他没有回答，只是一直哭，我被这个场面吓到了，不知该做些什么。

呜呜呜……呜呜呜……

哭了好久，他才喃喃地说："妈妈去世了……我没有妈妈了。没有妈妈了。"

呜呜呜……呜呜呜……呜呜呜……呜呜呜……

我第一次看到一个中年人哭得那么伤心，像一个绝望的小孩子。"不能去了，不能去了，不能去韩国，伤心的地方。大邱，我的家。不能去……"

我不知该如何安慰他，只能坐在他身旁，给他一点点陪伴。

"请，你去，大邱……"

"哎？"

"请，你去，大邱，看，如果回，韩国，看……代替我，以后……"

我明白了他的意思，他是说：如果以后你有机会去韩国的话，就替我回大邱看看吧。

决定离开首尔那天下了罕见的暴雨，我猜火车站大屏幕里的新闻是在说台风来袭。中秋节的返乡潮让火车票早已售罄，在暴风雨的混乱中我只能跟跄地爬上一辆南下的长途车。车里坐满返乡的人，很多人手里提着年糕、点心之类的礼品盒。在车上才想起以前听 Zaide 说过一定不要在中秋前一天在韩国出行，因为这一天车站和路上会相当拥挤，但这就像一个咒语，我莫名其妙正好在中秋的前一天出行了。但那天也同时发现，Zaide 一定没见识过中国的春运。

暴雨依旧下个不停，高速公路上霓虹流离，车速缓慢，如果一切顺利的话，我会在四个小时后穿越2/3个韩国，到达大邱。

我有些倦，困意来袭，不知什么时候睡着了，而当我醒来时车依旧在公路上颠簸，但乌云早已散去。透过车窗，我能看见遥远的夜空中挂着一轮圆月，孤寂又明亮。

3. 在大邱的回忆里无限穿行

当我醒来，旅店窗帘的缝隙透进淡蓝色的光，厚重的玻璃窗将一切声音隔绝，就连时间都好像静止了，而当我站在窗口向下张望，那时真怀疑自己是不是进了一个无人世界……交错的巷道上没有行人，纵横的马路上没有车辆，我看了看时间，10点钟，断定这样的静谧绝非清晨所赐，而我也并非还在梦中，定了定神，才想起我昨天半夜才摸爬滚打地抵达了这座城市，大邱，而今天刚好是中秋节。

果然和 Zaide 说的一样，中秋节对于韩国如此特殊，居然可以万人空巷，而在中国除了中秋前后会看见满街卖月饼的以外，实在感觉不到有什么特别。想想也是，从假期这种最直观的敬意上就能看出中秋与春节和国庆的待遇差别，只有一天的假期怎么够让人穿越如此庞大的中国回家一聚呢？倘若中秋节的休假能变成一星期甚至半个月，那它在中国一定不是今天的地位。

街上的店铺几乎全部关门，我撑着一把雨伞开始了这座城市的无限穿行。

大邱，韩国的第二大城市，Zaide从小长大的地方。走过一条条街，仿佛看见还是孩子的Zaide正从我前面的路口跑过。

东城路，Zaide儿时嬉戏的街区，他说那里有家很好吃的中国餐馆，有很好吃的"安全蛋"和"Yiwei"，他居然到现在都以为"鹌鹑蛋"在中文里叫"安全蛋"，并且学了好多年也始终没有学会中文里"鱼"的发音，一如学画画一样笨拙。

DEBEC百货，Zaide少年时等候小伙伴的地方，他说他小时候没有手机也没有电话，有时在那里一等就是大半天，被放鸽子的话就要等一整天，等到百货公司关门才低头离开。"那时内向很，朋友少，一直等。哈哈。迟到的漫画请。"他曾经边画画边笑谈这段过去，但很多内容依旧需要聪明头脑的补完。

迟到的人要请客看漫画。应该是这样的吧！

曾经学校旁边满街都是漫画屋，冬天的时候外面下着大雪，小木屋里生着火炉，炉子上放着一只铁水壶，不断续着水，掌柜的老奶奶会给每个进来的人一杯热茶，可是，哪有心思去喝茶，进来的人都在迫不及待地搜罗四周的书架上的漫画书，趴在木桌子上如痴如醉地翻读。

那个年代的小孩子没有任何精神娱乐，只有漫画。单纯又美好。

我好不容易找到一间漫画屋进去坐坐，屋里很冷清，火炉已经变成空调。韩文的漫画都看不懂，年轻的老板在发呆，不知是不是在思索改行的问题。漫画屋在中国还没有兴起就消亡了，在韩国也将是注定的结局。如今所有漫画屋的漫画被装进一台iPad里，但滑动着读起来却再也找不到当年的感受了。这是Zaide说的，当然，文字上肯定有我的修正。

青丘学校，Zaide的中学，他说每天早上他妈妈都会好早就起来给孩子们做便当，一人一盒，便当里一定会有米饭还有泡菜，有时会有土豆饼，另外还总是会有两片煎午餐肉。在战后复苏的年代里，午餐肉在韩国还是很贵的（即便现在也很贵，在中国要卖40多元一盒），Zaide充满怀念地说，妈妈总是会偷偷给他最厚的午餐肉，因为他是家里最小的孩子。而到了学校，每次开饭的时候，他都要把午餐肉藏到米饭最底下，小心翼翼地吃，生怕被同学抢走。哈哈……讲完这一段，他又陷入沉默，我知道他又想起他去世的妈妈了。

我有一天也会经历和他一样的感受，我无奈地想着。路过小巷的店铺，看见窗口罗列着一排排 SPAM 午餐肉。

青丘学校附近的游戏房门口总有许多不良少年在游荡，在情窦初开的岁月里，Zaide 每天放学都要暗中保卫他的心上人，一个高他一届的学姐。这样的守护持续到学姐毕业，她考到中国的大学，这可能也是 Zaide 选择来中国的最初原因。

"那么学姐呢？后来你们在一起了吗？"我问。

"没有。中国很大……"

"所以……？"

他们并没有考到同一座城市，他考到北京，学姐在广州。中国真的很大，城市距离得那么远，好多个韩国那么远。

那天我沿着青丘学校附近的小巷走了走，没有看到游戏房，也没有看到不良少年。路上只有低头翻着手机的人，游戏房早被各种手机店取代。

再也没有长年累月的思念，当想念一个人，只要发个信息，一秒钟就能接收到彼此的心意。

对于这座城市，先前在脑海中勾勒过太多的画面，如今终于都与 Zaide 诉说的往事重叠。说真的我很想发几张照片给他，但想来想去还是把编辑好的照片删掉了。我们已结束了师生关系，他早就完成了自己的学业，而我如今也总算完成了自己的许诺。

几天后，我决定顺着南下的风继续飘荡。我摊开那张已褶皱的地图，用签字笔在"釜山"上画了个圈。

嗯，就去那儿吧，去看海。我继续背上行囊出发了，感觉自己变成了一阵自由的风。

4. 釜山的海，我的黑暗之光

"行李，往往是游浪不能酣畅的最致命原因。"——书里这样说。

旅途中，不断加多增重的行李总会成为随心所欲的最大敌人，所以舍弃成了一门很大的学问。

这一次的韩国之旅，每离开一个地方都要丢掉一些东西来维持轻盈，一路只带了三件短袖，一件衬衫，穿了洗，洗了穿。绝不轻易买什么，唯能带走的纪念品，最多几张相片和一些回忆。

而这几年，已在人生旅途中略显疲惫的我，是否也该丢弃一些东西了呢？我开始思索这个问题。

"釜山就要到了思密达！"

南下的火车里又响起听不懂却又能猜得出的语言。没想到就这么一路莽莽撞撞跑到韩国最南部，居然一直没走丢。

气候暖了不少，空气中弥漫着海水咸咸的味道，穿过复杂得甚至有些混乱的街道，我一直在向海浪声的方向摸索，偶尔会有骑着大摩托的飞车党携着巨大的噪音飞驰而过，穿着皮裤的女人坐在摩托车后座，长发飘逸。混乱而浪漫，是釜山给我的感觉。

"哗——哗——"

我终于找到了大海，深夜的海，时而温柔，时而深沉，就像雷光夏《黑暗之光 (Version 2)》的前奏。

　　"繁星亮起

　　回忆浮动

　　曾经存在

　　如今隐没"

　　我坐在大海边发呆，一连几天。清晨的鱼港，黄昏的海平线。那片一望无际又耀眼的海，或许正是我来时在飞机上俯视到的那片蓝。

　　自由的颜色。

　　令人向往的自由。

　　但是，不得不告别了呢。

　　多日来的异乡漂流，我一路从北漂到南，在语言不通的情况下，用手舞足蹈漂过了整个韩国。我去了一直想去的地方，完成了心愿，也完成了承诺。虽然这次的旅程波澜不惊，没有偶像剧般的相遇，更没有冒险片中的奇遇，但或许，这就是生活最真实的样子吧。

　　告别的时候我想在海边留张影。午后的海边，帅哥无数，我随便挑了一个，把相机递给他，用仅有的九年制义务教育水平的英文说："Excuse me,could you take a picture for me?"

　　他说："好！"

　　我说："Thank you!"

　　他说："不客气。"

　　……

　　他说："Are you Japanese?"

　　我说："不是。我从中国来，东北的。"

　　他说："哎呀妈呀！我也是。"

然后咔！咔！咔！拍了一堆。

我又飞越了那片蓝色海洋，只不过是反方向。

几小时以后，乘务员、售货员等服务人员的笑容骤然消失，态度变得冷漠且脸上写满被工作压迫而致的不耐烦神情；人群开始拥挤杂乱不守秩序，来去匆匆的每个人身上仿佛都背负着关乎天地的急迫与恩仇。于是在街头陡然而增的噪音里，我确定自己确实回国了。

我并未对这些再熟悉不过的场景有何非议，只是突然的转变让我开始思索人们长久以来对于工作、对于生活的思维模式是不是哪里出了问题？

当然我自己早就出了问题，我好像病了，得了一种漫长的，失去快乐的病。

病因出自我的大脑。

在经过了这段漫长和不期而遇的"流浪"旅程以后，我又回到自己的地方，回到再次"不得不"的忙碌中。

可是，人生中真的有那么多"不得不"吗？

可能人生中的许多转变就像这次语言不通的"流浪"一样，在没跨出第一步的时候脑海中总会有一个很怂又啰嗦的自己一直在叨逼叨、叨逼叨："怎么可能？""怎么可能？""怎么可能？"……而一旦跨出来以后，这家伙也就识趣地闭嘴了。

而那时我并没有意识到，一颗剧烈的种子已在我胸中萌芽。不久之后我会将一个人亲手杀死，那个人就是我自己，腐朽的自己。

摇滚小阿姨哪儿去了

其实我也不记得是怎么认识她的了，在二十岁那样疯狂的年纪里，我参加各种朋友的聚会都能碰巧看到她，她时而笑得肆无忌惮，时而一个人戴着连衣帽颓废地坐在角落喝酒。在这之前我还在街上偶遇过她，虽然完全不熟但一眼就能认出她来，因为她实在太令人过目不忘了，一个女孩子，剃了个光头，在那个年代除了莫文蔚和她，估计没谁敢留这种发型了。

后来我们就莫名其妙地成了好朋友，好到可以无所顾忌地开彼此的玩笑，她还会很直白地告诉我"今天我大姨妈来了，不要惹老娘"……语出惊人是她的特色。

在成为朋友后，她成功潜入了我第一本书的签售会，拿着一大束花冲上来很假地大喊："王小洋，我好喜欢你！我是你的忠实粉丝！！！"基本上那时候找我排队要签名的都是中学生，她在人群里显得格外突兀，而且那时候初来乍到的我哪来的什么忠实粉丝……散场时我恐慌地对她说："如果被别人发现我们是认识的，那简直要尴尬死！"她说："那又怎样？我本来就是你的忠实粉丝。"

那时候我还在得中二病，并且背着偶像包袱，只想当个永远的少年，惧怕花边新闻。

"不行，我们得设定一个彼此的关系，当别人问起，就这样回答。"我说。

"那就说我是你小阿姨好了！"她不以为然地说。

我想起电影《美丽新世界》里，小陶虹就在片子里扮演姜武的小阿姨，可是我的小阿姨可不是小陶虹，而是后来和姜武一起演《走到底》的莫文蔚。她真是像莫文蔚一样猛的，当莫文蔚成为华人第一个光头女歌手的时候，我的小阿姨也留着光头；当莫文蔚蓄了长长的大卷发摇身变成女神的时候，我的小阿姨的长发也齐腰了，同样的大波浪，同样的皮衣长靴，腿同样长得要命，但区别是，莫文蔚平时不吸烟，而小阿姨整天叼着烟；莫文蔚唱歌好听，小阿姨唱歌跑调。哦，除了这些，她们是那样相似，我的女神和我的小阿姨。不过小阿姨并没有模仿莫文蔚，因为她不是莫文蔚的粉丝，她迷恋着摇滚乐。

早在我还不知道什么是音乐节的2006年，我的小阿姨就去通州看过音乐节了，她在帐篷里住了两天，认识了一堆摇滚青年。那一年，小阿姨迷恋上一个摇滚吉他手，短暂地同居了一阵，吵了几次架然后分手。我不知道小阿姨到底谈过多少次恋爱，只知道和她交往过的人有她的老师、已婚男士、混子、摇滚乐手，还有一些乱七八糟的反正绝对不是平平常常的那种人，惊心动魄是她谈恋爱的唯一准则，而哭得要死要活是她失恋后的必然发泄，然后她会把自己关在房子里写博客，一大堆一大堆地写，堪比女作家。

那两年博客还流行，我最爱看小阿姨的博客。

因为她不知道"。"怎么打，所以她的文章里永远都是"，"，就像是一个人没完没了地和你说话，这和真实的她很像。小阿姨的 MSN 博客里除了疯狂的恋爱故事，还记录了她的北漂生活，北京西北角的破烂房子，和找麻烦的房东吵架，超级市场抢购打折货回家发现购物篮子都抢回来了，最近又迷恋上谁，又和谁做了爱，又看了什么特别的书和小众电影，又听了什么摇滚乐，因为受不了欺负在街上和一对情侣对打被派出所抓起来了，又买到了打折的过期《三联生活周刊》和《城市画报》……文章又倔强又搞笑，看得我时而捧腹，时而忧伤。那一年我也刚来北京漂，里面有各种感同身受。现在回想起那个时候，无论是心酸还是泪水都像闪着光，特美好，都成了不可复制的回忆。

在北京好多第一次都是小阿姨带我做的，比如第一次去动物园淘便宜衣服，挤在扛着大包小裹的人群里，我说"这不是我要的北漂生活"，小阿姨说"这才是真正的北漂生活"。然后她就进入了疯狂试衣模式，过程中被人群挤来挤去还不停遭到店家白眼，最后淘到一件便宜的吊带波点公主裙，听说是为了装成清纯少女勾引摇滚歌手用的。

她还带我去了红领巾桥买二手自行车，一个土匪一样的领路人把我们带到一个隐蔽的地方就消失了，我很惊慌，把一把壁纸刀偷偷塞给小阿姨，然后用仅有的一百块钱叠成一个三角形攥在手里，心想这就是我的武器，危急时也能防身！但小阿姨说："别怕，有我在。"我也不知道她的实力如何，不过应该打不过我，但她的样子还是挺能吓唬人的，像个女混子。那次交易成功后，我骑着那辆八十块钱买的二手自行车带小阿姨兜风，她在后面搂着我的肚子，我在前面唱着歌，那时候我们可以因为一点小事就笑得合不拢嘴，尽管小阿姨嘴里也整日说着"钱钱钱"，但我知道她是那种"情愿坐在自行车后面笑，也不愿坐在宝马车里哭"的女人。是的，那一年那么摇滚的她，贫穷并快乐着。其实后来我还想骑那辆自行车载着小阿姨游北京，但没多久那辆自行车就丢了，估计又被送回红领巾桥了。

因为有新的试镜，小阿姨带我去她常去的发廊，发型师建议给我做个李宇春的发型，2005那届"超女"一度成为时尚标杆，那两年男生很流行把头发后面留长些，再把脑袋顶上抓乱一通，染个棕黄色，以突出不羁的纯爷们感。有次在我剪了一个很成功的纯爷们发型后，为了庆祝，我和小阿姨特地去拍了一组大头贴。在自拍手机还不存在的年代里，大头贴机器在许多街边小店和低端商场里还是随处可见的，躲在帘子扮各种鬼脸，或者错位接吻都是拍大头贴的惯用招数。那天拍完后，她撕下一张我们假装接吻的照片说："这个我带回去做纪念了，只要这张，也许晚上还能用得着。"

"啊？晚上……做啥用？"说实话，那一刻我脑海里浮现出一个无法形容的画面。

她告诉我了，再次语出惊人。说实话那画面和我想的差不多，可惜没法写出来，请自行想象吧！对了，后来那次试镜落选了。

有段时间有人猜测我暗恋小阿姨，但我也不知道对她到底是一种怎样的感觉，当我给她打电话聊起这事的时候，她说："你别做梦了，老娘现在喜欢女人了。"

"啊？？？"

没错，果真是小阿姨，总是爱得惊心动魄。

"今天我去买东西看到一个女店员，我感觉自己对她特别有感觉，想X她！"

"啊？X她？怎么X？"

她又说出来了，当然又是语出惊人，当然我也再次无法写出来……

后来小阿姨真的和那个女生在一起了，这让她的恋爱史上又多了惊鸿一笔。但没多久她们就分手了，小阿姨只留下一句话："原来老娘还是喜欢男的。"

后来我要离开北京了，在2007年春天决定去广州，小阿姨过来帮我打包。

一年的时间，家已变得满满，我们一直收拾到凌晨，全部家当从最初的两个旅行箱变成21个大纸箱。我记得那天我们又吵架了，因为打包的问题，可能是胶袋要横着缠还是竖着缠的问题，她哭了，我总是因为一点小事就把她弄哭，但那次她哭得特别汹涌，好像把这两年漂在北京的委屈全都哭出来了，她说："我也想离开北京了！想离开这里了！"

不过她的泪就像一场狂风骤雨，来去都快，一会儿又疯狂地大笑起来。

那天凌晨2点才把一切都弄好，小阿姨要回去了，我说你住下来吧，但她说还是要回去。从潘家园到清河，打车100多块，我可以肯定之后的日子小阿姨又要把自己关在房间里吃泡面了。但摇滚小阿姨，就是这么摇滚。

在我离开不久后，听说小阿姨也离开北京回长春了，因为父母正在日渐老去，独生子女的一代终归不能一直活在遥远的梦里。

2008年，房价像那年射向太空的神舟七号，带动一切物价脱离地球表面。绿妖在书里写道，"当一碗面要15块的时候，你是无法在坐而谈论小津安二郎了"，我在潘家园1500块租的两居听说已经变成每月4000了，变成8000估计也指日可待。中国开始进入囤房子时代，大批北漂撤离北京，然后更年轻的一批又补进来，大部分人一来就进入蚁族生活和地下一族，条件好些的开始进入蜗居时代，奔波还着房贷。

2010年，博客时代过去了，微博成为新宠；2014年，MSN宣布撤离中国，微信取代QQ，朋友圈开始威胁微博，苹果已经出到6PLUS，CD和实体书的存在越来越尴尬，更多的杂志宣布停刊，柯达胶卷宣布破产……急速奔涌的洪流里，人们没有时间再慢悠悠地读一本书，甚至没时间静下心来看看自己。

我再也看不到小阿姨的生活了，在博客时代结束以后，我就找不到她从前写的那些文章了。"我全删了"，她说。

"为什么？！"

"都已经过去了。"

"那还有留备份吗？"

"当然没有，不想留了。"

"……"

连同删除的，不只博客，还有曾经的小阿姨。

后来我偶尔翻起小阿姨的微博，里面只有转帖，打开朋友圈，有的也只是孩子的照片。她已经结婚了，而且刚生了孩子，丈夫是一位大学老师，我完全无法相信他也曾是一位摇滚乐手，唯一的可信度是他们家的角落里有一把常年落灰的电吉他，不过那把吉他现在已经变成了"贝斯"，因为就剩4根弦了。

而我的摇滚小阿姨，现在不管谁见到她应该都不会联想到她会和摇滚有什么关系吧。如今的她，看起来只是一位普通的妈妈，很节制，很有分寸，不再喝酒，穿着普通，总是念叨着要早早回家照顾孩子。

我的小阿姨，终是变成了我小时候眼里那些真正的阿姨。

不要太多

因为屡次搬家的缘故，我最近越来越体会到"不要太多"的道理。

最初搬家还抱着玩乐的心态，想多体验一些不同的生活，于是刚开始搬家总是乐此不疲的，仿佛有使不完的力气，结果慢慢因为这样那样的关系（房东不租了或者把房子卖了，或者我要离开这个城市了，或者实在不想住了⋯⋯），于是每年都恰巧要搬一次家⋯⋯

离家七年，搬了七次家。

身边的东西因为年头的累积而越来越多，于是后来每次搬家整理杂物的周期也变得越来越长，前前后后要用掉两三个月的时间（找房子、搬家前整理、打包、拆包、搬家后整理），每次都几乎丢掉半条命。然后每次在装箱打包的时候都会埋怨自己：为什么要买这么多东西啊？

书自然是最多最重的所在，除了杂志社会定期邮寄样刊给我，还有一些朋友知道我爱书于是纷纷选择把书当作礼物，另外逛书店也着实是我的一大爱好，并且每回逛书店都不会空手而归。而买书的主要原因除了总是恰巧能遇到一两本馋到流口水迫不及待在回来的路上就要开始阅读的书外，另一个原因就是想拯救一下实体书店就要从世界上消失的无奈困境。所以每回逛书店总是会买一本原价书小小支持一下，我不知道这是否真的能有作用，但哪怕能为书店的生命力多延续一秒钟也是好的。

于是呢，书就越积越多，它们陪着我跨越城市，又在城市里来来去去，换了一个又一个书架。

我想许多习惯的形成都与小时候的经历不无关系。对于书的囤积可能与小时候的"缺乏"有很大关系，小时候着实体验过几回把书读完，又找不到再可以读的书时的那种无助感和空虚感，真的很难受啊！当时还没有网络，不像现在随便就可以读到想读的书。

于是一度我才总是觉得"多"就是"富足"，是安全感，可以有更多选择性，永远不会担心短缺。然后就变成现在这种情况：许多书买回来就插进在书架里，心想"嗯，等留到需要的时候再看吧！"然后一等就是若干年，许多书从未翻过。最近还在老家翻到几本足有十几年历史的书，当时大多是被封面吸引就买下来，却连内容是怎样都不知道，这实在是对书的不尊重。

所以我想对于这样的事情最好的解决方案就是给书都设置上保质期，听说外国确实有一种有保质期的书，书的内页是用特殊材质的纸制造而成，一旦拆开包装就必须在三个月内读完，否则书里的字迹就会与空气产生反应全部消失，变成一本普通的笔记本……

后来当我想把我的书全部读完时发现这已是不可能的大工程了，因为书实在太多了，并且还在继续增多，于是对于短缺的恐慌感都转换成了过剩的浮躁感。因为这样，有时我甚至开始留恋那种"缺乏"的感觉，因为缺乏，所以会渴望，会激发很多想象力，用现在的话来说就是"YY"（意淫），"YY"一些书的内容，或者幻想自己拥有时的感觉，那都是很快乐的，想象力真是快乐的重要来源之一。

所以书不要太多，东西不要太多，多了都会成为负累，化成压力。

除了书以外，我最多的便是衣服。其实我是个很不愿意买衣服的人，总觉得麻烦，但很多时候要被迫拖着抗拒的身体去选一两件新衣服，因为工作，有时要出席一些活动，签售啊、录节目啊、演出什么的，总是不希望被人发现两次穿着同样的衣服（但其实根本没人注意我）。忘了是哪本杂志曾经特地拍下一些艺人穿了相同的衣服参加不同的活动，被评为大笑柄。我也不是很怕变成笑柄，但也想至少在活动中体面一些，在每次活动里都穿着和从前不同的衣服，会有一种"新的开始"的感觉。

但我后来学聪明了，买的衣服多是白色或黑色的，每次可以在装饰上做些小文章，这样一件旧衣服就变成一件"新"衣服啦！当然有这样的觉悟是因为我发现衣服实在太多了，多到衣柜已经装不下。

我有"舍不得扔衣服"病，因为总觉得穿过的衣服上会有当时的回忆，于是就保留下来，仿佛企图留住旧时光（我还留着许多十年前或者更早的衣服，偶尔会穿一下，会有一种穿梭时光的感觉！）。还有的衣服俨然已经或大或小不合身，我又会觉得万一哪天胖了或瘦了还是可以穿的嘛，于是就都统统留起来，就像个喜欢囤积旧物的老人，主要也是不想面对总要再去买衣服的奔波啦（真的不喜欢逛街，每回都是选定了东西马上就走人）。于是有朋友看到我的衣服会说："不得不告诉你，你的许多衣服已经与这个时代没有任何关系了，快快扔掉吧！"但其实我想等到下次潮流轮回回来的时候再穿……哈。

我最不想面对的事情之一是在每次换季的时候要整理衣物，把春夏或秋冬的衣服装起来，再把秋冬或春夏的衣服挂出来，那是个巨大又恐怖的工程。同时每回整理衣服的时候都会掉出几件从未穿过的衣服，会有一丝悲伤，感觉不尊重衣服，也浪费了它们的存在，同时也会想：这几件衣服当时是不是可以不买呢？这样既能省下一些钱，又能换回多一些轻松。

"过剩"的确总是会制造出许多麻烦来，我有时会怀念小时候没什么衣服的岁月，那时候基本都是一个季节就一件衣服，最多还有一套校服，因为没有选择，所以少了许多困扰，每天不用花费任何精力和时间在选择衣服上。

所以到底"多"好，还是"少"好呢？

应该都是好的吧，多了会让人充实，少了会让人畅想，给人目标。不好的是"太多"和"太少"吧？所谓物极必反，什么事情当"太"了的时候就会让人不安吧！可恶的是这个度又很难拿捏。

我以前总觉得朋友越多是越好的，世俗里也有一种说法是"多一个朋友多条路"，于是我有一阵到处挥洒友情的种子，后来还因此经历了一场"友情成灾"。

那一阵我在闭关创作，但因为先前种的"友情的种子"已经逐渐发芽，于是开始有很多朋友约我，起初还是可以应付的，但不知怎么那一阵好像中了邪，邀约都集中到一起，我在一个个会面和饭局里来来去去，没有停歇。很想拒绝，但有的实在无法拒绝，有的先前已拒绝过两次也不好再拒绝第三次，而工作的闹钟又在不停敲打我，于是我快崩溃；而更崩溃的还在继续，因为友情的传递是一种能量互动形式，有时就像打乒乓球，你来我往，当你播下种子，如果种子开了花，你就要负责浇水，友情也不都是白白送给你的。于是呢，"接球"的时候来临了，同时又是鬼使神差地集中到一起，有朋友从远方来需要接待，有朋友拜托的事情需要帮忙，有朋友要借钱得去想办法……那时候我在想，朋友固然重要，但如果能少一些，会不会简单得多？平时大家都忙着自己的事情，偶尔和一两个知己见见面谈谈心那不是更好吗？我小学时只有一个最好的朋友，没有选择，我所有的友情都给了他，自然他的全部友情也都给了我，留下了许多深刻的回忆，至今都记得。我多希望自己是漩涡鸣人，会"影分身术"，那样就可以到处交朋友，可无奈自己实在分身乏术，真没法分割出那么多份——放送。

人的时间和精力都是极有限的，拥有不了那么多，也拥有不起。

友情的问题有时也可以延伸到恋情上，有的人的爱只与一个人分享，有的人喜欢到处留情。显然只爱一个人会简单得多，虽然可能不免显得单调，而情人多了选择多了但问题也多了，自己相当于被分割了，越细碎越复杂，就像一个演员要同时跑好几个剧组，不乱才怪，即便不乱也会累个半死，够他周旋的。记得多年前看过一出肥皂剧，一个到处留情的男人进了医院，他 N 多个女友同时来看他，起初他还试着应付，最后却演变成了一场啼笑皆非的闹剧。我不想成为这样的男人。

最近我常常觉得"少"比"多"更合我的口味。

尤其最近我回到老家过夏天，因为我难得回来，爸爸每顿饭都会做好多个菜，而且都是大鱼大肉，于是每次我只能顶着巨大的压力进餐，这里面交织着为了回报爸爸的辛苦要努力多吃些的决心但又肯定吃不完会浪费食物的罪恶感，还有浪费了食物也同时浪费了爸爸的用心的伤感，和吃得太多之后肯定会难受的纠结感。

爸爸成长在一个物质极其缺乏的时代，体会过那种"少"的恐慌，于是他始终认为"多"就是"好"，"少"就是"不好"。

于是许多"物极必反"的道理我大多都是先从爸爸那里体会到的，其中许多事会让我哭笑不得，但回想起来有时又忍俊不禁。比如我说某一种东西"挺好吃的"，他就会第一时间买很多很多回来，然后经常因为吃得太多，弄得我之后再也不想吃那个东西了。有太多被我列入黑名单的食物和物品都是拜爸爸所赐，因为有过"太多"的经历，留下不少心理阴影。

但我也必须明白这并非爸爸的问题，只是那个年代在他生命里刻下的痕迹，于是才有了他独有的表达爱的方式。

　　真的，什么都不能太多。再喜欢的食物每天都吃也会吐的，再喜欢的歌一直听也会厌的，再喜欢的人如果每天24小时都在一起也会出问题的。

　　"多"与"少"的控制就像在吃一盘盖饭，要控制好每口菜与饭的比例才能恰好把一整份吃完。

　　"多"与"少"的拿捏就像一个调色盘里的颜料，要控制好它们的比例才能画出好看的画来。

　　"多"也不好，"少"也不好，"恰到好处"固然最好，但最让人意味深长的是"少那么微妙的一点点"，那一点点绝美的缺憾，还差一点点就是完美的状态，反而是现在的我最喜欢的完美时刻。

小永远

1

那天表弟雨海对我说，无论你的画，你的歌，还是你的文章总在透露着一件事情，就是，你总想停留在某一个时光里。

我说，或许这表达了我对"永远"的渴望。

雨海说，这个世界没有永远。

2

我当然明白这个世界是没有永远的。

四季更迭，花开花谢，潮起潮落，白天黑夜，生与死……这个世界无数的讯息都在告诉我，一切都在按照"周而复始"的轨迹有条不紊地运行着，没有什么能够停下来。

死能让一切停下来吗?

起初我以为是的,所以年少时我总渴望死,就像每个怀抱着忧伤的年轻人一样,总有那么一段。但后来当我发现一切都没有"永远"后,我不想死了。

所以你相信轮回吗?

不信也没关系,我不会要求不信的人去信的,坚持自己的认知就好。但我是信的,不过说信有些言重,不如说是因为我觉得轮回就是存在的所以并未过多在意,就像我不会特别关注每天太阳是否会升起又会不会落下,月亮会不会永远保留着缺口等不到月圆……这些事情都是无须质疑的,也无须过分关注的。

整个宇宙就这样运行着,这里面的万物也都这样运行着,无数的周而复始,看似复杂,却又简单。

所以没有永远的生,当然也没有永远的死。

生是死的最初,死是生的开始。生一段时间,就要死一段时间,然后再生出来,就像树叶,生如夏花,死如秋叶,次年依旧。

如果把生与死的过程缩小来看,可能就是醒着和睡着吧。一天又一天,醒来又睡去;一生又一生,活过又死去。我知道在许多国家里,将"睡眠"称为"小死",所以我们每天都在做着"大死"的演习。

死后的世界是什么样呢?

我不知道,或者说不记得,也不可能会记得,那是一个身体与脑已经分崩离析后的状态,不再有记忆,不再有画面,因为已经脱去了肉体的各种知觉,脱去了心灵的各种情素，所谓的你已不再是你，你充其量就是一个波长，或是俗称的"灵魂"。我猜想那时的自己会有一种前所未有的安宁吧，一种不想去拥有也毫不怕失去的圆满感，那一定是一种比梦更美满的感觉。

只是，那种感觉也不是永恒的。

渴望永远地死去，就像渴望永远地活着一样荒唐。古时无数追求长生不死的人如今都已死去，曾经无数寻死并已死去的人如今可能依旧饱受着生的折磨。

所以我总是不禁要问，为什么要生，又为什么要死？

3

几天前，我家养了近十二年的狗狗"六十五"永远地离开了我们，虽然我们都知道这个世界永远没有永远；虽然我们知道它总有一天会死去，会离开我们；虽然我们知道它只是进入了一个新的轮回里，并在未来的许许多多年后，我们也许还会在轮回的旅程里以不同的形态相遇；虽然我们知道它的今生已经很幸福很圆满……但当看到它在妈妈的怀里停止呼吸的时候，那种感觉还是无比痛苦的。

那天晚上它就像在一直等我归来一样，我回到家时看见爸爸妈妈正围着它，它在不停抽搐，然后很快地，它在我们三个人的陪伴里停止了呼吸。

妈妈那一刻的哭声是我不敢再去回想的，毕竟在这近十二年里，只有六十五一直陪伴着她，妈妈说无论做着什么，六十五都一直陪伴在她身旁，望着四周，就像在保护主人一样，即便是睡觉，它也会依偎在妈妈身边……我很担心，在往后没有六十五的日子里，妈妈是否还能安然入睡，是否会经常在午夜梦回时又深陷痛苦的思念。

这两年里，六十五一直陪着爸爸散步，此前它一直箭步如飞引领着爸爸，只是近几个月身体状况每况愈下，毕竟已经快十二岁了，作为一只狗，"生"的阶段已接近极限，"死"的阶段开始召唤……只是我不忍想象往后的日子里，爸爸拄着拐杖一个人走在路上的身影。

那个夜里，我们三个人一起把六十五埋在伊通河旁边的土地里，我想几年以后那里也许会长出一棵树。

那夜我一夜未眠，心里有种撕裂的痛，但我知道，妈妈和爸爸心里的痛要比我多一万倍。悲伤的是，我没有因为六十五的死而流泪，只是心中的疑问开始增多，开始更多地思考起关于生和死的问题。

爸爸和妈妈经历过比我更多的亲人离世，爸爸的妈妈——我的奶奶，还有他的两个哥哥和一个弟弟，妈妈的妈妈和爸爸——我的姥姥和姥爷，还有他们许多重要的亲人和朋友……听说还有一个才怀上不久就被"计划生育"政策勒令打掉的孩子——我的妹妹。

爸爸说，人的一生真是要来受苦的吗？要面对这么多亲人的离去。

关于这个问题，我们几天前还展开过一次讨论，是关于结婚和生子的问题。那天我问爸爸，你和妈妈为什么要生我？是不是看别人都生了孩子，所以你们也生了？

没有得到明确答复，但估计是这样。

关于是否要后代的问题，我是持反对意见的。首先我不想要孩子，因为从来没有过这个想法；其次我觉得我连自己都没教育明白没有资格去教育一个小孩，当然很多学校和老师实在更是没有资格的；最后一个重要的原因是，我觉得人生太苦了，我带一个生命来到这里，就等于要带很多的苦给他，他将从小学就开始加入人类的竞争甚至更早，直到老去；他要参加无数次其实并没有意义的考试，浪费生命；而最主要的，是他要面对一个个亲人离他而去的痛……直到最后，他也将离去。当然如果他能先离去是最好的，把离别的痛交给剩下的人去承受……比如我。这听起来似乎很残忍，但被抛下的人的确比离开的人更沉重。

我这个观点曾在网上遭到许多人的围攻，他们觉得我没有权力阻止一个生命的来临。但是作为一个以同样方式来临的生命，我对于是否能来这个世界其实是无所谓的，来了就好好活，没来就继续睡，只是我知道，我不可能永远睡，没有这样的好事，我总会被某一扇门突然打开召唤而来，来品尝苦乐交融的一生，再在我死去的时刻忘记一切，周而复始。于是我想关了我这扇门或许也是对"永远"的一种渴求，我希望他能一直睡着，做着美梦，尽可能久些……尽管我知道也许那个生命还会从其他的门来到这个世界；尽管我所阻止的可能并不是一个生命的到来，而只是阻止了他们通过我这扇门。毕竟他们迟早都会相继到来的，并又相继离去。

六十五离去的那天夜里，我望着星空，想象着地球，在这个星球上，每分每秒都有无数的生命离世，又有无数的生命到来，络绎不绝，周而复始，那是个怎样宏伟又壮观的画面，每分每秒都在发生，虽然我的眼睛看不到这些，但是我能感觉得到。

六十五那晚也变成一个离去的生命升上天空，像一颗星星，加入到"轮回旅行队"里。

4

在六十五离世后的几天里，电视机常常空播着，为了掩盖屋里的死寂，这是最难熬的几天。

我每一天的感觉都在变化，从第一天的沉痛，到第二天的悲伤，再到第三天的渐渐平静；尽管妈妈还是总会突然就哭起来，哭得那么伤心，那么委屈；尽管爸爸依旧总是坐着发呆，偶尔会用手擦拭一下眼角；在这个时候，我又庆幸这个世界永远没有永远，正因为没有永远，悲伤才总有一天会过去，我才能再见到妈妈和爸爸的笑。只有时间能抚平各种伤，尽管它总带来欢乐，又带来悲伤，也将未来无数的变化和不可知也统统带来。

那几天，电视机里常常播着"自然频道"，BBC 的动物世界，是我百看不厌的节目。常常，我喜欢动物世界里的单纯，又惧怕着动物世界里的残酷。小动物成为天敌的食物，天敌的上层还有天敌，这样一级一级的，就像一个精心设计的游戏规则，或一个有条不紊的运行程序。曾经我总觉得恐龙时代是一个血腥又残暴的时代，因为那里只有"吃"与"被吃"两件事：植物被食草恐龙吃掉，食肉恐龙吃掉食草恐龙，而食肉恐龙死后又变成植物的养料被植物吃掉……但再想想，其实这和如今的动物世界也完全没有区别啊。这些都是发生在这个星球上的事，遵循着宇宙的规则。

有时我不禁会想，如果我是一个等待轮回的生命，那我究竟该选择成为哪种生物呢？如果有选择的权力，我一定不想成为食物链低端任人宰割的动物，我一定想站在食物链上层，因为在那里似乎可以逃离更多痛苦。但这时我才想起来，身为人类，我已是最顶端了。

而痛苦，摆脱了吗？

真的很无奈，那时我又想起妈妈怀抱里的六十五，当它停止呼吸的那一刻，即便是至高的人类，即便用了动物们无可企及的药物和科技手段，我们依旧无法挽留一个注定死去的生命；我又想起那些所谓的"人上人"，那些最高权力的皇帝、贵族，那些财可敌国的富豪，那些受千百万人瞩目的明星……又如何呢？谁也无法阻止至亲的离世，谁都要承受失去的悲痛，一次又一次，最后直到自己也离开这个世界。

再多的繁华，终成虚无。

这样看来，即便站在万物顶端的顶端，也依旧得不到"永远"，时间终会带走一切。从这一点上看，每个人都是一样的，世界如此公平。

于是我突然怜惜起每一个人，即便他再风光，再令人羡嫉；或者再卑微，再形同蝼蚁；甚至再可耻，再令人生厌；我都想紧紧拥抱他……轮回里的芸芸众生，是如此相同，仿佛是同一个人，只是正走在不同的阶段里。

那么一次一次活过的意义究竟是什么呢？

我曾想摆脱轮回，到达一个静止的点，那里没有快乐，没有悲伤，没有拥有，也没有失去，那里什么都没有，只有永恒。我曾一直以为轮回的形态就像太阳系一样，无数的星球围绕着太阳，越接近太阳，越接近永恒，因为只要到达中心点，便不再需要轮转，我以为那里就是我要寻找的"永恒之地"……但后来发觉，那个点是可以无限小的，即便再小的点里也可以装下无数更小的轮回。

无限大的宇宙，无限小的微尘，宇宙里包含着微尘，微尘里包含着宇宙。可以说，无限小和无限大是一样的，它们根本就是一体的，这或许就是宇宙的终极奥秘，也是一个巨大的骗局。

我不懂任何宗教，但我知道每种教派会有很多相通的地方，就是都有个最终要去的地方，我猜那里就是永恒吧！是极乐净土，是天堂，是神界，或是我所说的"永远"。

尽管按我的推算，"永远"是永远无法到达的，但或许在某个更高的次元里，确实有这样一个地方吧？只是作为一个人类，受到大脑的局限，思想也只能到此。我常常打这样一个比方，当一只蚂蚁被人踩死，它可能不会明白自己是怎样死的，因为它们可能根本无法理解人类的存在，尽管我们确实生活在同样的时空里……所以，或许？还有更高的生命存在吧！我们也生活在同样的时空，只是我们看不到他们。

不知他们是否也有自己的痛苦，不知他们是否也无法到达永远，还是说，他们就存在于那个叫做"永远"的地方？

他们是神灵吗？是佛祖吗？

我多想得到他们的指引。

有人说人类是万物中极接近神的存在，因为人类对"永远"总有一种莫名的渴望……许多人希望青春永驻不要变老，许多人希望永远停留在最辉煌的时刻，许多人希望家人永远健康陪在身边，许多人希望爱人永不变心……但人毕竟是人，他们在渴望"永远"的同时又希望自己能够"变"得越来越好，越来越出色，越来越精彩，越来越幸福……但"变"和"永远"本身就是矛盾的，"永远"就是"不变"，"变"就不能够"永远"，但在这个世界，唯一"不变"的，就是"变"。

最终，这变成了一道无解题。

5

我想我没有时间再去过多地悲伤了。

就在六十五去世前的几天里，我刚在日记里写过这样的一段话：

"只是在那时，我想起妈妈正在隔壁的房间里睡着，六十五也在睡着，爸爸也一切安好，如今的我，是何其幸福的，不是吗，在多少年后如果我回想起现在，那将是一个我多想回来的时候啊！2013年8月22日"

　　尽管那时我并不知道，六十五会在几天后就离我而去，并且它的离开，让我的世界有一种崩塌的感觉。

　　于是以现在为参照物，看起来，日记中的那一天真是无比幸福的，尽管实际上那一天我是无比糟糕的，因为刚得知那个抛弃我的家伙又找到了新爱情，于是那晚我的心情无比昏暗，只能写了上面的话来安慰自己。但现在回头看来，我情愿回到那一天，我的六十五还在的时候，即便心里再痛苦，我也还希望我的六十五还活着。

　　这么多年，许多人对我说过会永远爱我，这其中有和我两情相悦的人，也有单方面执著的追求者，可慢慢都先后离我而去了，最后连朋友都不是。爱情的保质期太短了，有时就像一件衣服或一件配饰，很快就过时了。

　　我想爱情之所以看似美好，就是因为它常常会给人一种"永远"来临的错觉吧！每当有人说"我会永远爱你"的时候，我会真以为因此得到"永远"了。可爱情很快就离去了，原因多是"你变了""你不再是从前我爱的那个人""我喜欢上别人了""我不爱你了"……最后曾经坚定的爱情都败给了"变"，因为每个人都是在变的，一切都是在变的。

　　而爱情之所以珍贵，就在于它的"变"吧，它的飘忽不定和扑朔迷离，你永远不知道每一段爱情的保质期究竟会是多久，尽管在最初，许多人发誓自己的爱能够到永远，尽管那时他们早就丢弃了童年最爱的玩具、少时最爱的运动衫，他们深知自己的爱不知变过多少次根本没有永远，但也只能催眠自己，并紧握着一段感情，努力，珍惜，经营，维持……可爱情一旦走了，便转瞬即逝，犹如生命骤然离世。

　　这个世界一切都是有保质期的，一瓶汽水，一只罐头，一本书，一个生命，甚至一块石头也总有一天会被风化成细沙，一座城市也会有消失的一天，我们的地球也迟早有一天会消亡，太阳也总有一天会燃烧殆尽。

如今我再回头看"爱情"，它就像西天取经途中路过的"小西天"，看似美好，却潜伏着妖魔鬼怪。爱情来去一场，带来了甜蜜、浪漫、凄美、遗憾，也催生了心里各种丑陋的种子，自私、猜疑、嫉妒、怨恨……爱过一场的意义，原来只在于你怎样拿起爱情，又如何放下爱情；活过一场的意义，原来只在于你怎样生来，又如何死去。这一切看似复杂，却又如此简单，你最终要将所有拿起来的东西都放下，将所有得到的东西都归还，让一切归于恒定和完整。

所以，缘起，缘灭，周而复始。

6

我想我不会再过分崇尚爱情了，不会再幼稚地把它当成通向幸福的唯一道路，也不会再把过多精力倾注在某一个人身上，因为在这短暂的一生里，还有更多值得专注和珍惜的地方。

在六十五离去后，我反观起爸爸妈妈，在过去的许多年里，我曾那样疏于陪伴他们，我把许多的爱都给了不相干的人，却只把匆忙的身影留给了最爱我的父母。我知道在未来的某一天，我的父母也会先后离我而去，会再带给我人生里两次最大的沉痛，但我无可奈何，即便再珍惜也留不住时间，它迟早会带走我的一切。

所以我才总想让时间定格，让时间永远停留在最美好的时光。

每次离家，我总希望我身后的一切就此停止，待我归来再继续……

而每次我归来，却都发现爸爸妈妈又老了些，爸爸拄起了拐杖，妈妈的白发越来越多，他们不再是我最初离家时穿着笔挺西装的爸爸和哼着甜美歌声的妈妈。

我最好的同学和几个朋友在我离家后陆续结了婚，进入人生的新阶段，而我变成了他们旧阶段里的回忆。

我房间的书开始泛黄了，书脊在多年里被阳光晒得褪色。

再穿起衣柜里从前心爱的衣服，已会有人问"这是什么时代的衣服"。

爸爸在2003年给我买的 CD 机开始莫名地出现故障，先是一个按钮坏了，接着连光碟都无法读取。

我在2005年组装的号称"宇宙最强电脑"如今硬件已无法支持许多最新的软件，于是它总在吃力地"吱吱嘎嘎"呻吟着，就像在闹脾气。

我房间的墙皮也开始脱落了，露出岁月的痕迹。

洗手间的瓷砖也掉下两块，我只能赶快修修补补。

……而在我2006年初离家的时候，这里所有的一切都是崭新的。

虽然我最初便知道，我的所有在多年以后都会变得陈旧，并一直破落下去，而现在回头再看当时，仿佛只是刹那的事情，就像掉进时间的裂缝，时间卷着变化从我身上吹过，快得让人错愕。或许在未来某一天，当我年老临终回顾此生时，也依旧会是这样的感觉吧！

不过还好，我有一个方法，可以停住时间……

　　总有人问我，你为什么那么喜欢拍照？有什么可拍的？

　　还有人对我说，你为什么从小到大每天都写日记？记下来做什么？

　　当然不只表弟雨海，许多人都曾问我，为什么你的画里，你的歌里，还有你的文章里总在透露着一件事情，就是，你总想停留在某一个时光里。

　　我说，因为这个世界没有"永远"，我却想把生命里最美好的东西都保留下来，我不能将它存放在记忆里，因为那些记忆总有一天会像过往的悲伤一样慢慢淡去，我无法停止自己的变化，无法停止周遭的变化，我无法企及"永远"，于是我只能自己去创造一个"永远"！

　　于是那些最美好的东西永远留在了我的画里，我的歌里，我的字里行间，和我尽可能记录下的每一件事里……那是属于我的"永远"，尽管它和真"永远"比起来是那么不值一提，但已是我今生最长的"永远"。

　　我的"永远"，是我的有生之年。

　　我荣幸地称它为我的"小永远"。

▲一年一次的搬家，
这是2012年时在北京租的房子。
窗口有书桌，还有茉莉花。

▲2013年《大北京小身影》的演出海报。
如今已经做了上百场这样的专场演出，但这场始终记忆颇深。

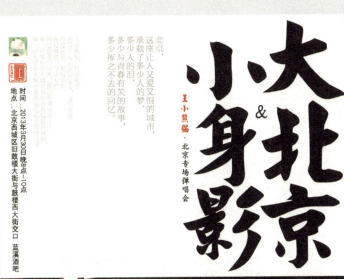

时间给了你唯一的结果

两个月过去了，我已渐渐从失去六十五的悲伤中恢复过来。尽管许多人不解，说："那不就是一条只狗吗？至于吗？"

妈妈说，这个世界上有一些人是不会因为宠物的离开而悲伤的，他们始终认为动物是动物，人是人，他们的心里没有那么多爱，所以也不会有那么多悲伤。

尽管在悲痛的折磨里我有时会羡慕那些冷漠的人，但悲痛依旧在心里翻搅着，那么真实，一阵一阵，间期性的，只是随着时间，这个间期在慢慢变长。

时间果然能带走哀伤，我似乎应该感谢它；但它也带走了一个对我重要的生命……并且在往后的许多年里它还会带走更多更多，直到也将我带走，这样看来我似乎又该对它怒吼，可它依旧从容地"带走，带来"……"带来，带走"……不为所动。这样说来，我们也曾被它带来，但也将被它带走，都在看似很久的一瞬间里。

这是注定的事情。

　　在六十五去世的几天里让我十分懊悔的一件事是，我没有阻止爸爸妈妈送它去宠物医院。那几天六十五一直在拉肚子，越来越虚弱，最后的傍晚，在我出去的时候，爸爸妈妈第一次带它去了医院，第一次打针……当然这些也都成了最后一次。六十五打完针回来后就一直抽搐，牙咬破了嘴唇，血顺着嘴角向下流，然后在我回家没几分钟后，它就死了。后来听说许多宠物医院为了赚钱，会以低到不可思议的价钱购进一些来路不明的药，用了那些药的后果可想而知，许多宠物都因此离开了世界。

　　在这样一个疯狂的时代里，不只宠物，连许多人都成了利益的受害者，遗憾的是那些因贪婪而失去良知的人却始终不明白，有些事情是迟早要清算的，这个世界的一切始终是平衡的，你让它失衡，它就会让你付出代价，只是时间早晚的问题。

　　"早知道，我应该阻止爸爸妈妈送六十五到医院去……"

　　某个夜里，我懊悔地在电话里对表弟雨海说，而他的一句话就让我醒了，把我从后悔漩涡中解救出来，他说："这个世界上没有'早知道'，已经发生的结果就是唯一的结果，你只能接受它。"

　　哦……是啊，在许多结果发生以后，我们总喜欢做这样那样的假设，假设自己"如果……（那样）……就好了"，然后心在悔恨中经历一次次的痛和无能为力……这是一件很没有意义的事。难道能坐时空机回去重选一次吗？就算有一天真的有了时空机存在，时空警察也一定不会允许我们跑到过去随便更改任何一个决定的吧，因为任何一个微小的偏差都可能引起蝴蝶效应，造成不可预计的后果……况且并不会有时空机，至少在有生之年（我猜）。所以，已经发生的结果就是唯一的结果，永远不可能扭转了，也不必再为它费心费神了，只是徒劳。我也不想去探讨平行世界的问题了，因为不管它是否存在，或者那个世界里的自己再幸福或再绝望，也都和我毫无关系了，因为时空警察一定不允许他们和我有关系。时空警察管的事情真多……好烦。

就这样，当我从"后悔牢笼"中解脱出来后，显然轻松多了。是的，我无法阻止爸爸妈妈送六十五去医院，因为这件事已经发生了，没有人能改变时间的规则，人类和时间来比较，连用"渺小"这个词都显得太夸张。

"去医院……是我们那时候唯一能做的选择……"妈妈这样说。是的，就算真没送六十五去医院，它依旧会去世的，它已经快十二岁了，生命接近极限。如果在它病重时因为没送医院而令它去世，我们又会陷入另一种自责与懊悔中。

于是，这变成了一道无解题，无从选择；这也变成了一道同解题，终究是一样的结果。

最后，我只有接受了这个现实。

我必须要回北京了，新的工作在日程表上每天敲打我。爸爸妈妈说：放心吧，我们会很好的，不会感到寂寞。

离去的当晚，我在火车站的入闸口望着爸爸和妈妈的身影……从前在儿时印象里的两个高大的身影，如今看起来竟都小小的，他们一直望着我，目不转睛的，而我不敢多看他们，因为每多看一眼，眼睛就要模糊一些，只能赶快挥手告别。

我始终没有办法像六十五一样在有生之年一直陪伴在他们身边，这让我感到悲伤。

回京后的几天收到妈妈的信息，说在六十五"头七"这天，爸爸为六十五做了个牌位，前面放了六十五最爱吃的东西，还有一盒六十五的毛，那些毛是爸爸在每个角落尽可能搜集到的。我这才想起爸爸之前的忙碌所在，在六十五去世后的几天里，爸爸一直拿着放大镜和镊子趴在地上努力寻找着每一根六十五遗留下来的毛，每找到一根就小心翼翼地装进小盒子里。有一次他欣喜若狂地找到一大团黑灰色的物体想收集起来，妈妈觉得他疯了，对他嚷："快丢掉！那些不是毛啊，都是灰尘！"我看见爸爸遗憾地转过身，将那团物体丢进垃圾筒，然后走到墙角拉起胸前的衣服擦了擦眼角，不知是汗，还是泪。爸爸可能想克隆出一只六十五吧！我知道。在小时候他似乎和我讨论过这个神奇的话题，他说："在未来，如果失去亲人的话，只要用他的头发就能让他复活，但我可能看不到那个时代了，未来是你们的……"

我们始终无法只把六十五当成一只狗，失去它的痛和失去一个亲人没有区别。并且在爸爸妈妈心里，那些痛更是加倍的，先前每次面对的离别，即便是一只小猫，一只小鸟，那些伤心都是无法掩饰的，生命的离别总是在一生里一次次上演。在父母走过的这些年里，时间带走了他们身边一个又一个至亲的人……

有时我会庆幸自己出生在这样一个家庭，就像成长在一条爱河里，爸爸妈妈心里始终装着无尽的爱，他们始终用天真又善良的心面对着这残酷世界的一切。我知道时间总有一天也会将他们带走，但我确信他们最终一定会去一个美丽的地方。

回到北京的日子里，一切变得安静起来，我一个人工作，一个人吃饭，有时一阵突如其来的寂寞来袭，我会跑出去透气，一个人走在街上，一个人坐车，一个人找个地方坐坐，喝一杯。

这些年，身边的人来来去去，就像风景，擦身而过，最后都只留在蓦然回首的记忆里。那些曾经遇见过的奇妙缘分，那些许多次机缘巧合的相遇让我错以为真的遇见了某个注定的人……而时间依旧保持着它一贯的作风，送来了缘分，又带走了缘分，世界上没有永远不灭的缘，于是缘灭之后，那个人也就随之消失了，消失在我的生命里。

那些说过爱我的人，如今都哪去了呢？

每个人都像时间河流里的沙粒，激流把我们冲到一起，粘在一起的两粒沙共度一段旅程，激流又将它们冲散。最后许多信誓旦旦的誓言，都败给了时间。虽然心痛，虽然不舍，又能怎样？每个人都要经历的必修课。

于是尽管孤独，我不再后悔之前的每个决定和每件发生的事情了，不过偶尔，只是偶尔，还是会有诸如这样的想法……或许我不那样做……不说那样的话，我们就不会分开了……但又马上收回这样的想法，因为在时间的轨迹里没有"或许"，也没有"如果"，更没有"早知道"，现在的每一个结果都是唯一的结果。

于是我也不再费神去想那么多的过去了。"如果做了那样的选择，如今的人生又会怎样……"变成一种无聊的思考，因为如今的人生，就是唯一的属于我的人生，它就是这个样子的，现在这样。

然后在有一天回家的路上我写了一首歌，叫《对于时间的疑问与思考》。当时我戴着墨镜走在人群里，没人知道在墨镜背后，是一个怎样的表情。

对于时间的疑问与思考

词／曲：王小熊猫

是否 有时会觉得生活失去意义

时间它匆匆的 匆匆的 带走了拥有的一切

那些说过爱我的人 如今都哪儿去了

有的人变了 消失了 或者永远地离开了

我知道

总会有那么一天 时间会带给我新的一切

只是在那之前 还是要一点点 品尝孤独 体会痛苦

哦 虽然有时会问自己 什么才是我活着的意义

然后 我听到有人说 有一天你会懂的

有一天 你会懂的

这些年 我身边的人走上不同的路

有的人风光了 落寞了 或不停奋斗着

世界 对待着每一个人

他们依旧 笑着 哭着 在各自的烦恼中

我知道

总会有那么一天 时间会统统带走所有的一切

只是在那之前 还是要一点点 追逐着梦 伴着无助

无论悲伤 还是幸福 不过是生命里的一段路途

最后 总是要一个人 总是要一个人 走在回家的路

我知道

总会有那么一天时间会统统带走所有的一切

只是在那之前 还是要一点点 品尝孤独 体会痛苦

哦 虽然有时会问我自己 什么才是我活着的意义

然后 我只能对自己说

有一天你会懂的

你会懂的

你会懂的

Ah……I look up at the sky……

I look up at the sky……

I look up at the sky……

Ah……I look up at the sky……

I look up at the sky……

I look up at the sky……

En……

2012 的最后一首情歌

与2012年告别时，我在广州当"好妹妹"跨年演唱会的表演嘉宾，于是和每一年都不同，这次的倒计时在巨大的 Live House 里进行，我在后台看着台下挥舞的荧光棒，听着台上轰轰作响的音乐，这样的跨年方式还是先前从未想过的。

2012年，因为一些生活上主动与被动的变故，我暂停了漫画的脚步，投到音乐里，变成一个民谣歌手，就像进行一场未知的旅行，从一个地方去另一个地方，有许多陌生也有许多新鲜，归期未知，但家终究是要回的。还好我依旧可以写作，这个心灵的避风港永远坚实。

这一年的生活方式发生了巨大的改变，以至于我需要用更快更直接的方式表达自己，与人交流……唱歌，显然成了当下最好的选择。于是我开始演出，穿梭于北京后海与鼓楼的酒吧。

在结束了深秋的一场名为《明日的拥抱》弹唱会后，我在"重生日"（2012年12月22日）这天又开了一场名为《那些爱情故事》的弹唱会，之所以选定这天，可能是想"让爱重生"。很高兴在末日之后所有人都还活着，我也活着，只要还活着，就还可以继续做爱做的事。很喜欢这次弹唱会的宣传语："冬日午后，暖暖的房间里，听王小熊猫为你唱情歌，与王小熊猫共同探讨爱情……"

说起来这一年我对"爱"实在有太多感悟，仿佛不趁年底倾泻出来，它们就会统统溜走一样。当然能开这样一场全是情歌的弹唱会也一直是我的心愿，我不希望它只是一场简单的表演，而更希望能给人一种对爱情的思考，就像我从前创作漫画一样，我也总希望那些作品不是我个人的搔首弄姿、自娱自乐，而是里面确实能给人些什么。

这次弹唱会的时间是下午，刚好撞上了四六级考试的时段，人来的不多，每人都有座位，反而有了更好的交流。所谓"弹唱会"其实更像一场"谈唱会"或"座谈会"，除了弹唱了20首情歌，还说了许多话，话里有我这些年对爱的感悟，还有真实的故事，我总是说得小心翼翼，因为有些回忆就像一层纸，一戳就破，里面呢，全是泪水……虽然一直以来总有人教育我说："你这年纪轻轻的，哪会有什么经历啊？"我只能用一句歌来回应他："爱是我唯一的秘密，让人心碎却又着迷……"（出自莫文蔚的《爱情》，这次第一首唱的就是翻唱这首歌）。那天听说现场有人哭了，可我没看到；而我却破天荒地第一次没有在专场流下眼泪，除了在讲《手语》这个故事的时候有一些哽咽之外。

最后唱过安可曲《亲密爱人》，我对大家说："爱，真是个很奇妙的东西，不管你有再高的学历，再多的理性，在爱情面前，也总会难免困惑，心生疑问。而其实关于爱，许多问题，是没有答案的，也或者，一万个人有一万种答案。只希望，你能找到那个最适合你的答案；只希望，你能去爱一个值得去爱的人，善待那些爱你的人，珍惜每一段与爱人共同走过的时光，不管它是长是短，不管它有怎样的结局，那都是属于你……最独特的爱情故事。"

《那些爱情故事》就像一本书，我将它翻过之后，也连带将我所有与爱有关的故事都翻了过去，也翻过了这个对我来说最不一样的2012。

弹唱会之后我就离开了北京，离开以往的生活，对于一些人一些事，没有告别也没有交代……这或许是最好的结局。

这个年底有一部很有名的电影《少年派的奇妙漂流》，里面的一句台词让我记忆深刻：

"All of life is an act of letting go, but what hurts the most is not taking a moment to say goodbye."

人生也许就是不断地放下，然而令人痛心的是，我都没能好好地与他们道别。

2012，就这样过去，虽然我没有郑重地对它说声"再见"。

末小皮，十二楼墙上的影子

认识末小皮是因为给她当演出嘉宾，2013年3月，她的《十二楼》全国巡演北京首场，那时我的吉他还弹得很烂，演出又是在麻雀瓦舍那么大的场地，我不知道她哪儿来的勇气敢找我，电话突然就打过来了，很熟悉的语气和声音，好像早就认识一样。我当即就答应了她。

回北京先去青年汇找她，看到当时还顶着蘑菇头、戴着大黑镜框的她，那时候她的"小馆"还在，一间开在十二楼的咖啡屋，平时几乎没有生意，楼下有个很小的舞台貌似也没有什么歌手来唱歌，她说宋冬野以前来唱过，不过没什么人来看，那时《董小姐》也还没火。"小馆"的墙上都是末小皮的油画，那屋子让我有一种走进她内心世界的感觉。狭窄楼梯的二层平台支了一个帐篷，那是她的小窝，虽然充满童趣但却有点寂寞的感觉。那天我们聊了很多，也包括爱情，她说她刚分手不久，尽管是笑着说的，但我看到她投射在墙上的影子，很孤独，后来我每次听她的《影子》那首歌都会想起当时的情景，一个只有影子陪伴的人。那首歌里唱着：午夜醒来的时候，发现身边只剩下自己的影子。

2013年3月，正是我最悲伤的一个月，我身边也只剩下自己的影子，我的爱情把我抛弃了。

小皮说"小馆"很快就要关掉了，而那时我在安贞租的房子也要退掉了，然后室友们各奔东西，有种即将毕业却还没找到工作的感觉，接下来要去哪儿，不知道，不知道命运会把我们推到哪儿。

那天我和末小皮一下子就成了好朋友。我们想我们真是一见钟情的，不过是"友情"的"情"，第一次见到她就和第一次听到她的声音时一样，"呀，是她，总算出现了，这是命中注定的朋友"的感觉。基本上，交朋友最重要的就是波长，如果两个人波长很吻合，在一起就会很舒服，很放松，并且什么都可以讲，仿佛有说不完的话，我和小皮就是这样的感觉，所以到现在她掌握着我的很多秘密……汗。

和末小皮一起出去玩也是件很轻松的事，因为她很少逛街，逛街也不逛女装店，连鞋子都只买男款，她从来不会和我聊化妆品，这点和我很多男性朋友正相反。我们总是喝喝咖啡、看看书，或者一起画画，偶尔还一起打电动，打打杀杀的游戏是她的最爱，我经常忘了她是个女生，她也不当我是个男生，我们之间没那么多属性，仿佛两个无性神在交流，不过有时候我们有的话题也挺色的（这也是秘密之一，哈哈）。

在这里必须要介绍一下末小皮的音乐。

末小皮从上大学时开始学吉他，至于为什么会写歌，她说是上天的赐予。这个我最明白，上天会在每个生命降临时丢几颗种子在婴儿的身体里，勇敢变成原动力，自由变成养分，能力才会开花，于是不管在学校学的专业是什么，最后能力往往才是生存的法宝。我不知道末小皮大学的专业是什么，也不关心这个，因为太肤浅，英雄不问出处，我们只需要知道末小皮会写歌会唱歌，并且都很出色，就够了。很多事情不需太复杂，她的歌里也总在传递这样的概念，那是属于她由繁归简的"末式小调"。

到目前为止末小皮已经出了3张专辑，分别是2010年的《这只蘑菇不文艺》、2012年的《刚刚好》和2014年的《树洞日记》。有时我去咖啡馆坐坐，如果老板认出了我就会在店里播放末小皮的歌，好多人以为我们是男女朋友……末小皮的歌很适合在咖啡馆当背景音乐，因为静静的，很空灵，这会让人误以为她是一个录音棚歌手，但会这样认为的人我敢保证没听过她的现场。总是无法不遗憾的是，有一类歌手是属于现场的，录音设备无法捕捉到其十分之一，末小皮就是一位这样的歌手，现场比录音好听100倍。该怎么形容她的现场呢？我有一个朋友他说自己曾看过上百个民谣歌手的现场，末小皮绝对是 NO.1，我说"那我呢那我呢"，然后他陷入永远的沉默。

基本上 LIVE 演出是没有歌手敢请末小皮当嘉宾的，因为她的现场实力会秒杀一切。我就是个悲伤的例子，有一次末小皮来当我的嘉宾，那场刚好来了一位对我感兴趣的唱片公司的老板，我们之前频繁接洽，他说一直想寻找一个有潜力的歌坛新秀，然后那场演完后此老板就再也不理我了，最后一次联系是他打电话问我："熊猫弟，请问末小皮的电话是多少？我想和她聊聊……"噗！末小皮绝对是那种陪着朋友试镜结果自己被选上女主角的那种存在！不过作为朋友，我真希望她能越来越好，越来越多的人知道她，所以我依旧常常请她当嘉宾，也当她的嘉宾，反正我也不是第一次被她秒了，已秒习惯。

说完现场，一定要说说末小皮的音乐本身，她有一首歌我是很喜欢的，叫《完美情人》，虽然这个歌名有点菜，好像肥皂电影一样。末小皮在这首歌中一开口就唱着她的情人有多么完美，多么温暖，多么呵护自己，多么溺爱自己，让人不禁想吐槽：有什么好炫耀的，哼！可副歌却突然一转，唱道："哦，我的完美情人，你在世界的哪一角？哦，我的完美情人，在天涯海角？"……天啊，原来这个情人根本就不存在。这首歌在发表后好几次差点把我听哭了！

那时正值春天，我正在发情，也渴望爱情，可是，我的完美情人，你究竟在世界的哪一角？在天涯海角吗？

关于末小皮的音乐创作，也是别具一格，基本上一听就能听出来，"哦，这是末小皮"。对于音乐创作，每个音乐人都有自己的套路，虽然末小皮比我出道早好几年，但她总是不耻下问向我讨教，于是我也会毫不留情地给她些意见……比如她的《刚刚好》这首歌，我说写得不好，因为里面有一句"我已不再留恋，塞纳河畔的拥抱"，我说这也太高冷了，谁去过塞纳河啊？你看宋胖子的"安河桥"多接地气，你还不如把"塞纳河"改成北京的"护城河"！然后，有一天我有个国外回来的朋友说末小皮有一首歌让他太感动了，那首歌叫《刚刚好》，特别是里面有一句"我已不再留恋，塞纳河畔的拥抱"，他说这让他想起曾经的爱情，他们就是在塞纳河畔拥抱……

一直觉得末小皮的生活是很多人的向往，一个人背着吉他，穿梭在一座又一座城市。今年已经是末小皮巡演的第5年了，最新的一轮巡演叫《潘卡西的翅膀》。去年她的《树洞日记》全国巡演的时候，我也在全国巡演，可惜我们一次也没在路上遇见，当我7月底坐着北上的列车给她发信息的时候，她说："我正坐着南下的列车准备开始8月之战！"巡演对于我们就像一场漫长的战斗，我们就像两个战士，《大剑》里的除魔师，各自完成着自己的任务，积累经验值，提高LEVEL。我说等我们有一天LEVEL更高的时候，就去一起完成一个大任务，打个更大的怪。

她说："好，我等着那一天！"

如今的末小皮，已不再留蘑菇头、戴大眼镜，她开始顺其自然，随性唱歌，站着唱，随心唱，演出不排歌单。这些年，岁月带走了那年十二楼小馆墙上的影子，而完美情人也出现在世界的那一角。

一秋又一秋，我们变着

　　一个入秋的夜晚，我沿着鼓楼的小巷摸索到过些日子要来开弹唱会的咖啡馆……提前熟悉一下演出场地是必要的事。

　　那天晚上是一个民谣歌者的专场，此前没听说过他，歌者的音乐我也不是很能听得明白，本想坐坐就走的，但还是听完了整场，而支撑我坚持到最后的原因是观众算上我只有两个人，我真没办法离开……另一位观众是个外国老妇人，纵使她可能根本听不懂歌里在唱什么，依旧在每首歌后献上卖力的掌声，直到最后。而我觉得更厉害的还是歌者，他在这样的情形下竟然也能一丝不苟地唱到最后，而我想支撑他坚持到最后的原因可能就是我们俩。

　　临走时对歌者说了声"谢谢"，与他喝了杯酒就匆匆离开了，我没有和老板打招呼，因为我要从始至终扮演一位观众，不想让歌者知道这次来看演出仅有的一个能听懂中文歌的人竟然还不是因他而来，而是几天后因为要来演出而来熟悉场地的同行……

　　我不知道这份用心是否是多余的，因为对于一名歌者，甚至任何一个人，无论怎样的境遇都是一种经历，会长出不同的花朵。

　　这个世界每天都在不停变化，我们谁也预期不到别人的未来，或许今天他是一个只有两个观众的歌手，说不准什么时候就一夜爆红成为每场拥有几万观众的明星，而那些曾经红极一时的明星也说不准什么时候人气一落千丈，最后被所有人遗忘。这个世界没有永恒，每分每秒都在变化，所以我们不可以轻视谁，也不可以断言谁，甚至不需要怜悯谁，每个人都有自己的起伏，只是时间点不同。

　　前几天在地铁上读周云蓬的《绿皮火车》，他说2006年时他的每场演出只有几个人来，而那时候我正住在潘家园的出租屋里画着漫画，梦想着出版自己的第一本书。去年我一个人去麻雀瓦舍第一次听周云蓬的专场，被挤到很后面的角落，只能踮起脚尖看到他的毡帽，再用点儿力，还能看到墨镜。

　　那段时间，我的好朋友"好妹妹"忙得飞来飞去，出道短短的一年半，他们从鼓楼的小酒吧唱到杭州大剧院，而跨年演唱会则会在万事达中心和星海音乐厅。他们说有一天会把演唱会开到工人体育场，我相信。

　　然后又一个晚上我边吃方便面边看一集《康熙来了》，是台湾曾经的天皇巨星高凌风的专访，他如今被病魔折磨得瘦弱不堪，和上次专访时的风风火火天差地别，在说起下滑的演艺事业时，他哭了，他说"为了生活……"，曾经觉得整个世界都站在自己这边，突然间世界像个变了心的男人，又眷顾起别人。

　　在经历了一次次搬家和多年的颠沛流离后，我总算安定下来，在东五环外的城郊结合处打算常住。房子成了我一个人的国度，我每天在这里弹琴、读书、写作，偶尔望望窗外的朝阳北路。

　　我对面的楼里住着一大家子年轻人，之所以称呼"一大家子"是因为大家有个共同的微信群叫做"家"，我也被加到里面。我们认识的缘由是里面好几个小伙伴曾去听过我的弹唱会，结果后来在小区偶遇，就这样加入到"家"

里面，成了蹭饭的常客。每到吃饭的时间，"家"里总有人喊："快回家吃饭了——"

"家"里大多是90后的男生女生，大家合租在一栋跃层的 LOFT 里，我总觉得他们像是天界的人，因为在他们的世界里仿佛所有人都是朋友，"家"里总会"回来"新的朋友吃饭，然后整个屋子里总是回荡着笑声。

但有一天"家"里突然少了一个人，听说她家人遇到意外离世，她回老家了，听说再也不回来了……我才明白，他们并非天界的人，笑容背后，每个人依旧要面对现实生活的变故。

"也许明年房租上涨，我们就要搬走了。"那天"家"里的一个小伙伴对我说。

我的好朋友梦琪的猫在她去大理旅行的时候去世了，听说那天她在大理的街头痛哭，然后回来没几天，她也搬走了。但几天后，我在漫画界的好朋友西达又搬了过来，然后又没几天，我的好朋友金力文又搬走了……

这个可能是北京最大的年轻人社区就像北京的缩影，许多人来来去去，相聚又别离，上演着各种关于变化的故事，这是个关于人生不变的主题。

有个夜里我在翻着一本漫画，突然想起从前的同学，不知道他们现在都变成什么样了，不得不感慨，在你以为什么都没变的时候，那些你看不到的人都在变化着，有的人变老了，有的人变瘦了，有的人变胖了，还有人渐渐长残了，思想也变得越来越远了，越来越无趣了……等许多年后再见到他的时候难免会吓一跳，尽管起初还天真地希望他还是记忆里的模样。

当然，不断变化的除了身边的朋友，还有自己。

总是没有不变的事情呢，就算以为一切都平息了，但新问题总是很快又出现了，就像冗长的电视连续剧，总是一个问题接着一个问题，就这么拖了一集又一集，一季又一季……

在我某个晚上和一帮好朋友一起看了美剧《行尸走肉》后，我的眼睛在第二天突然变得和里面的僵尸一样了，很红很红，我以为它能自动变好，但越变越严重，于是我第一次一个人去了医院（平时无论发烧感冒或者什么病总是挺一挺就过去了，从来不去医院），医生说是感冒的病毒进了眼睛，要20天才能恢复……

于是几天后的弹唱会我只能戴着墨镜上台，有人说"你应该唱一首《你是我的眼》"，还有人说"你应该弹一首《二泉映月》"。

这次弹唱会的名字是《唱给你的歌，寄给你的信》，我特地挑选了12首歌代表12封不同的信寄给不同的人，这些人基本都从我的生命里消失了，只能用歌来纪念。

我的好朋友那洋失恋了，小玄子也失恋了，那天他们两个成了人群最后排的两个黑影，我特地为他们唱了一首《领悟》，但后面嗓子突然鬼使神差地出了问题，于是最后一段唱得和屎一样，后来那洋对我说："谢谢你把这首歌唱得和屎一样，不然我一定会被你唱哭的。"……仅仅是一个月前，我们几个还围坐着吃重庆火锅，那时都团团圆圆一对一对的（就我一个落单的人，但我喜欢这种感觉），结果……

我的好朋友秦昊也分手了，尽管在两个月前他还信誓旦旦地对我说"我这次要认真谈一次长久的恋爱"，结果……而我的好朋友张小厚又恋爱了，身边的朋友们总是分分合合的……

一切总在变化着。

去年的这个时候我在写一篇文章叫《又一个秋》，结果什么都没写出来。去年秋天，一个一直想恋爱的家伙拉着他的室友舜呆在家旁边的咖啡馆里不想回家，他说不想面对家里那个人，而能和那个人在一起，却又是前年这个时候最大的愿望，而去年这时候，能分手却又成了他最大的心愿，当爱情过了某个阶段，冷战和吵架总是不受控制地成了两人间的主要问题。总以为一切都能用智慧来解决，但一个人的问题已经应接不暇了，两个人之间的问题就更繁冗复杂了，它们纷至沓来，让我去年全部的能量几乎都耗在这儿，什么都没做。但如今，这些就像一条抛物线，一切又归于平息了。

最后这一切也变成了一首纪念的歌，《驿动的心》，这次弹唱会我计划要唱的安可曲。

去年你对我说："要在一起一辈子吗？"

我说："要。"

然后我把这个消息告诉了好多人，许多人以为我要结婚了，我自己也有这样的感觉。就像《驿动的心》里的歌词："曾经以为我的家，是一张张的票根，撕开后展开旅程投入另外一个陌生……"那是我从前的写照，而后面又唱着："路过的人，我早已忘记；经过的事，已随风而去；驿动的心已渐渐平息，疲惫的我，是否有缘与你相依。"这是我当时的渴望，我以为终于找到港湾。

于是在我第一次开弹唱会的时候就想唱这首歌，但因为歌排得太多了便没有唱，后来每一次都想唱，都没有唱。

但这一次，原本最后一首要唱的这首歌，我又没唱。因为我突然间不想唱了，觉得没有意义了……我变了。

然后这首歌，变成那天心底唯一一封未寄出的信。

我发觉随着长大，我渐渐能听懂李宗盛的歌了。

2013年11月16日，李宗盛在首体开了一场演唱会，原本那一天也是我的弹唱会的日子，但我临时把演出改到了11月9日，然后我用一整场弹唱会赚来的钱买了一张李宗盛演唱会的门票。

在偌大的体育馆里回荡着《漂洋过海来看你》的时候，我身旁坐着的羞涩女孩一直在抹眼泪，然后只是在每首歌结束的时候害羞地鼓掌，直到最后一首歌，她竟然声嘶力竭地呐喊了起来。

这些年，我一个人也很好

1

最近身边好多朋友分手。我开始疑惑所谓"在一起"的含义，为什么一个人不能生活呢？为什么一定要找另外一个人陪伴着自己呢？为什么一定得是一个人陪伴自己而不是两个人、三个人或者更多人陪伴呢？

许多人总是不假思索地回答我的问题："当然要两个人在一起啊！不然呢？"可是深究起来，他们也说不出道理，只是觉得"一直就是这样的啊"，并且觉得我是个神经病。

"一个人是很孤独的，总得有个伴儿。"有人这样说。

"三个人是不道德的！不负责任的！"还有人这样说。

2

这些年，在我经历了 N 次"在一起"后，我本以为自己会越来越明白"在一起"，可是却越来越不明白"在一起"，唯一明白的是：我是否适合和别人"在一起"。

一直以来我都不接受结婚这件事的一大原因是：我无法想象自己在结婚以后要和另一个人整天在一起，甚至连睡觉都要睡在一起，我觉得这太荒谬啦。这种生活上的根本改变意味着我用多年学会的"如何与自己相处"、"如何一个人生活"将成为一场无意义的求学，我要将证书撕碎，开始重新学习"如何与另一个人朝夕相处"、"如何两个人生活"（当然以后有了孩子还要学习"如何三个人……"或者更多）。这时候一定有人会说"那多有意思啊！"，嗯，是的，我不否认这的确很有意思，也不会反对任何人去学，同时也不希望有人来左右我是否要去学，因为只有我自己明白自己：是否想学。

3

在我去年经历了近一年的同居生活后，我没有更明白"同居"，却明白了：我是否适合同居。

我发觉自己一直以来都是个心灵孤僻的人，这是天性使然，无法改变，每个人都具有一种特定的天生秉性。不管我在外人看来多么乐观开朗，每天也都需要很多的私人空间；不管别人觉得和我在一起是多么自然融洽，但每次与别人每个眼神的传递与每句话的往来，都像在打一场羽毛球，不管我打了多少年的羽毛球，羽毛球打得有多轻松，它总归是一种能量的流失，会让我渐渐疲惫，这个时候我很需要一个人的空间，可以没有表情，不说话，整个人放空，呆着，这是一种很好的休息，但如果有人在场看到我面无表情又不说话想必心里一定会不舒服，我不希望对方有这样的感受，这更是一种让我流失能量的原因：不希望让对方不开心。这时又会有人说："何必在乎那么多，做自己就好了。"是的，这是一种好方法，可以不在乎别人的感受，所以常常自私的人反而好过些，这是没错的，但不是每个人都能做到，我也不希望每个人都变成这样，也不想和这样的人交朋友。

4

我知道睡眠是一种很好的休息，我很喜欢一个人睡觉，可以肆无忌惮地翻滚伸展，让整个身心彻底放松卸下白天的一切。而如果身边还有个人睡在旁边，我的潜意识就会在睡梦中时时提醒旁边还有个人，这是我不能左右的，于是潜意识持续活动便得不到休息，即便睡醒我也是很累的。当然我知道还有一些朋友是无法独自入睡的，他们总习惯身边有个人陪伴，这样才会感到踏实，反而得到放松，而独自入睡时潜意识则会充满恐慌于是一直活动，这样反而得不到休息。我只能说，每个人是不一样的，你需要更明白自己。

另外对方的能量场也很重要，拿最近很流行的正能量和负能量的说法，我越来越发现接近正能量和远离负能量是很重要的事。因为每个人都是一个能量场，比如你的能量有100，刚好够你达成一个理想！但交了个烂朋友，能量削减20；维持一段糟糕的恋情，能量削减50；经营中国式无聊人际关系，能量削减30；这样你的能量就是0了，没力气实现梦想了，然后慢慢，你也变成一个负能量的人了。我见过身边很多朋友因为周旋在复杂的爱情关系中而荒废了许多事情，变得和从前判若两人，这完全可以理解，你拿出那出100的能量去出演感情戏，剩下0的能量当然做不了其他事。但有人会说，专注于爱情也是一种伟大，的确，专注于事业也是一种伟大，但问题在于，一个专注事业的人被感情缠身，或一个专注爱情的人被经济压迫，这都是很纠结的。一个人在一个时间里只能专注一件事情，就好比你不可能在同一个时间去北京又去上海，你必须明白，你此刻最想去哪儿。于是常常面对身边的朋友分手，我实在讲不出什么安慰的话，结束了一段糟糕的感情是件好事，之后你只能一心一意去一个地方了，你将重获100%的能量。回想起来去年我什么也没有做，尽管我依旧什么都想做，而我只能一边维系着日渐糟糕的感情，一边毫无心情地工作，我仿佛今天去了北京、明天又从北京去上海、下一日又从上海折回北京……能量全耗费在这里。于是我只能问自己最想去哪里，答案在潜意识里总是不言而喻的，只是无论选择哪一个，都是痛苦的，但我必须做出选择。

5

我常常称呼沉溺在二人世界的人为"半人族"，因为他们两个人形成了一个完好的整体，于是每个人都变成了1/2（或者是1/3+2/3或2/5+3/5的关系也有可能），恰好地嵌合在了一起。就像某位神曾经说过，每个人都是一半苹果，今生是要来寻找另一半。我不知自己是不是曾经受到这位神的催眠，确实一度以为自己只是一半，于是一直寻找着另一半，但每次都找不到十全十美的，就像一句名言"相爱容易相处难"，最初总是感到很圆满，以为彼此是天造地设，可时间长了，问题就出来了……当然，有的人战胜了这些问题，成功掰掉自己身上一个个边边角角，两个人越掰越多，最后成功变成了"半人族"。但"半人族"也绝非可以一直安心的，毕竟是一个拼合成的完整，那个接缝总是在的，于是总是提心吊胆怕另一半脱离了自己，那自己就真的成一半了，于是只能惊世骇俗地高呼："没有TA我活不下去！"这时我会发现婚姻的意义所在，它用一条法律的带子穿在两个一半的心中间，让整体相对稳定，但也常有松脱的情况，或者被解下的情形，而没有婚姻所在的同居因为没有纽带，所以两个一半的个体更容易脱节，那又是一场痛苦的"从头再学"，用了好久好久才学会的"如何与另一半相处""如何两个人生活"也成了一场无用武之地的专业，又要重新学习"如何与自己相处""如何一个人生活"，而且还加了几门课程"如何在没有 TA 的时候也能活下去""如何就算没有 TA 也能活得好好的""如何忘记 TA"……

6

11月11日,不知谁发明的"光棍节",这一天空气中弥漫着异样的空气,直到前年单身的我还在为这一天感到恐慌,而去年不再单身的我依旧感到另一种恐慌,前一种恐慌是怕寂寞,后一种恐慌是怕失去。所谓的"爱情"和"同居",并没有给我如期的安全感,反而不完整感却在与日俱增。我知道自己有一天一定会失去"爱情",经历苦痛挣扎,重新回归一个"落单的半人族"身份,等待重新刺痛般的一次次成长,日复一日,直到有一天再变得完整起来;还有一种可能,我委曲求全地维系着彼此的关系,看着自己从近乎完整的个体一点点瓦解成一半,三分之一,四分之一,甚至更微不足道,只为迎合对方,讨其欢心,而那时如果对方抛弃了我,我又该如何?每一次诀别都是痛苦的,我品尝过多次,有至少两次我以为自己快活不下去了,看着只剩下一半的自己,欲哭无泪,还好时间是良药,掰掉的碎片又渐渐长出来,渐渐地,渐渐地,有一天,我发现自己又日趋完整了……还好那一切总算过去了,我不记得自己是怎样走过来的,只是在一个清晨到来的时候,我发觉微笑又重新挂在脸上,我不自怜,也不委屈,一颗心变得比从前更加完整。这是我在爱情中学到的,或许许多"在一起"只是害怕落单后的空虚,恋爱只是给了你一个完整的另一种样本,婚姻只是给了你一个帮你系住完整的纽带。终归,一切只是为了完整。

你可以在恋爱中感受到短暂的完整(听说最多三个月,之后就开始上演8

点档感情剧的后半部分），你也可以在婚姻中与你的另一半共同达到完整（就像许多爱情史诗一样，你们最后白头偕老，成为人人传颂的爱情范本），你也可以自己一个人达到完整（当你懂得了自爱，你会感到内心充溢着无限的爱，你不再需要别人的爱，更不会再渴求爱，乞讨爱，你会只想付出爱给更多人，就像一个来自天上的人）。

7

那什么才是"在一起"呢？说得明了些，装在两个个体里面的两颗心要在恋爱、同居、婚姻的修行里学会如何变成一半，恰好与另一颗心合成一个个体，变得完整。

那自己有没有可能和自己"在一起"呢？当然，你来的时候，和你去的时候，你都和自己在一起，那时你很完整。

人生，殊途同归。身体，从无，到有，再到无；心，从完整，到破碎，再到完整。这是生命的轨迹，也是心灵的轨迹。它们的起点相同，终点相同，唯一不同的，就是过程。

只有过程，才能不同，因为，每个人有不同的选择，才造就了不同的人间万象。想一想，如果连过程都相同，世间一象，那将是一件多么多么无聊的事情。

所以有人再问我"你要结婚吗"，我说"不要"。"你还找另一半吗？"我说："可能不找了。""你要孩子吗？"我说，"估计不会。""为什么不呢？这不是很好吗？"我说："我祝福你，也请祝福我吧。"

"但不结婚不要孩子，你不觉得人生不完整吗？"许多人这样告诫我。我说："这个世界，完整有很多种。我这些年所懂得的，是怎样的人生才是属于自己的'完整'。"

8

"光棍节",到处弥漫着对"单身主义"的控诉,诸如这一次网上的名句:"明年绝不一个人吃饭!一个人看电影!一个人去旅行!"

我那时在想:一个人吃饭不好吗?一个人看电影不好吗?一个人去旅行不好吗?

一个人吃饭可以不用和人说话不用分心不是更能体会食物的美味吗?一个人看电影可以肆意地大哭大笑不用在乎身旁是否有朋友不是很畅快吗?而一个人旅行才能让你明白旅行真正的意义啊!你会在旅行中遇见许多不同的人,遇见许多未知的困难,而且这些你都要一个人去体会,这才是人生的缩影啊!两个人的旅行不叫"旅行",那叫"旅游"更合适啊!

但我也不会去否定那些否定单身生活的人,你的追求是你的必修课,尽管那个课程我已结业或已不想继续再学。

我也不会去安慰那些身边分手的朋友,因为你的新课程已开始了,你能做的只有好好学习,尽快结业。每个人都有不同的必修课。

不管是哪一门课程,最后你都会有新的领悟,而所有领悟殊途同归,最后你唯一明白的就是:什么才是最适合你的。

并且,尊重每个人的选择。世间万象,就是因为他和你不一样,这个世界才有意思。

这时,你还会觉得"在一起"还是件难懂的事情吗?"结婚"还是件重要的事情吗?

我只能说,想恋爱的人就去恋爱吧,不想恋爱的人就去做其他事吧!想结婚的人就去结婚吧,不想结婚的人就不要结婚啦!多么简单的一件事,只不过，很多人不明白。

但当然，一个错误的开始，也是你人生的必修课。

9

我想，我已结束了许多课程，接下去要奔向新的彼岸了。

有时会探讨到关于"死"的话题，总有人会用张爱玲的死作为单身生活的反面教材，他们说你看，因为没有伴儿，她死了很多天才在小房子里被人发现。

但没人知道，张爱玲这种死法却是我最渴望的，可以一个人安静地死去不受到任何干扰是件多么幸运的事啊！我不敢想象自己被人送去医院混身插满管子的情景，然后每一次快挣扎出窍的灵魂又一次次被逆世界的现代医学强拉回身体里，多痛苦啊；而更痛苦的，是身边的人一定会哭天喊地，而我又不能动不能说只能听，那些哭声会让我的灵魂即便出窍也充满迟疑，犹犹豫豫，它很可能又被拉回人间转投进我后代的后代的胚胎里，洗去记忆，又开始新一轮的人生必修课，OMG。

多想可以一个人安静地死去，那时我会微笑着对自己说：呼——课程终于全部结业了！这一生很完整，不错不错哟！

估计写完最后一段好多人会以为我想自杀，但并没有，因为我还没活够呢，还想再活几十年呢，未来还有大计划呢（但暂时和爱情无关，以后还不知道）！哈哈哈。

▲终于在传说中的"麻雀瓦舍"开了专场。
这里是很多民谣歌手向往的舞台。

远光线是青春列
车的指向牌

1月，一个失意漫画家的自白

1

2011年1月的一个下午，我一个人漫无目的地晃荡在798。那年的798还没有变成旅游景点，尚且孤高地盘踞在北京的一个角落。

还是第一次来到这个传说中的地方，原来和我的住处仅10分钟的车程。一直没来的原因一是工作太忙实在没时间；二是很害怕，怕落差，怕看到艺术家们的生活再反观起自己，会泄气。

是的，在几年前我离开家的时候曾经信誓旦旦地说：我要做个生活的艺术家！

结果……

我还是把生活给弄丢了。

2

厂区里的风很冷，我把领子拉高，但冷空气还是从棉衣的缝隙中灌进来，我轻视了北京的冬天，一如轻视了生命里许多的难题，它们总是莫名其妙，一不小心就变成了敌人。

越来越冷了。

我躲进一间咖啡馆喝咖啡，暖身子。翻看桌上的杂志，上面刊出的画家们的画作动辄就卖出几百万，虽然都在从事绘画工作，但漫画家和画家仿佛置身在两个世界。

或许当个画家也不错？

也许一年只卖出一幅画就够了，还能活得自由自在；而漫画家呢？每个月都要赶固定的连载，活在固定的时间段里，要画无穷无尽的画……果然，我真的反观到自己，果然有了一种泄气的感觉，于是只能赶快制止住这种消极的思维。

不能去比较，人生大部分的不快乐都来自比较！——但尽管一切道理都明白，我还是很难快乐起来。

这种状态已经持续很久了，像一场漫长的病，我却找不到症结所在。

3

应承其他杂志的新连载已经在洽谈了，这就意味着：明年，我每个月会有三部漫画连载，我将为此马不停蹄没有休止，所以我只能为此开个工作室，找许多助手，然后为了持续支付这个工作室的费用和养这些助手，要开始更多的工作，不能停，停一天都是损失，我会变成一辆永远发动着马达的赛车，开进没有尽头的赛道；对了，为了工作发展得越来越好，我还必须得学会"做人"，学会奉承上面，学会安抚下面，学会当一个称职的老板；我的创作风格也得改，为了大卖，就必须要迎合市场，现在流行什么就画什么，因为我要养许多人，不能再像从前一样任由自己，我得变成一个随波逐流的人；另外我也将变成一个商人，一切都以经济利益为先，这样才能赚到大钱；我会因此变得风光，迎来羡慕的目光，买车买楼，过年衣锦还乡，到处给长辈和小孩子们装做若无其事地撒钱，扮演一个每个家族中或许都会有的那么一个去了大城市发达了的人。

……哎。

可惜，这不是我的追求。

也不是我想成为的自己。

这个人不是我。

有时在想，如果我是个热爱荣华富贵的人该有多好，那样我可能会很乐意接受这样的安排，只可惜我想到这些心里就会升起一万个抗拒，会感到阵阵恶心，就像晕车一样。可是，又有什么选择呢？身边的人都说我拥有了大多数人梦寐以求的好机会要抓住，同行们都说这是发展的必经之路，妈妈打电话来说爸爸听说我要开工作室非常高兴，未来的经纪人说工作室的地点已经选好，过完年就可以注册……

那天从798出来，我独自晃荡在望京空荡的夜晚，天空看不到星星，我也对未来提不起一点兴趣。

那天晚上我不知何时在沙发上睡着了，梦里很吵闹，好像许多个自己在争辩，醒来时很悲伤，恍然若失。

我发现这几年自己全部的浪漫情结和人文情怀都被繁忙的工作碾碎了。

工作里，常常想维持现在的所有，又想获得更多，所以没完没了，像被卷进一部机器。

原来多年前那些燃烧青春所拼搏得来的只是一张工作证。
我为生活而工作，却因工作丢掉生活。

4

有一个早晨我一直在给《将》描线，想着临回长春的日子越来越近了，许多事情看来都没时间做了，比如整理文集《曲岸晴空》，比如把单曲《纪念青春》录完，比如去见几位老朋友……看来都没时间了，于是我的心情就变得很糟糕很糟糕，糟糕到我把手里的笔摔在地上，又踩了几脚，然后披上大衣就飞奔出去了，我想我已经精神错乱了。

那天我在外面晃荡了一天，夜晚走过鼓楼的街，萧瑟的风吹过脸庞，这样的情景似乎不久前才发生过，但细细算来已经十年了，那年我潇洒地逃学来北京，住在交道口的一间旅馆里，晚上没暖气差点冻死，流浪感十足，然后我在北京流了一个多月后又浪到上海去了。很喜欢北京的冬天，因为够沧桑，就像那时的自己，像一只自由的灰鸽子，倔强并快乐着。
我喜欢那样的自己。

路旁有一位流浪歌手在唱许巍的歌，我分不出是那一首，只记得歌词里反复唱着：

"我想飞……哎……还是飞不起来……

我想飞……哎……还是飞不起来……

我想飞……哎……还是飞不起来……

我想飞……哎……"

那是我见过唱得最动人的流浪歌手，他把我的眼睛都唱湿了。

我也不知道我还能不能飞起来了。

2月，我好像得了抑郁症

1

从机场通往市区的沿路，越来越陌生。儿时的日式小楼有的被拆掉，有的被潦草地粉刷上劣质油漆，还有的被贴上了在厕所常见的瓷砖，但更多的地方不是被夷为平地，就是变成工地。樱花树全被砍掉了，老招牌都变成了统一的喷墨打印，我的回忆之城正在渐渐消失，取而代之的是一堆又一堆偷工减料又价格奇贵的高大建筑和充满欲望又缺乏美感的现代化城市风景。

这就是我的故乡，长春。每次回家，陌生感都会陡然增加一些。但我知道，可能不止长春，整个国家都正在这个极速发展的时代里发生着巨变。强拆的新闻充斥着网络，成为越来越强烈的社会矛盾。是的，正在毁掉我家园的并不是侵略者，而是"自己人"。

而不久后，我也将推波助澜，变成一个被欲望支配的现代化垃圾制造者。

我将画出一堆垃圾，为这个社会添乱。

2

如今长春打车拼客成风，貌似是从这两年开始的，听说许多城市也都逐渐变成这样（还好北京、上海等大城市还没感染这个病毒）。起初或许是为了让更多人可以顺利打到车，结果却逐渐演变成司机会挑选乘客，东西多的人、行动不便的老人、多人行，都成为他们有可能拒载的对象，许多司机很愿意挑落单的人，这样一车便可塞下四个单客，一路赚四份钱，贪婪流露得淋漓尽致。

我曾在微博上反对过这件事，还因此被骂了，有人说：你知道打车有多难吗？！不知道就少废话了！……

后来我很少打车，因为对于反对的事情没法妥协。我开始走路，有时走半小时，有时走一小时，双腿变得越来越健壮。但其实我还是更爱骑自行车，只是如今长春的汽车越来越多，马路上都塞不下，慢车道早就被取消，残余的小路也大多变成自发停车场，有时难得在街上看到几个骑车人，内心都是崇敬，好怀念小时候满大街都是自行车的日子，就算下大雪，人们也骑着自行车，像在进行一场雪中游戏。

3

有时我越来越不理解我的家乡，许多变化令我感到哀伤，虽然不知到底是家乡变了，还是我变了，还是我们都变了。几个月前我还计划过两年是否要搬回来长住，可当我穿行在嘈杂的建筑工地和车笛声此起彼伏的街道，却突然间不知道以后要去哪儿了。

最后我不得不去明白，永远没有静止的时光，世间唯一不变的就是变化，无论变好还是变坏，存在即合理，渺小的我们谁也无法阻挡时代的洪流，或许有时会恰遇美好想要紧紧抓牢，或许有时会不合心意对诸多心生怨怼，但时间终会带走一切，一视同仁地将所有覆盖，再带来新的时代。

所以，或许还是应该回到自己的生活，先做好自己要做的事情吧！

4

桂林路有我最爱的书店和咖啡馆，我有时会躲在那儿，那儿也是我和好朋友田果果时常会面的老地方。

世界上目前只有两个人不建议我开工作室，一个是田果果，她说那样的生活想起来都可怕，她始终认为生活要比事业重要得多，这点和几年前的我的认知完全一样；还有一个反对者就是我内心里的另一个自己，他最近整天愁眉苦脸，因为即将要面对一个令他发指的生活。

妈妈和爸爸有时会进我的房间看我在做什么，碰巧遇见我在做画画以外的事便会问："工作怎么样了？"久而久之，这句话变成了咒语，我自己也仿佛得了强迫症，每天都要工作，或画画或写作，没完没了……就这样渐渐修炼成了工作狂，常常累到怨声连连，又惧怕空闲下来的无所事事，但当然空闲下来的时间是基本没有的。很疲惫，于是我渐渐害怕回家，害怕面对父母，特别是他们善意的询问。

春节，依旧在工作中度过，家里来了20口人，只有我独自在房间里画画，完成了一份稿子，马上又来了一份，只有吃饭的时候能走出去和亲戚们聊几句。我变得越来越孤僻，越来越寡言，青春在角落里流逝，工作像敢死队一般前仆后继，眼前只有无尽黑暗。而我知道，等开了工作室，工作量想必会更多吧。到时候会更累，压力会更大，说起来平时我压力大的时候经常会发烧，想必到了压力最大化的时候会生一场大病，也许是癌症，然后我就死了，那样也许会令我开心，因为终于可以解脱了。

某一天，只有我和妈妈的午餐，工作狂又聊起工作，工作狂表示很累，而妈妈说："人生不就是这样吗？就是要不停工作，即使自己不愿意……"我能体谅妈妈希望我坚持工作的心情犹如几年前希望我坚持学习一样，可她不会明白我现在有多讨厌工作就犹如几年前有多讨厌学习一样。

人生真的是这样吗？我那么多年的努力为了什么？不是为了更自由吗？那么结果却变得更不自由，那么以前那么多努力的意义究竟是什么？究竟是什么呢？

然后我的眼泪突然噼里啪啦落下来，那是长大以后我第一次在妈妈面前哭。我崩溃了。

5

春节后和少年时代几个最好的朋友一辉、星矢、冰河、紫龙在一间很破的小店吃烧烤喝啤酒，话题一如所料的无聊。他们一如既往地聊着政治、社会、钱钱钱……直到我后来忍不住嚷嚷起来："能不能别聊这些了，太无聊了！！！"然后他们看看我，继续聊……

归去的十字路口，我靠在街灯柱上有些哀伤，很想和他们告别一个人去走走。

　　然后我们告别了，可星矢一路跟着我。我告诉他我最近正在画一个新的短篇，叫《再见朋友》，那是我们少年时的故事……我问他如今我们不再有勇气在夜里摔啤酒瓶了吧？！对于没有实现的梦想也都默认了吧？！你以前那么喜欢过一个女孩甚至在夜里为她痛哭，而如今也都忘了吧？！

　　他说从前对于喜欢的女生有贼心没贼胆，现在有贼胆了，贼心却没了。他说：你今年好像变成另外一个人了。

　　我说哪里变了？

　　他说：好象突然变老了。

　　我说我的心里有困惑，困惑会让我变老。他说每个人都有自己的困惑。

　　我说你翻个跟头吧！他说翻不动了。

　　那晚我们穿过了少年时代的小公园，一如穿过少年时代的天真烂漫，然后在路口告别，目送彼此孤独的背影离开。那一路，我们都没有畅谈理想和希望。

　　最后他说：我看好你哟！你可是我们之中最勇敢的。

　　6

　　我好象得了抑郁症，又变得敏感脆弱。

　　几次夜里我带着六十五出去散步，从前我们最喜欢的空地已经不在了，那里盖起一座巨大的高楼，我们的秘密滑梯也不在了，那曾是一个小土坡，每次下雪的时候就会变成一道长长的雪滑梯，我喜欢抱着六十五从上面滑下来，嘴里还不停发出"喔喔喔喔"的欢呼声。

　　可是，都不在了。

　　今年已经十岁的六十五有一只脚瘸了，我们走不了多远它就走不动了，然后我得抱着它回家，我想再过不了多久，它会离开我们。

　　后来我买了双运动鞋，打算用长跑驱走所有坏心情，结果懒惰又让我当了回没信用的人。

3月，走，去挥霍最后的青春

1

继去年我的好朋友田果果毅然辞去工作背起行囊开始一个人流浪后，另一个好朋友李卷卷也在上个月也突然决定离开家乡去远方寻找新生活。临走的前几天我们喝着咖啡，他说：你知道吗？一定是受到了你的影响，所以我才有勇气做了这样的决定。其实我一直羡慕你的生活……

如果时光退回到五年前，那时的李卷卷一定会愤然地说：何必要去那么远的地方？在老家过安逸的生活难道不好吗！？

那时的我们，虽然是好朋友，但生活观却完全不同，他总说要一辈子留在老家过平静的小日子，而我却总向往着远方的未知精彩。

于是他留下，我走了。

我只身南下，一路漂泊，没有设定终点。这听起来可能很文艺，可惜我走着走着就迷失了，我得了大奖，成了名赚了钱，陷在欲望的沼泽里，跌进时间的表格里，变成一台超负荷机器人，没有停歇，身心俱疲。而当我望着李卷卷当时那满是兴奋的脸，我又很难开口告诉他说：不要变成我这样，你不知现在的我有多懦弱，多失败……

"我要去远方挥霍本应属于我的青春！最后的青春！"——李卷卷只留下这句话就走了，走得很果断很洒脱……沈阳，是他决定挥霍最后的青春的地方，虽然离长春很近，坐高铁不过两小时，他也是兴奋得不得了，听说临走时还哭了一场，哭的原因是因为在离去的火车上想起妈妈……那情景和我当年一模一样。

2

李卷卷的改变，让我反观起自己狼狈的生活，几个月来难以名状的痛苦，始终找不到治疗的方案。直到有一天我有如突然了悟了一般，在书上看到这样一句话：

"如果方向错了，停下来就是前进。"

我想停下来了。

那一阵我读了一本书，叫《趁着年轻去流浪》，我想用这本书抚平思绪，寻一寻答案，结果却让我萌生了另一个念头：好想抛弃一切，重新开始！像李卷卷一样去远方挥霍本应属于自己的青春，最后的青春。像田果果一样毅然辞掉工作，去流浪……

这个念头令我兴奋不已，有如找到了人生新目标。

可是，还是很怕，你知道我怕的是什么，放不下的又是什么。

3

三月末，在我完成了新一期绘本连载《回忆的匣子》后，就再没办法继续画漫画了，我快崩溃了，身心痛苦，感觉再画就死了，我把画扔到一边，什么也不想理，什么也不想管，另一个自己终于起义了，反正横竖都是死，就算不能死得轰轰烈烈，也要死得快快乐乐。我决定不干了，心里从前那个玩世不恭的旅行家又复活了，在这个万物复苏的春天里，他背起行囊，像李卷卷一样潇潇洒洒地走了。

我搭上火车就去了沈阳，决定去探望我的好朋友李卷卷，去看看他现在的生活。

4

到达沈阳的那天中午，李卷卷来接站，我们先来了个异乡人的拥抱……说实话在拥抱中我有些替他担心，因为不敢想象他这些日子过着怎样的生活，不敢想象即将要去的是个怎样的房子，也许很简陋？也许什么都没有？就像我当年一样？

然后当他把我带到一座百货公司旁边的豪华公寓，坐直梯上了顶层，望着眼前一间布景如偶像剧般的房间时，我抓狂了：你这哪是来挥霍青春的啊？！分明是来挥霍钱的啊！！

沙发上放着一本名字很长的书，叫《有些事现在不做，一辈子都不会做了》。此刻的李卷卷正翻着这本书，说："我就是不想让自己以后有遗憾。这些年一直在努力工作，就是为了有一天可以挥霍一次！我要抓住青春的尾巴，把所有喜欢的事情都做了！然后我就可以回老家了，也许会结婚，然后，过最平凡的日子。因为我知道有些事如果现在不做，一辈子都不会做了。"

"还记得你几年前对我说的话吗？"他又说。

"啊？说了什么？"

"你说'我们的人生实在太短了，除去睡觉顶多两万天，而青春更短，只有几千天，所以一定要赶快去想去的地方，做想做的事情！别让老了的自己后悔。'"

"对，是我说的。"

"你看，现在这个的房子就是我最理想的样子！我会住到把钱花光为止……"

"……"

5

后来我在那借宿了几天，和李卷卷在那栋偶像剧般的房子里度过了几天歇斯底里的小资生活……早晨在王若琳慵懒的歌声中醒来，上午就去楼下的Starbucks喝喝咖啡读读书，偶尔去逛逛有特色的小店，或者享受一下美食，反正最后的青春就是用来挥霍的，赚的钱当然也是为了有一天可以潇洒挥霍。

我决定买一台咖啡机送给李卷卷，他的房子目前还缺这个；或者送他一台老式留声机，觉得这个也很合适他。而他说想淘些二手老物或者能改造的旧家具摆设在家里，于是某天下午我们决定去寻找"跳蚤市场"，手机导航显示沈阳有好几家"跳蚤市场"，我们一家一家地去了，最后崩溃在路上，因为沈阳有一个连锁便利店就叫"跳蚤市场"……我们搜到的都是这个。最后我们也没找到真正的跳蚤市场，后来只能去 Ikea 大采购了一番。

晚上散步在工大旁边的路边摊，席地吃着烤串和炒面，喝着啤酒，难得的畅快感。当晚我们摇摇晃晃走在回去的路上时，我感到一阵自由的风吹过我的脸颊。

我傻笑了起来。

4 月，我埋葬了腐朽的自己

1

告别了李卷卷，我回北京参加了一次漫画作者派对。当天现场来了近百位漫画家，气势宏大。前辈们纷纷被邀上台讲话，我没料到自己也会被叫到台上，看来我也快成前辈了。有点紧张，不记得具体说了什么，回想大概说的是：我同意刚才颜开老师的观点，漫画创作是要以市场为先，把自己的喜好放在后面……

当时我确实有一度认为创作要先考虑读者，因为毕竟书是要卖的，只有考虑读者才能畅销，我之前已经出了好几本不畅销的书了，所以必须面对这个问题。

而对于创作真正的出发点，一直都有两种不同的言论，有人认为作者当然要创作自己喜欢的东西，不用理会读者，自然会有人买账……这种能坚持自己的创作理念固然极具个性，但这种只在表现自己的行为又显得过于自私，另外如果读者不买账的话会不会摔得很惨？而且如果只是为了孤芳自赏，又为什么要出书呢？自己印自己看不就好了吗！而还有一种言论则认为作者当然要抛弃自己，必须以市场为先，一切为了读者，这话听起来是感觉很无私，但又很市侩，另外随波逐流的话，作者存在的意义又在哪里呢？我不相信墙头草可以创作出震撼人心的作品……

然后那天下台，旅日漫画家胡蓉老师对我说：你应该继续做自己，因为世界上只有一个你。

那晚和胡蓉老师聊了许久，收益非浅。或许一直以来，我都把创作想得太绝对。其实创作，就和做人一样：我们当然要做自己，但同时还要做一个被人喜欢的自己，个性不是用来自以为是，棱角不是为了去伤害别人，把自己当作一缕光，给需要它的人，不是一件很美好的事情吗？

于是那天我刚说了赞同颜开老师的话，就反悔了，我决定继续走自己的路。当然颜开老师也没错，每个创作者都有自己的创作之道，就像生活在每个人的心里都有不同的意义一样。

2

然后在这个月里，我对生活进行了大改造，决定对一切不喜欢的事情 Say "NO"！决定要丢掉不属于我的东西，走自己的路！因为只有敲碎腐朽的旧生活，新生活才会到来。

而追溯起那些曾令我痛苦的根源，都有什么呢？

首先我不喜欢连载，就像不喜欢上学和上班一样，因为我不喜欢在一个个时间段里被人驱赶。我从小就不喜欢日本漫画家那样的工作方式，我认为那不是生活，也不是艺术，那是流水线。当然越来越多的漫画家和业内人士也一直在呼吁大家明白，漫画的确不是艺术，而只是一种快餐文化，你可以在上地铁前买一本漫画，在下地铁时丢进垃圾箱，不用在乎书里有没有营养，只要它给你提供了一点娱乐就完成了任务……我觉得这种说法一点都不好玩，甚至和我的创作理念背道而驰。所以我现在越来越不爱看漫画，特别是一看就是流水线上完成的那种漫画：画面是当下最流行的，男主角的性格基本都那样，女主角的性格基本都那样，男女二号也基本都那样，几个NPC的组成也都那么回事儿就是脸换一换；人物关系发展来来去去也都是那么一个框框，故事走向来来去去也都是那么一个模式……我不能接受自己创作这种东西！漫画对我来说必须是艺术，必须有营养，同时我必须在创作的当下把全部情怀都投进去，我不是一个流水线机器人，我是一个活生生有情感时而温婉时而爆发时而专注时而游离的那么一个人，这就意味着我不可能接受固定的时间、固定的工作，我必须在想画画的时候才画画，在不想画画的时候不画画，这才是我存在的先决条件，否则我就不是我了，否则我将因此不复存在，我的作品也将不复存在……而对于《将》这部作品的开始，我始终无法断定它究竟是对还是错，或许"作为一个漫画家必须要有一部长篇漫画"这个咒语迷惑了我，我有时会想如果我没有开始这部作品该有多好，那样就不用每个月像还债一样按时交稿，就可以像从前一样随时开始一段新生活，依旧像只自由的灰鸽子想去哪儿就去哪儿。在我还剩不知多少的青春里，我有时会担忧当我将这部连载终于完成的一刻会发现自己已经老了，很多事都来不及了，而我去哪里也买不到返老还童的药，我没有时光机器。《将》必须暂时停下来了，停到我再次燃起火焰时，创作是不能在怨声中进行的，那是对作品的不负责。在这个停载的过程中或许会面对许多猜测，许多质疑，甚至许多读者的谩骂……但这是我唯一的选择，也是这部作品有可能继续下去的唯一出路；在未来的日子里，我将不再有稿费，也不会有版税（因为《将》也可能不会出版了），我可能会过得贫困潦倒，但自由会让我拥有很多钱都买不到的快乐！于是《将》在这个月停载了，不是传闻中的被腰斩，也不是什么我转投新东家（因为根本没东家，现在是独立创作）……而是我卸去了"连载漫画家"的帽子，感谢编辑和读者们对一个任性的家伙的宽容与理解，原谅我的决定。

其次，工作室也不开了。

让我意外的是当我做出这个决定的时候我如释重负，心里竟升起一种前所未有的畅快感！回想我之所以从小之就决定以后选择以画漫画为业的原因之一就是因为这种工作可以不用上班，不用生活在一个集体中。当时的梦想还有几个，比如当演员、当歌手、当作家……因为这些职业都不用上班，不用屈从集体。当然后来放弃当演员的主要原因除了觉得自己的外形不适合外，就是因为演员总要生活在剧组里，我不是很爱长时间和人打交道的，那会让我变复杂，当心变得复杂人就会变丑，我不想自己变丑，所以在拍了几次戏、跟了一次剧组后我就不干了。我一直在追寻着更自由的状态，可以独立，可以随心所欲，不被支配。尽管一直有人告诫我"没有集体观念是不好的"，但我每次都会回击："那只是你认为不好，我认为很好。"而在原创漫画日趋产业化的今天，也越来越少见到单打独斗的作者了，"但没人规定大多数人什么样我就必须变成什么样，所以我依旧可以按照自己的步伐稳步前进"。我总这样说。几个月后我在微博里写下这样一段话："最近总有人问我的工作室在哪，我说'没有'，还有人问我团队有多少人，我说'就我一个'……这样的回答总是令对方陷入沉默，我知道他们当时一定在考虑要不要教育我'不该这样'。的确，以团队合作让创作产业化很重要，但人各有志，并不是所有漫画家最终都想变成一个管理者……我只想做个孤独又快乐的自由人。"我想每个人一定要活得像自己，才能实现自己独有的意义吧！我喜欢这样的状态。于是对于工作室的拖拖拉拉最终总算有了答案："内心在抗拒，所以才拖延。"因为不喜欢才会这样，那么既然不喜欢，为什么要开始呢？……之后在一次谈话里我告诉未来的经纪人："工作室不开了，对不起。"未来的日子，我将不会有经纪人，也不会变成一个商品，我就是我自己，永远的，那才是我的路。

再其次，我一直不喜欢接活儿（实际也基本没接过……记忆里只接过一次，和某著名恐怖作家合作，最后以闹翻告终，合作终止，我想我们都太坚持自己了），每次活动别人都在纷纷发放名片的时候，我都在胡吃海喝。有些人发名片是为了接到更多的工作机会，而我不发名片是因为害怕别人找到我，因为突如其来的工作会阻碍我的步伐，令我摇摆不定，同时我讨厌谈来谈去、算来算去的，钱最后都没办法成为让我忘情工作的动力，说到底兴趣才是。于是工作不能再增加了，只能减少，否则兴趣就没了。我决定以后最多一周画一天漫画，这将是维持兴趣的最合适指标，剩下的时间我要用来学习，阅读，旅行，和做喜欢的事。一星期一天的工作时间刚好够完成每月一期的绘本专栏，故事漫画就暂时不能画了，因为太耗时间，另外其他杂志在谈的长篇也只能都让它们随风去吧，我以后是一个不接工作，不画连载，每个星期最多只画一天画的漫画家。

另外，还有一些必须结束的事情，比如一段我在以往的文字中从未提及的感情……那或许又是一个残酷的决定。

3

后来我在微博里写了这样一段话好让自己更坚定：

"最近，整理生活，整理工作，整理感情，整理自己。几年来的许许多多，都将在最近陆续画上句号。也许会有许多失去，许多伤害，许多泪水，许多未来难免的遗憾，可人生到了必须 Reset 的时候，就必须义无返顾。请原谅我，要去追寻心中仅存一点光亮，生命很短，至少要听自己一次。"

  ……这样的话让许多人以为我又要自杀了，但其实我真的自杀了，杀死腐朽的思想，杀死误入歧途的自己后……

  2011年4月，我重生了。

5月，相遇又分离，在青春的列车上

1

X年5月1日，在鸟巢看了一场"滚石30周年"演唱会，票是朋友帮忙买的，坐在数不清多少层的最后方，我努力想看清台上歌手们的举手投足，可是很徒劳。用手比量了一下，每个歌手大约1厘米高，于是只能呆呆地看大屏幕。

总以为会在莫文蔚、杨乃文、辛晓琪出场的时候忍不住勾起什么回忆掉几滴怀念的泪，但也没有，反而我身旁的朋友眼睛一直湿湿的，他说他想起曾经的恋人了，然后一直给我讲他的感情故事，期待的演唱会变成了背景音乐，他说："你知道吗？！我曾经的恋人可能也在现场，可惜上苍一定不会让我们遇见！"我环顾四周，该有几万人吧？里面肯定也有不少我曾经认识的人，一定有好多故人在这个夜晚聚集在共同怀念的歌里，可谁也没遇见谁。

后来这朋友拜托我帮他发了篇微博：

"5月1日，我在滚石30周年演唱会的现场，你是否也在？这天是我们3周年的纪念日，一年来我一直在努力挽回，可无能为力。你好吗？很想你。也许以后的我会变，环境会变，身边的人会变，但不管一切怎么变，在你面前，我永远都不会变。"

他说我的微博影响力大，一定可以让那个人看见。

然后，可想而知，那人没出现，他伤感地离开北京。

2

每到这个季节，心里总是蠢蠢欲动，会不自觉地哼起一些纯美又哀伤的歌来，像《抉择》《怎么能》《野百合也有春天》之类……可能现代人根本没几个人还在听这些歌了吧，它们来自上世纪70年代的台湾民歌时代，我喜欢里面那些关于懵懂之恋的描写：

"偶然中认识了你，不知不觉中喜欢你，他们说我爱上的是一片云，于是我又离开了你……"

这个月险些谈了场恋爱，但就像歌里写的，后来我发现那只是一片云，还是乌云……在我以往的文章中或许早有朋友发现我甚少提及爱情，可我并非无爱之人，只是，爱情是我心底的最后一个秘密，也许有一天，我会把它们统统都写出来。

3

这个月开始基本不再工作了，只在月中见了位某大出版社的编辑。自去年和老东家约满以后，差不多市面上能看到的漫画杂志都向我约过稿，无奈分身乏术，基本都回绝了。加上今年开始工作态度有变，许多计划都彻底废弃了，我不再想成为一个"太漫画"的漫画家，那无疑是往死胡同里走，我更希望自己只是个创作人，不局限于漫画，毕竟漫画只是一个表现形式，也许有一天我会写书、写音乐……那些都是我的创作，没有自由就没有创作，所以创作是不该被形式局限的，不是吗？所以如今我给自己的建议是：跳出漫画这个圈子，看看更大的世界。

4

那天见完编辑，我一个人步伐轻盈地跑去 KTV。朝阳门的麦乐迪，唯一的印象就是2001年来这里参加唱歌比赛（落选），一转眼就10年了。

订了3个小时的包厢，一个人扯着感冒初愈的嗓子，试着挑战了几首新歌，都很糟糕，之后我发现我已经不会什么新歌了，有点孤独地站在原地。对于那些近几年出来的歌手，我也是如此无爱，不明所以。

那晚为自己开了一场一个人的"怀旧演唱会"，从伍佰唱到任贤齐，最后又唱到谢霆锋，最后一首是《只要为你再活一天》，就是十年前我在这里参赛的那首歌，唱着唱着感觉眼睛有点湿，可能因为时过境迁的孤独感涌上来了，但我告诉自己不会服输，就算整个世界都变了，整个时代都更迭了，我也不会变，就像那个托我给恋人发微博的朋友一样，虽然我没有爱情，但依旧不忘初心。

然后那天晚上，我大吃了一顿。

5

　　将大量工作从生活中剔除的结果是，我有了大把可以自由支配的时间，可以去做一些一直想做却没有时间做的事。作曲课从这个月正式开始了，钢琴课依然还在继续，我在一点点靠近音乐的国度。

　　一直觉得，音乐是这个世界最神奇的魔法，它有一套由上帝精心设定的魔法公式，掌握了它的人便可以聆听到神的耳语；而绘画则是每个心思敏感又忧郁的人的另一种表达，上帝为了补全他们残缺的心，才送了这份礼物给他们，告诉他们别怕孤独，神会与你同在。

6

　　之后某一天我在 IKEA 闲逛，空旷的廊道里突然有人喊我"偶像"，回过头，眼前是一个瘦瘦小小头发短短的黑眼圈帅哥。秦昊？我想喊出他的名字，但又不十分确定。

　　那是我和秦昊的第一次见面，尽管此前已经在网上认识很久了。现实中，我们都觉得对方比照片上浓缩了好多，他以为我是个一米八几的大胖子，我以为他是个一米八几的大帅哥，结果我们俩的实际身高都险些轮为二等残废。

　　认识秦昊记不清具体有几年了，刚开始的时候只知道他叫"浪客"（现在好像也是）。貌似我们是在一个论坛认识的，我常常在上面发画，他常常在下面留言叫我"偶像"，就这么认识了。然后在2006年的某一天，他在 QQ 上兴奋地对我说："偶像！我考上长春的大学了！咱们终于要见面了！哈哈哈……"然后我轻盈地告诉他："我要去北京了！哈……"然后就没有然后了……最多只是偶尔在彼此博客的"最近访客"里出现一下，他博客里的文字和故事都很有意思。后来2007年，我在电视上看到了他，看到他参加"快乐男声"（被淘汰），其实那时候我也好想唱歌，可无奈只能整天画画。再后来就是我在广州的末期，听说他和我另一个网友张小厚组了个乐队，叫"好妹妹"，多奇怪的名字啊，我那时想。他们说以后一定要北京找我玩，到时我们一起弹琴唱歌，我心想千万不要啊，否则我就露馅了，因为我还不会弹吉他，以前那些拿着吉他的照片其实都是摆拍的。

而如今，秦昊从长春毕业来北京，我也从广州"毕业"来北京，这次偶遇着实很突然，我本来很想给他个拥抱，可伸出的手却不知怎么变成了"拜拜"。

于是，我们很尴尬地拜拜了。

7

月底好朋友李卷卷从沈阳来北京玩，我去接他的时候天空好晴，远远望着穿着条纹衫戴草帽的他，好象《菊次郎的夏天》里的小朋友，似乎准备迎接一个悠长的暑假。

还记得2006年李卷卷来北京的时候我把他全部行程安排得满满，可再次时过境迁，如今我的经纪能力早在这几年里严重退化。约了几个事先定好要见的朋友，结果全部被放鸽子，后来才明白我们都已经长大了，不会再像当年一样游手好闲，如今每个人都工作了，都有好多要忙的事情了……当然除了李卷卷……嗯，还有我，刚刚回归闲人行列的我。

几天后我们见到了毛毛，他的冷笑话已经不好笑了，他说："嗯，确实长大了，现在每天只想着工作！你们知道吗？我现在谈的生意都是几十万上百万的！上次有个大老板……吧啦吧啦……"我们觉得他已经不好玩了，他变成了曾经我们最不想变成的那种无聊的大人，所以我们和他88，赶快落荒而逃了。

6月，闪着蓝色荧光的约定

1

天将入黑的时候我就出发了，看见天边的微微暮光，当时一身轻盈，背着行囊，带着个草帽，像个旅行家，心情很不错。混乱的火车站，许久未坐的火车，爬到上铺，赶快进入自己的小小世界。

夜里耳机里传来莫文蔚的《午夜前的十分钟》，是十年前最喜欢的一首歌。而这次回长春，也是为了一个十年前的约定。

清晨的长春，温柔的阳光，整洁的路，路边的花，一切都美得令人期待。初夏的早晨，我像个放了暑假的少年。

在回家的车上接到张小厚的电话，他说他辞职了，问要不要一起去旅行。

"啊？旅行？"

"对。"他说，"我们用一个月的时间从南京走到北京，沿着有海的城市，一座一座城市往北走，路费和住宿全靠唱歌，我们可以在酒吧唱，也可以在路边……哈哈哈！”

　　"哇，这么浪漫？！那我们不是要变成流浪歌手了？！"

　　"对，流浪歌手！"

　　"这太令人期待了！可我还不会弹吉他……"

　　"没事！我会！"

　　"那你负责弹吉他，我负责吹口琴，一起负责唱歌！但我不会唱和声……"

　　"没事！我去学……"

　　就这么愉快地决定了。

　　"好，等我赴完一个十年的约定，我们就出发。"

　　"啊？十年？"

　　"对，十年。"

　　"十年前，我还在上小学。"

　　"……"

　　　　　2

　　6月7日，高考的日子，外面匆匆忙忙，家里一片寂寥，我开始写新书《彩虹泪光》的后记。又要出书了，每次出书前都会有淡淡的期待，以为某一本书会改变我命运的线条。但都没有。生活还是有条不紊地慢慢继续，一直走到现在。

　　6月8日，我在傍晚骑自行车出去玩，路上有许多学生和家长走过来，我凑过去，发现原来是高考结束了。每个人都带着如释重负的笑，许多人在学校门前合影，我也混在人群里，假想自己也是一个高考生，但没人问我"考得怎么样"。而没被当成家长，已是万幸。

3

然后6月9日，那个约定的日子到来了。

下午我早早出发，生怕迟到，需要更多从容。外面酷热，我在大太阳里怀疑当年是否也是这么热？

东朝阳路的家，选在同一个时间从那里向文化广场走去，路边除了全部的楼已翻新，许多老建筑拆除外，就是连绵不绝的车，如今越来越多的车让长春面目全非，从前偶尔会坐下来歇息的马路牙子成了常年停车场。

记得那年和Y说：

"如果有一天我们失去了联络，就在十年后的同一天，同一个时间，第一次见面的地方见。"

一转眼好多年过去了，我们真的失去联络，变成茫茫人海中的沙，散落天涯。而今天正好是十年前我们第一次见面的日子，Y会出现吗？

我向约定的地点走去。同样的路，同样的时间，同样的情景，我第一次感觉离当时那么近……2001年的夏天。

我试图回到当时的自己，可心中好像总有一份沉重阻挡着。

初次见面的地点被警戒线拦住了，原因不明。我只能坐在旁边的石阶上。不远处的旱冰场放着巨大声音的舞曲版《香水有毒》，视线可及的地方建了一座巨大的液晶屏幕，卖力地放着广告，而十年前的这一天耳边还回响着莫文蔚的《盛夏的果实》，阳光恬淡，冰可乐瓶上结着水珠，映着我们年少纯真的脸。

Y 最后也没有出现。

回去的路上我写了一首歌，清晰的旋律与歌词在脑海中自然生成，我想，这是 Y 给我最后的礼物。

风之旅人

时光的旅者　低声在唱歌
黄昏的旅客　年少不褪色
在追寻之中　在回首以后
眼中的过往　如虹闪烁

你说我像风　在寻着什么
远方的天空　自由的回响
茫茫的天涯　咫尺的故乡
层叠的风霜　纯真依旧

你说爱像梦　能留住什么
短暂的旅程　永远的回声
昨日的梦中　熟悉的一站
有一个地方　在你身旁

4

临离开长春前，我开始了一段微小的旅程，骑着自行车计划把长春重游一遍。相机带在身上，打算拍一些老建筑。其实早在好几年前就有这个计划却一直未能实施，而拖延的后果就是这次发现那些老建筑都奇迹般地消失了，无迹可寻，仅剩一些半老不旧的房子也在被周围四起的高大建筑围殴，消失指日可待。

如今，城市覆盖着城市，回忆覆盖着回忆。

那个午后，我在熟悉的故乡迷了路。

5

走之前见了一次田果果，买了一束黄玫瑰给她，还发给她一张"探险券"，而她送了本《西藏生死书》给我。

每次回来，我们都会去长春那条满是咖啡屋的街上探险，一家一家踱进去，喜欢就坐下来，不喜欢就逃出去，而"探险券"则可以随时随地命令我请她喝一杯咖啡。

我们第一次去了老张的"光阴咖啡馆"，完成了最精彩的一次探险，因为总算找到一间值得我们去爱的咖啡馆，那里迷宫一样的格局和各种富有年代感的家具和陈设让人仿佛回到80年代爷爷奶奶的家。

那晚我们在二楼的天台上看星星，我唱了刚写的《风之旅人》给她听，但并没有讲关于 Y 的故事，也许有一天我会把它写出来吧，变成一部小说，就叫《口哨》好了。

　　临走时发现"光阴咖啡馆"一楼的一扇门后有一个小小的舞台，舞台前有一排排向后延伸的座椅，门口贴着一些民谣歌手的巡演海报，看到了末小皮的，但我那时还不知道她是谁。

　　我对田果果说："真希望有一天我也可以在这里唱歌。"

　　不过总觉得，那是一个好遥远的未来。

　　　　　6

　　突然接到张小厚的电话，他说："我们的约定可能要延期了。"

　　"啊？为啥？"

　　"因为过几天我和秦昊在北京有一场演出，专场哦！第一次……"

　　"你们的'好妹妹乐队'？"

　　"对……另外，你当嘉宾。"

　　"啊？我？"

　　然后，我们的"一站一站沿着有海的城市一路唱歌"变成了几个小时的高铁。

　　"没关系，我们以后一定会去的！这是我们的约定。"小厚说。

　　"嗯！说定了！"

　　只是在那时我们都不知道，我们这个约定再也没有办法实现了，"好妹妹"在那之后很快就红了，我们再也不可以像流浪歌手一样在路边唱歌了，当然，是小厚不可以了，而我还可以。只是我们的约定，只能变成青春里无数个遗憾之一了。

　　临演出前两天小厚和秦昊来我家排练，我们吃辣鸭脖子，喝了很多酒，酒到浓时大家唱起歌来，唱了好多老歌，没想到秦昊是我见过全世界第二个会唱老歌最多的人，第一个就是我自己。我在酒里和歌里找到自己，也找到知己。

　　秦昊真的是个很厉害的人，不管什么歌他拿起吉他就可以弹出伴奏，在这方面他有迷之天赋，而小厚也什么东西一学就会。而我只有捣乱的天赋，另外喝酒也很有自信。

　　演出的当天好朋友一辉正好从长春来北京出差，他说："快带我去三里屯看美女！"我说："我带你到鼓楼看'好妹妹'！"他非常兴奋。结果去了才发现"好妹妹"原来是男的，连观众当天也是男的居多。

　　南锣鼓巷吉他吧，当天现场的气氛棒极了，秦昊和小厚虽然错误不断，但反而更真实更有趣，两个小时总算是热热闹闹演完了。这是"好妹妹"的第一次专场，也是我第一次观看这样的民谣专场，我终于明白了"光阴咖啡馆"门口贴的那些民谣歌手的海报是怎么一回事，原来还有这么一种文艺又近距离的演出形式，就像一个大派对，还可以和台下的观众聊天，聊着聊着又唱起来，或者在台上喝一杯。

　　那天我也上台唱了一首歌，《大海边》，但因为太紧张，什么都不记得了。

　　很高兴那一辉终于能坐在台下听我唱歌……因为他是全世界少有几个曾经夸我唱歌好听的人。那还是初中时一次放学的路上，害羞的我第一次把自己写的歌唱给别人听，记得歌词大概是"我很在乎你，让我拥抱你，只想为你挡风雨……"那种俗掉渣的套词。他说："你唱歌很好听，以后可以当歌手……"他的这句话一直影响我到现在，并且我可以肯定他绝非一味奉承，因为后面他还补充了一句："但你写的歌太恶了。"后来我们成了最好的朋友。

　　然后那天下台我就飞奔到一辉身旁，迫不及待地问："怎么样？怎么样？我唱得怎么样？！"他说："我光顾着录像了，录到一半手机没空间了，然后我一直在弄手机。"……

　　那次演出的全部收入都捐给了青海的失学儿童。

　　之后的日子，秦昊和小厚依旧过着孑然一身又自由欢乐的生活。

　　"等做完专辑，就去完成我们的约定吧！"一个午后，小厚边弹吉他边对我说。

　　"哎？专辑？"

　　那次演出过后，小厚和秦昊说他们打算自费做一张专辑，给青春留下些什么。

　　"啊？自费？"

　　"对！自己写歌，自己找录音棚录音，自己发行。专辑的名字我们都想好了，就叫《春生》。"

　　"啊？"

　　这两个男生就像那年夏天的阳光，奇光夺目，照耀着我，指引着我，告诉我生活原来还有另一种可能。

▲北京早春的长安街，黄昏太美。

7月，风吹着，海边的"少年之夏"

1

放学回家的路上，我一个人骑着自行车，当时正值初夏黄昏，没有燥热，只有舒服的晚风。

学音乐已有几个月时间，说起来从小到大我一直觉得心底深处有个什么东西被关着，想说说不出，想喊喊不响，一扇门上挂着大大的锁头，怎样也冲不破。而如今我正在学习打开它的方法，我知道只要推开那扇门，便可奔向一片自由的天地……

音乐里，有一个我想到达的世界。

2

几天前参加完"好妹妹"的首次弹唱会后，他们就成了我的偶像。于是能开一场自己的弹唱会也成了我的一个目标。

有个傍晚我在畅想未来，以后如果有一天真的开了弹唱会，我一定要开一场叫做《时光倒流》的弹唱会，到时要把从前经典的老歌都唱了，要把现场变成时光机；再要开一场《纯真年代》，想给更多人普及一下七八十年代的台湾民谣；还要开一场《八十年代》，专门唱那时候的歌，如果可能，再开一场《九十年代》《七十年代》《六十年代》……只唱当时的歌。虽然不知道这究竟要多久才能实现，但只要能保证自己每一天都在向那个目标靠近就可以了。

3

月初的某天，秦昊来我家录《心中的孩童 Sentimental Version》，他说可以帮我编曲。

那个下午他背着一只手鼓，拎着一大堆乐器神秘地来到我家，就像儿时的伙伴带了一堆玩具跑过来找我共度暑假的某一天。我们一起操控音乐软件，就像在玩电子游戏机，然后这首歌的编曲就在玩游戏般的感觉里完成了……回想起来我貌似还是第一次有这样的体验，从前我总认为做音乐是件痛苦的事，之前录过几次音都会和音乐人搞得很别扭，因为每个人都在坚持自己认为对的东西，又总认为对方完全不懂自己……最后总是不欢而散。——而真正的好音乐是不可能在那样的土壤里诞生的。

很开心和秦昊共度了那个舒适的下午，秦昊是个好神奇的人，他做事全凭感觉，但感觉却准得无懈可击。那天我望着他工作的背影，想起好多年前他说的话："偶像，要是有一天能一起画画就好了。"那时，他还只是一个高中生。

后来没想到那一天到来的时候，却是在一起做音乐，这世界真奇妙。

4

在这个夏天最热的时候，终于去了小浩哥的冷饮吧，他做了一大份红豆冰给我，吃得有些不可思议……在我的印象里他只喜欢演戏、唱歌，竟然还会做红豆冰。之前在广州的时候我们曾在一个广告公司当过特型演员，还合演过一个广告，关于蟑螂屋的。不过他拍的广告比我多多了，曾让我仰望，但这两年我们纷纷离开广州来北京，奔向自己要去的地方，演戏的世界里似乎没有我们想到达的未来。

他说："就这样，也很好啊！"

"不寂寞吗？"我说。

"不啊，而且在这个小店里还会有很多不可思议的奇遇呢！前些天熊天平来店里买红豆冰，从没想过会这样看到年少时的偶像！"

"啊，熊天平！唱《雪候鸟》的熊天平吗？我和熊天平吃着同样红豆冰……"好兴奋。

看着小浩哥专注工作的样子，油然而生一种很踏实的感觉。想起在广州时我们时而在夜晚街边的大排档喝冰啤酒，那时两个人的眼神都是迷茫不定的，生活总像悬在半空中。

5

七月仲夏我又离开北京。

妈妈在海边的一栋房子里度假，叫我过去陪她。我先坐飞机去威海，又转长途车，用了一天的时间才摸索到妈妈说的那栋海边小楼。

那天下了很大很大的雨，可能用"飘泼"来形容都不到位。当我还坐在长途客车里的时候，雨就从车顶的窗缝漏进来把后排的乘客全都浇成了落汤鸡，而我坐在前排的窗口，窗外只有浑浊一片，什么都看不见。下车的时候我好象跳进游泳池，水直接淹没大腿，我很艰难地移步前行，心想还不如游泳过去也许更快些。最后终于找到妈妈说的院子，却怎么也找不到入口，干脆翻墙进去。对于翻墙，我极有经验，初中三年，我几乎每天都从学校后面的公共厕所翻墙进去并从未掉进过厕所，也没踩过屎。但这次，我掉到了一个大水洼里，也变成了一只落汤鸡。

第二天就放晴了，早晨听到鸟叫，虫声，还有淡淡的芳草香和海的味道。

在这个边缘的小镇（甚至连小镇都算不上吧），没有人认识我，也没人知道我是谁，我仿佛变成一个全新的自己，回到小时候。我在外边尽情地奔跑，在沙滩上捡贝壳和漂亮的石头，清晨骑自行车沿着海岸线骑到蹬不动为止，午后就坐在阳台的摇椅上听音乐或者看书，这里的知了也比城市里的活跃，总在卖力地炫耀它们的声音，晚上可以看到大片的星空，这里的星星比城市的明亮，而夜里除了蛐蛐的声音就是一片空寂，偶尔传来海的低沉。

每次见到海都会让我想起暑假，有一种悠长又无所事事的美。

第一次见到海是许多年前妈妈带我从大连坐船去烟台，我们在甲板上睡了一夜，早上在浓浓的柴油味里看到日出和无边沉寂的大海；后来在我初中毕业那年的暑假又和妈妈去了秦皇岛的姑姑家，之后又去过一次，那次我想一个人坐车去海边，但姑姑怕我跑丢就把我的钱都扣留，那时候虽然我已经开始拍戏和画漫画赚钱了，但她还当我是小孩子，可我那时已经有银行卡了，而且里面有好几千块呢（当时拍一集电视剧的薪酬是一千到两千块，而一张漫画的稿费是八十元），所以没有什么能阻挡我又溜去海边！

少年时的我总是多愁善感的，用大人们的话来讲就是"年纪轻轻无病呻吟"。

海总是让我感到惆怅，勾起某段思念，可能是某个人，可能是某段回忆，或是其他什么……总之海的气息，已完全印在年少的记忆里。

我度过了一个非常美妙的假期，而妈妈在这个假期迷上了 ipad 里"切水果"游戏，整天为了打破纪录而努力。我们只进了一次海里游泳，那天的海浪特别澎湃，一波又一波向我们拍来，游了一个小时下来混身到处都疼，像被人揍了一个小时。

在海边的那几天我总在哼着一段莫名的旋律，也不知道它从哪里来，哼着哼着就变成了老朋友一般，有了默契。然后有一天我坐在摇椅上，记事本放在膝盖上，给这段旋律填了歌词：

少年之夏

海的气息　在年少的记忆里
蝉的声音　是午后的催眠曲
树的长荫　在指缝的微光里
淡淡笑意　抖落不经世的纯净

风吹着　夏日傍晚的美丽
流泻着　少年不知愁的心情
在街角的琴声里　在墙角的漫画里

像结霜的冰淇淋　一个淡淡的夏季

有些心事　在锁上的日记里
有个影子　是午夜的变奏曲
湿的空气　在微恬的初梦里
点点痕迹　手心握紧的小秘密

风吹着　仲夏夜晚的宁静
浮现着　山花烂漫般的憧憬
在悠长的季节里　在忧伤的星空下
像褪色的老电影　一个不经意的夏季

风吹着　一如往常的平静
重现着　恍如隔世般的往昔
在空洞的暮色里　在回眸的一瞬间
像过期的老地址　那个回不去的夏天

那些回忆里的美丽　像遗失的旧行李
总在转身后才想起　再也回不去的曾经
再也回不去的自己

　　我给这首歌起名为《少年之夏》，而它的歌词并不是词面上所看到的唯美，而是内有玄机（主要在第二段，哈哈），据我所知世界上只有几个人看穿了歌词中的奥秘，然后他们都"震精"了。

那是属于少年岁月里，独有的故事。

回北京后我迫切地想把这首歌制作出来，可秦昊当时正搬家忙得不可开交，小厚又不在北京，身边会做音乐的人本来就屈指可数，要不都在忙，要不失去联络，最后能靠的就只剩下自己。

而自己……反正我不相信"他"的实力！

但……又没有其他人选！

记得秦昊上次对我说："其实做音乐并没你想得那么难。"

于是我拿起我那把已经落满灰尘的吉他，把弦调准，回想着几个月来学习的魔法（音乐基础理论），练了一两天，最后硬是逼着自己弹出了《少年之夏》的伴奏（很简单的和弦）……然后又在里面加了在海边录的蝉声，加了口风琴，还有 ipad 里的钢琴音色，再录上人声，第一次尝试着唱了和声，再调整一下效果、层次，最后把所有音轨合并！哇噻！一首歌就做完了！

那一刻，我才发现，我不知不觉已推开了那扇锁着的门，并靠自己的双腿跌跌撞撞地向前走了好几步，我知道眼前是个大得无边的世界，也知道等待我的可能会是无数次的摔倒，但该高兴自己将因此变得强壮，只有这样，在未来的某一天，我才可以在这个世界里奔跑。

《少年之夏》是我独立制作的第一首作品，意义非常。

因为它告诉了我最珍贵的三个字：

我可以。

8月，多情的八月，关于老地方和你

1

我在和平西桥地铁站等舜，他从后面跑过来飞起来一样地将我抱住，他还是那么瘦，轻得像纸，我差点给他一个难忘的过肩摔。

忘不了上次离别，是我搬离广州的时候，地铁上的匆匆一别，临走时一个紧紧的拥抱，好象要把千言万语都抱在里面。地铁车门关上的前一刻我慌张地挣脱他，跳出列车，这才松了一口气，因为仿佛再迟一秒我的眼泪就会落下来……后来他发短信告诉我，他哭了，在地铁里，所有人都在看他，就像在看一个神经病。

当时和舜虽然才认识不到一年，却不知哪来的那么深的友情，我们谈天说地，分享彼此，仿佛前世便熟识的故友终于在今世相遇。后来他拍微电影《扳手小雪》的时候，执意让我演男主角，虽然我演得实在很让人着急，但他说，只要你能来演就很好了，总算给这段友谊留了个纪念。

那两年很流行微电影，这部微电影也曾短暂地流传在网上，但后来也不知道什么原因被下架了，真的就变成了一个纪念。

那次别离我以为以后不知何时才能再见到舜了，而如今，这么快，才一年多，舜已赫然站在我面前，一如许多前来闯北京的朋友，他如今也加入了北漂的一员。

那天我们吃了他推荐的湖南菜，在酒里听他讲述从广州毕业后在西藏几个月的乐与苦，饭后我们在北三环的夜路上摇摇晃晃地散步，在车水马龙的霓虹街头一路唱歌。

"我要在这个城市干一番大事业！"他说，就像每个初来乍到的年轻人一样，电量十足。"我要把你捧红！你早就应该红了！"他愤愤地说。

"可是……你现在还没工作吧？"我说。

"对，我得先找个地方打工！"

我也不知道我还能不能等到那一天了。

2

八月第一个周末的下午，秦昊在鼓楼的"海边酒馆"办了一场叫做《午后的琴声》的弹唱会，第一首《原来那天的阳光》唱得全场心碎，因为歌里的人终于出现在现场，秦老湿一字一句的往日情怀仿佛变成一部旧电影开始播映：

原来那天的阳光 原来那天的月光
轻轻的印在你的脸庞 和我的心上
原来那天的阳光 原来那天的月光 最后都变成我的忧伤 和你不愿意想起的过往

后来才听说今天是七夕，中国情人节。怪不得空气里到处弥漫着一种寂寞。

散场后我和程诚一两个寂寞的单身汉在鼓楼压马路，吃烧烤，喝啤酒。讨厌2月14，讨厌3月14，也讨厌不知从什么时候流行起来的七夕，望着街上来来往往成双结对的男男女女，很想唱一首小厚刚写的力作送他们——《祝天下所有的情侣都是失散多年的兄妹》。

和刚北京几个月的程诚一很应景地聊着情感话题，貌似我们都在为情所困，每个人都有自己困的原因，我的困很简单：我喜欢的人都不喜欢我，喜欢我的人我又不喜欢。似乎每个人都有这样的经历吧，后来我们总结出一个字来形容，就是贱。相当贴切。不过也正因如此，才能毫无困惑地去寻找那份真正属于自己的爱情吧，那种两情相悦的、天造地设般的，一定有，一定有，只是还没遇到，嗯，我还是相信。

那天晚上我们继续游荡，游荡到后海，然后去酒吧继续狂喝。程诚一因为太帅，不断被人搭讪，许多人说他像早期日剧里英气逼人的男主角，那是一个不流行娘男的时代。而我觉得他更像日本少年漫画里的男主角，比如《幽游白书》里的浦饭幽助，或者《Hunter×Hunter》里的小杰，嗯，总之是漫画家们最偏袒的那一类，而我这样的在漫画里估计就是个NPC。

不打算干扰他的相遇，也不做电灯泡，我独自离开酒吧，继续在大街上游荡，翻了下口袋，只剩20块，连打车都不够。于是只能游荡，一直游荡，走在不知多远的路上。

3

继"好妹妹"成功地办了第一次专场后，他们决定办一次巡演，叫《你妹来了》。

第一站定在北京。

彩排的地点，又定在我家。我又当嘉宾。

临演前小厚说他有点紧张，而我其实更紧张，我说我有办法可以不紧张，于是我制作了一瓶"喝了就马上不紧张的神水"，材料暂时保密。然后演出前，我和小厚每人都干了一大瓶。

那天整场下来大约有二十首歌的样子，我有三首，分别是《心中的孩童》《走在雨中》《少年之夏》，而我唱着唱着就要晕倒了，《少年之夏》也忘词了。后半场小厚也边弹吉他边要睡着了，脸很红，眼睛呈现迷离状，我听到他对秦昊说："我弹不动了，哈哈哈。"秦昊白了他一眼，说："去死！"

那瓶"喝了就马上不紧张的神水"究竟是什么呢……我也不知道听谁说演出前喝酒可以不紧张，我在家里找来找去就找到一大瓶韩国清酒，于是我们灌了两瓶在演出前全干了。后来才知道，原来韩国清酒和越喝越 High 的洋酒是不同的，它越喝越让人想带着满足的微笑睡去……后来为了见证韩国清酒和洋酒的区别，我在一次电视访谈前特地干了一瓶清酒，结果，整场语无伦次。

但不管怎么说，那次演出总算在掌声中顺利收场了，小厚也带着满足的微笑睡去了。

接着小厚和摄影师那洋要回南京，而秦昊和手风琴手小马将先一步抵达下一站，听说整个夏天他们都将在城市与城市间漂泊，一站又一站演出。走之前我们去了"拉面街"大吃了一顿，喝了很多冰镇啤酒。与大家挥手告别，看着他们背着吉他走远的背影，变成一道特别好看的风景。

而我依旧站在原地，一个人的身影。

我也想去远方……

4

一个晚上，我突然寂寞难耐，写了篇微博就跑了出去。

"准备出去走走，在北京的夜晚走走，像五年前一样，在北京的夜晚一个人走，只不过当时一直走在十字路口，徘徊着……那时什么都没有，努力了许多年也没成为漫画家，没名没钱没人理，连未来的路也看不清，在潘家园的一栋旧民房里一个人生活，安静地谱写青春，耕耘未来……五年后，雾已散去，路还依旧。"

仿佛每个夏末就是用来怀念旧时光一般。

五年前想当漫画家，十年前想当演员，最后所有的一切都变成泛黄的旧照片和如今几行只能用来纪念的文字。

车在行驶。窗外夜晚的北京，有十年前渴望的样子。我是否也变成十年前渴望的自己呢？

一个人坐在酒吧里。店里除了服务员，基本没人，电视上放映着多年前的 MV，我独自喝着酒，品味寂寞。非周末的酒吧，变成民众 KTV，我点了首歌唱，然后在服务员礼貌的掌声中离开，我没有听众。

5

我又变得忧郁了，每个夏末都会这样，我想应该与夏天快过去了有关。于是我决定抓住夏天的尾巴，趁着夏天过去之前来一场"夏末怀旧之旅"，计划把一直打算回去看看又始终没去过的老地方再去一次。

我先回到了紫竹院，那里有我初来北京时的表演学校，当时一直梦想着以后可以当演员（其实是明星）的我在那里度过了一个美丽的少年之夏。

坐地铁在魏公村提早下车，夏末的傍晚四点，完全还原着2000年的一切感观。远远能望见不远处的当代商场，从前放学没事就跑去那里闲逛，那附近有我最爱去的网吧"罗格因"，如今应该早不在了吧，那条路的树荫下还留着我轻盈的足迹。有些不理解当年为何可以那么轻松自若，可能年轻时什么都不怕吧，后来越长大越沉重，以前是故作忧伤，现在想开怀大笑都变得很奢侈。

在咖啡馆买了杯冰摩卡，复制从前。远处的旱冰场还留着2001年小小和哭哭的淡薄回忆，他们是我当时的好朋友，小小总在渴望爱情，而哭哭总为爱情而哭故得此名。可那时大家都很小根本不懂什么是爱情，却总是摆出一副被爱所伤的样子，幼稚又好笑，不堪回首。

傍晚，我走进紫竹院公园，竟然已经有十年没有再来过这里，这让如今身在北京的我十分惭愧。夕阳中的夏末，一样的树，一样的风，时空被无限拉近，仿佛我还和晗走在这里，坐在一个石头上畅想未来，他说："如果有一天你红了，你还会记得我吗？"而如今我再也找不到那块石头了。

湖面上的小船，还有关于 L 的短暂回忆。

许多人后来都消失了，再没出现过。

我沿着三虎桥回从前的表演学校看看……破旧的市场很难想象这里是我

从前梦开始的地方。学校已经改造，变成另作他用的建筑。路边失真的大喇叭卖力地播放着打折品广告。我努力地安抚内心好让自己平静，终于穿过那条迷样的市场，路过曾经和同学在路边吃西瓜的地方，当时快要毕业了，大家特别年轻的脸上写满各种离愁；还路过了吉瑞请小伙伴们吃散伙饭的餐厅，当时吉瑞只有十五岁，大家都不过十几岁的样子，总感觉二十岁是那么遥远。

吉瑞现在还好吗？分别后再没听过他的消息，电视上也没见到他。不只这样，当时整个表演班的同学我也都再没见过，西红柿、电视男、杜磊、小眼镜、女班长、小燕子2号……全都消失了，他们如今都在做着什么呢？

明星梦，就像青春和我开的一场玩笑。

也可能是和我们班所有人开的一场玩笑，因为到如今，谁都没红。

又来到当代商城，上面的小火锅店早就没了，取而代之的是一间高级餐厅，张书凝还好吗？那年我们曾在上面一起吃小火锅，一起开着我们从前在学校都很喜欢的一个女生的玩笑，肆无忌惮。前年是我最后一次见张书凝，他当时已经变了身，举手投足复制着大人的模样，临走还给了我两条烟，收到那两条烟的一刻，我感到一阵寂寞。

当代商场旁边的唱片店还在，但估计早就换了老板，如今还敢开唱片店的老板都是英雄。可惜很难再在唱片店里看到我喜欢的歌手了，他们不是退出歌坛就是消失了，还有的已经死了。我也很难再选到一张喜欢的唱片了，毕竟早就厌倦了那些情情爱爱的歌了，翻来覆去都是一个样子……店员像防小偷一样地紧盯着我，压得我赶紧跑出来透气。

嗯，一定要去双安商场转转……过街桥下的金山城火锅店还在，当时和T和H谈判的地方，三瓶啤酒，幼稚的三角关系牵强地复制着偶像剧里的情节，很多行为在现在看来都不明所以，当时却还沾沾自喜。那时我总以为自己是个抢手的万人迷，其实却是个大傻子，如今我都很难再那么自恋了，也有些遗憾，哈哈。

双安商场顶层已经不再有和 T 的记忆了，大排挡早就没了，T 也不知消失了多少年，只留下一点点回忆的碎片。

接着又去了西单，那里有我第一次去的星巴克。

2000年觉得18元一杯的冰摩卡简直贵得令人发指，我情愿用这笔钱买两盘正版磁带。所以那天当我接到 T 递过来的一杯冰咖啡时，简直感觉受到天大的恩惠。

"如今的星巴克虽然还挺贵的，但与冲上云霄的物价相比，还算人道。"如今给舜讲着这些回忆，就像一个爱话当年的老人家。后来舜给我起了个很长的外号，叫做"你这个十一年前就在星巴克喝十八块一杯冰咖啡的老妖怪"。

八月就要过去的时候，我想去玉渊潭公园走走。

一路都是中秋节将至的景象，到处卖着月饼。在公主坟的麦当劳歇脚，发现那又是曾和 T 一起去过的餐厅，2000年时这家伙曾经一下子买了一百多块钱的午餐（当时可是笔不小的数目），害我们一连吃了好几天。

徒步向玉渊潭公园走，到的时候已经是傍晚了。我看到曾经和 T 走过的河边，后来听说自那时一年后 T 就在那里遭到劫匪枪击，这听起来简直就像枪战片里的情节，还好后来证实那枪并不是真的，我怀疑只能打塑料子弹，于是 T 很快便完好如初，只不过那时我们早已走在陌路。

我还寻觅到了曾经和 H 坐过的山坡，那里已经长满杂草，不能再坐了。2000年的一个夏日午后，我们在那里被几个骑自行车的少年挑衅，可惜对峙了还不到几秒种，几个自行车少年就飞也似的离开了，也许觉得太无趣了。

但这听起来还是很有热血少年般的气势，不是吗？

哈哈。

突然有些伤感。

说真的，这几天有许多时候，我都仿佛穿越了时光隧道，回到当时……真真切切。

在最后一天回家的路上，灵感无法抑制地涌现，我不知不觉哼出了一首歌，后来我给这首歌起名叫《关于老地方和你》。

第二天我把这首歌填了词：

关于老地方和你

我又回到　那一个老地方
树也一样　风也依然
只是阳光　照在我的脸上
映出忧伤　无处躲藏

我才明白　时光飞逝如箭
只是那时候　我怎么没发现
直到那笑脸　忽然变成怀念
直到你的温暖　只留在梦里面

我又回到　从前的老地方
树也一样　风也依然
只是泪光　依旧模糊眼眶
那一瞬间　映出永远的想念

我才明白 事过总有境迁
怎么去握紧 也留不住时间
直到那一切 只能变成怀念
那个老地方 只能留在心里面

唱着唱着，眼泪就不知不觉流下来了，不知怎么会这样，按理说明明应该已经过了矫情的年纪啊。

我边哭边笑，原来我还很年轻，还没有老啊，哈哈……

6

八月的最后一天，"好妹妹"巡演归来的下午，我们又在"拉面街"碰面，他们被晒黑了许多，像刚流浪回来，听他们讲着此次巡演的趣事，有些应接不暇。

他们说："这次巡演，除去路费和食宿，完全没赚钱，纯粹白忙活！哈哈哈哈！！！"不知道为什么笑得那么开心，反正连我也跟着大笑起来。那个午后，在大碗拉面和冰镇啤酒里，几个年轻人笑得肆无忌惮。

真好啊……
这样的旅程，这样的一段青春。

9月，说走就走，蓦然回想起的南方

1

那天我正边吃早餐边筹划着"南下之旅"的时候，正好接到责编小 SA 打来的电话："熊猫老师，您要不要来参加几天后在杭州举办的漫画家笔会？来往免费，路费都由我们承担哦！"

"免费"！！！——对于一个已经好几个月没工作没收入的家伙来说，没有哪个词比这个更能让人眼前一亮，唰——

"那如果我沿路想多走几个城市呢？不坐飞机，坐最便宜的火车。"心里马上打起如意的小算盘。

"总之只要总费用不超出来往的机票应该就没问题吧……"

"耶耶耶！"

挂了电话，我马上订了南下的火车票，简直天助我也！旅行的路费就这样搞定了，啦啦啦！不过每个城市的旅店都还没有预定这件事让我多少有些头大，不过想起田果果说过的一句话：

"没有那么多计划的旅行才好玩！"

好吧！到时候再说！天无绝人之路！大不了就露宿街头嘛，有何关系！于是我风驰电掣收拾好了背包。说走就走，这就出发！

晚上车窗外的昏黄光线像浪潮抚过我的脸，不断地退去涌来，涌来退去。我靠在车窗边，望着那些忽而闪过的光……十年了呢，总觉得有些不可思议，时间快得仿佛眨了下眼睛。

十年前的夏天，一个从未离开过北方的家伙开始了他人生第一次南下之旅……他第一次去了南京，第一次去了杭州，第一次去了宁波，第一次去了上海……往事如昨，历历如风，十年后的他打算沿着从前的路再走一遍，再去一次从前去过的每个地方，去寻找一些东西，或许能找到十年前给未来的自己留下的什么……

——这，大概就是我此次"南下之旅"的意义吧！

2

火车在第二天一早到了第一站：南京。

我拿着一张地图寻找公交站牌，地图是在一个大叔那买的，总觉得拿着纸质地图旅行才有逼格，但仔细一看，我去，"2008年南京地图"，估计是奥运那年进货进多了！也不知这地图现在还能不能用，先凑合吧！

身边源源不断涌现出酒店拉客的和摩托司机，被他们围住有种危机四伏的感觉，于是我只能逃进地下去坐地铁了，虽然还是喜欢坐"超值观光车"（公共汽车），这个最划算，既便宜还能游览城市风景，哈哈。啊……最近实在是穷疯了！一点都不像平时的我。

在新街口找到那洋之前推荐的旅店，进了房间汗流浃背，果然南京比北京热多了，毕竟一个"南"……京，一个"北"……京，仿佛一下子重回了上个月的夏天。

刚到旅店小厚就来找我了，其实本来是计划单独行动的（去雨花台），但据说他已经把我的行程都安排好了，于是盛情难却，乖乖地跟他走了。

中午我们顶着大太阳品尝了南京第一名吃：鸭血粉丝！

他说："就是这个鸭血粉丝，秦昊之前一直吃，吃到吐。"

"啊？这么好吃？！"我惊叹了。

"好吃倒是其次，主要是便宜。"他说，"那时候秦昊没工作也没收入。"

"这样啊！那我们也多吃点儿！哈哈哈。"我边吃边说。

哧溜……哧溜……

下午我们在"先锋书店"放纵地挥霍午后时光，这是我见过最有感觉的书店之一，开在一个地下停车场里，空间宽敞辽阔，一支巨大的十字架立在店内最醒目处，纵使在这个阅读已经日渐没落的时代，也依旧可以体会到书的神圣。

我对小厚说："如果我住在南京就好了，那我一定天天泡在这里。"想象总是美好的。

"但我更想去北京。"小厚说，"等我去了北京，我们就整天泡在书店和咖啡馆里！"

临走时照例要买一本书支持实体书店，挑了一本蒙田的《论人生》。

然后和小厚去了他推荐的咖啡馆，在一个小山坡上，我们在那里写歌聊音乐，时间也不知流逝了多少，我说："好啦，我们去雨花台吧！哈哈。"（这是我此行一定要去的一个地方。）

他说："已经关门了。"

"啊……"

晚上当地的朋友尽地主之谊，在夫子庙请客，又是盛情难却，只能赴约。这一天基本都身在各种"被安排"里。于是第二天我一早就逃跑了，逃到自己的节奏里去。

基本上，旅行对我来说有两种模式，一种是和朋友的"结伴旅行"，一种是一个人的"独自旅行"。当和朋友"结伴旅行"的时候，我基本都在打闹和玩笑中度过，留下来的基本都是一张张照片；而"独自旅行"的时候，我总是安静的，内心总是很敏感的，那时候灵感才会依稀闪现。就像我经常喜欢一个人看电影，一个人唱 K，一个人到处走走，那种感觉和两个人或多个人是不同的，当然它们也不分好坏，只是看在当时的心境下，更需要哪一种模式。

那天我独自去了长江大桥，近乎五千米的桥路又走了一回，上次来的时候还是十年前，许多被遗忘的当日情景和当时心境又浮现上来。我还想起小学的那篇课文《我爱南京长江大桥》（是不是这个名字啊？已记不清了。）后来小厚说："你说的是南京市长江大桥吗？"

……

总算去了雨花台，想在那里寻找一块石头，可什么也没找到，一切都很陌生，我怀疑自己走错了路。

傍晚到中山陵的时候，顶楼已经关闭，园里空无一人，好象一座幽灵之城，没办法像十年前一样登上三百层台阶的最顶端吹口哨了，留下了一个美丽的遗憾。

天快黑了，我一个人下山，等巴士。十年前也是坐着一辆摇摇晃晃的巴士下山，驶回城区，耳机里放着莫文蔚《午夜前的十分钟》，心里极度想念着一个人，"寂寞仿佛夜车偷偷出发……爱是孤单车厢唯一乘客……眉头心头，世界尽头，想你的旅程反复不休……"，如今车窗外所有的路都显得陌生，十年里，南京似乎变了好多。

不是，都不是我要找的那个地方。

离开南京的那晚，去小厚家和他告别，电视上播着《快乐女声》总决赛，抱着一把吉他的段林希获得了全国总冠军。有人说，民谣可能就要崛起了。

小厚把帮我洗好的衣服、内裤和袜子叠得整整齐齐放进袋子，之前因为走得风驰电掣，衣物只带了很少，我又是个如此懒惰的人。有时在想，当一个朋友可以帮你洗内裤和袜子，那到底是一种怎样深刻的友情呢？突然很感动，并基情四射。但小厚说："不必言谢，你不是也帮我洗过吗？"哦……的确是。反正都是用洗衣机，放里面就行了。

临别又是一个紧紧的拥抱，我说："在北京等你。"

3

小时候看过一本永安巧的漫画，叫《伴我走天涯》，至今印象深刻，里面的主人公流浪汉始终戴着一顶圆边草帽一路流浪，像只自由的灰鸽子。后来听河岛英五的《青春旅行》，同样认为流浪就是那样子，青春就是那样子。也不知从什么时候起，我发觉自己每次旅行时也总戴着一顶圆边草帽，原来一些种子早在心底发芽。

去杭州的路上，没能坐上记忆里晃悠悠的绿皮火车，只能被迫选择了又贵又不浪漫的高铁。一路上路过许多现代化车站，不知载满故事的老站台在这十年里被拆除了多少。路边许多新盖起来的乡间欧式小别墅掩埋了许多曾经黑瓦白墙的小房，说不出的违和感，感觉像山寨名牌。

在杭州好不容易打到一辆车，去此次漫画家笔会的场地，地点远到快出了杭州。两天的笔会用同行者的话来说就像进行了一场"公款旅游"（哈哈）。说起来这应该是我第一次参加作者笔会，之前总以为笔会是大家围坐在一起讨论创作的活动，以笔会友，结果却是到处吃喝玩乐，感觉有些空洞，但无论怎样也得笑着撑完活动，谁叫人家给我报销了全程路费呢，呵！

这次的一大收获是遇见了昔日的老朋友 iiiis，还见到了多年前的好朋友李雷雷，十年前……（又是十年前！我越来越像个爱话当年的老 ×）我们一起在北京举起《北京卡通》漫画大赛二等奖的奖杯，当时一起举起奖杯的还有一对姐妹组合，叫"非池中"，三个"二等奖"都是做着"漫画家之梦"的少男少女……十年后，李雷雷开了漫画工作室，依旧坚持守在漫画界，而我成了个半调子，非池中那对姐妹在当时获得了一些关注后就再也不见踪影。起初总不明白为什么那么多成了名的人到头来都放弃了呢？多可惜啊！可如今却懂了。始终走在同一条路上的人固然难得，而离开的人也并不是选择放弃的失败者，他们只是找到另一条更适合自己的路吧。当晚很想和李雷雷找个地方把酒言欢，回顾往昔少年情，可无奈外面下了倾盆大雨，只能作罢，下次见面不知何年何月。

在杭州最后的夜，和 iiiis 聊了许久。房间的格局一如六年前的香山饭店，只是 iiiis 没再出现在壁橱里（原因可参见我的短篇漫画集《黑虫》中的《同房客》），而是倚在窗口抽烟。我们再没激动地聊恐怖漫画，而是平静地分享着彼此的音乐创作。记得六年前，我疑惑着他为什么还在听 CD 而不用 Mp3 的时候，他把一张陈绮贞的限量版 CD 放进随身 CD 机里，按下"PLAY"键，说："我喜欢 CD 在 CD 机里转动的感觉。"而如今，我站在窗口听着他的新歌

《一夜》的 Demo，用他的手机。

一阵又一阵夏末的风吹过，吹来喜悦也吹来忧伤。

第二天，我没再钻进笔会活动的大巴车，而是登上了离开的列车，像个逃学的孩子，临走前还丢下一句话："该参加的活动都参加了，我要继续去旅行了。"装成一副很酷的样子，自以为是如风的少年。

4

在去苏州的火车上发现此行的安排有误，走了好多冤枉路，路过好多次上海……

对于一个如今没工作也没收入的穷小子来说，在家靠父母，出外靠朋友。还好我是个讲义气的男人，不能说朋友遍天下，也算是朋友遍路上了。

到了苏州，昔日广州时的好朋友小浣已经在荒芜的高铁站口接我了，他还叫了车提前等在那儿，说："我可是提前半小时就来了，嘿嘿。"……周到得不像从前傻乎乎的他，那个曾经飞机9点起飞8点45才到机场并说"我以为提前10分钟就来得及"的他。

他说："走吧，这几天就住我家！"

对于一个贫困潦倒的旅行者，朋友的收留绝对是雪中送炭，我说："一张沙发就可以。"幻想自己是很潇洒"沙发客"。

"没那么高级，只有床。"

他所谓的"家"……其实就是他的宿舍，还好宿舍目前就他自己住。

在苏州晃了几天，走过许多小街、小路，过了许多小桥、小河，有些感叹这里的平静，小浣说他很喜欢苏州，所以才辞去了广州的工作跑来这里打工，会工作到腻了为止，再去下一个城市。

"这种生活真好，到处漂来漂去。"我说。

"主要是我一回老家，长辈们就都催我赶快结婚生子，我不想面对这些，才一直不回去。"他说。

"是啊，那样的生活无聊透了，一眼就望到了人生的尽头。不过我还好啦，没人敢催我，因为谁要是敢催我，我一定会质问回去：'你干嘛干涉别人的生活？！你的生活很精彩吗？！比我精彩吗？！等你过得很精彩，再来指挥我！……吧啦吧啦。'到时，他一定无言以对！！"

"哈哈哈哈！你还和从前一样！"小浣笑得不行，"可是我做不到。"

我说可惜我们目前还是无法自由得理直气壮，如果我们很有钱就好了，那样就可以轻松地放下许多东西，不用总是为生活奔波，为明天担忧，就可以随时开始一段旅行般的人生，在每个喜欢的城市想住多久就住多久住到厌倦为止！

他说："可你现在不就过着这种生活吗？"

我说："可是我没有钱！连豪华酒店都住不起，只能住在你家！"

他说："豪华酒店不是你的风格。而且我家不是很好很温馨吗？"

嗯……他的"家"的确很温馨。

我们路过一家"猫的天空之城"咖啡馆，我在那寄了一张明信片给十年后的自己。

我说："在十年前我也曾经像这样给现在的自己写了点东西，很重要的东西，我把它埋在一个地方了。"

"写了什么？埋在哪儿了？"小浣问。

"我也不记得了，只记得是十年前南下旅行的时候，埋在了某个城市的某个地方，但现在什么都想不起来了，只记得有这么一回事！估计只有到了那个地方才能想起来了……"

"所以这就是你这次旅行的原因？"

"对。"

"哎呀，太任性了。"他说。

"希望十年后的我能收到现在的我给他寄的明信片吧！不过现在的我其实没什么好说的，因为和十年前比，现在的我太不勇敢了。"

"没有，你还是很勇敢。"小浣说。

"真的？"

"真的。"

离开苏州的前一天，我们去一家很冷清的咖啡书店看书，我在那翻一本《人类动物园》，里面有一些关于"性"的课题吸引了我。小浣出去帮我买火车票。店里只剩下我和唯一的一位男店员。

店员有些生硬地开始了和我的搭话……

"你们是网友？"他说。

"咦？我们？"

"对，就是和刚才出去的那个男孩子。"

"不是呀。"说实话我都不记得和小浣是怎么认识的了。

沉默了一会儿，店员又问：

"那你们是情侣？"

噗！一口咖啡差点儿喷到书上。看来俩男的如果不是情侣还是尽量不要一同出现在有情调的咖啡馆为妙！

然后，男店员和我聊起他的故事，他说他为了爱情来到苏州，现在和他的男朋友一起租了个小房子，白天他就在这个咖啡书店打工，晚上就回到他们的小小世界。说着他还把和男朋友的合影给我看，一脸幸福的样子。

我也不知道他为什么要和我讲这些，可能实在没有听众，不过这故事还挺有意思的，直到小浣买完火车票回来，男店员才带着神秘的笑从我对面的座位离开。

临走时，他送了我们一袋饼干。

第二天小浣送我去火车站，我弄丢了他的公交卡。"奇怪了！这几天我明明都把它放在这个口袋里……"可裤袋里空空的，翻了多少遍也是空空的，和钱包一样。

"别在意了，你没把自己弄丢就是万幸了。"小浣说。

"放心！我一定再捡一张还给你！"我边说边假装发动超能力。

没想到走了几步真的在地上捡到一张公交卡，也不知道是有人掉的还是扔的，卡很残旧，看样子被踩了无数次。我们等了一会儿，无人认领。广播催促要进站台了。

"只能把这个给你了，希望里面还有钱……"

我把那张卡给了小浣之后，我们就挥手告别了。后来听他说，那张卡里的钱比他原本丢的那张卡里的还多了好多。

"怎么样？这回相信我有超能力了吧？哈哈哈！"我在微信上回复他，还发了一连串狂笑的表情。

消息很快就回过来："当然，你一直都是最神奇的男孩子。旅途愉快。希望你能找到要找的东西。"

5

登上开往宁波的火车，车里空空的，上午的阳光洒进来，配上森田童子轻快的歌，有种逃学般的自由感。

十年前我也是这样坐在开往宁波的火车上，捧着一本三毛的书哭成泪人。车窗外风吹麦浪，像我的心神往自由。那时我不想上学也不想工作，整天做着风花雪月的白日梦。十年后，为了寻找那个埋藏起来的东西，又走回从前的路，就像在一站站复制从前。只是当时的白日梦如今大多都已成真。许多故事落幕，又到了再次做梦的时候。

路过上海（又是上海！），车上的人更少了，我坐在靠窗的位置，看着绍兴飘过，从前那里看起来还是一座怀旧的小城，如今远处盖了许多吓人的摩天高楼，路边不断有小白房被拆掉或被改造的痕迹，我很难再触景生情回想起小学课文里的鲁迅和孔乙己了。

然后宁波就到了。

走过午后人烟稀少的街，很久才找到旅馆。旅馆虽然隔音奇差，但窗外还保留着十年前的样子。哈哈，我又回来了！

在宁波住在"桑田路"，这名字总让我联想到"沧海桑田"，非常沧桑。于是我又想起有次在广州骑车，在二沙岛路过一条满是绿荫和野花的小路，叫"烟雨南路"（这名字是想把人活活浪漫死吗？！）。不过长春也有两条极具个性的路，一条叫"冰淇淋胡同"，另一条则是与"自由大路"相互交织的"同志街"。

晚上一个人坐在河边吹晚风，享受孤独，不由地哼起《少年之夏》："风吹着，仲夏夜晚的宁静；流泻着，少年不知愁的心情。"

宁波的夜如此平静，微凉又舒适的风吹来，河面上映着斑斓灯火，我坐在河岸的草坪上，心情说不出的安宁，一切是那样轻松，如今没有什么事必须去做，也没什么地方非去不可，这就是我常常幻想的状态吧，自由自在，人生的至高境界。

那天我也不知道在河边坐了多久，星空下万籁皆静，连时间都像静止了一般。

在宁波的日子大抵是这样的，小书店逛逛，咖啡馆坐坐，路边小店吃吃，到处走走，漫无目的，只是感受身在这座城市中的感觉便好了。

可惜音像店里已很难找到一张喜欢的CD。对于如今的流行音乐，的确曾经试图去喜欢，却怎样也喜欢不起来，不知不觉，我和这个时代走上分岔路。书籍也是，基本很难享受现代作家，真正喜欢的作家，基本都死了。

异乡旅行中还偶遇了自己刚出的新书《将》，于是买下来看看，但兴致不大，也并没因为自己出了书而感到欢喜，有点幼稚，我觉得，或者已经麻木，可能之前真的走错了路，还好及时停下了脚步。书有些重，不想一直带在路上，打算旅途中遇见谁就送谁。

离开宁波那天，搭小公共汽车去火车站的路上发现没有零钱，一个素不相识的女孩看出我的窘迫，给了我一枚硬币，实在不知如何感谢，尽管感觉自己越来越像个流浪汉。几年前乘飞机回广州有一次也是忘了带钱，凌晨的机场正巧几部提款机全部故障，还是一位机场的美女工作人员帮我买了机场大巴的车票，她只是微笑着，买完就离开了，连名字都没有留。

一段段旅程，总能遇见许多人，与他们的短暂相遇就像画上的几点高光，升华着整张画面。

6

在路过了好几次上海后，这次终于在上海下了车。

好朋友 BB 出差，正好把他的房子借我住，而我要做的就是负责照顾房子里的猫。每天早上，亢奋的猫都会跳到我肚子上，把我跳醒，而每当我要抓它，它就一跃逃得不知去向。和它比，我是一只笨拙的巨兽。

在上海的几天里见了昔日 CS 战队的好友 BABY-JIANJIAN 和 BABY-NANA，作为队长的我一直保持着和队员们的紧密联络。想当年我们有一支叫做"BABY 战队"的 CS 战队（我是队长 BABY-YANGYANG），之所以用"BABY"这个词是我们都觉得自己是"不想长大的宝贝"，但别人都叫我们"卑鄙"战队，因为我们都胆小如鼠，怕冲锋陷阵，永远都是好几个人蹲在一个小角落，一旦敌人误入我们的黑暗角落，我们就一下子群起攻之把对方歼灭，然后乐不可支，因此经常被其他战队竖起大拇指（向下的）。

去了 BABY-JIANJIAN 和 BABY-NANA 的家里做客，他们在上海买了栋小房子，还开着一辆小车。上次见面还是2006年，我们找了间网吧重温 CS，而这次 BABY-JIANJIAN 和 BABY-NANA 说他们不知道哪里还有网吧了，并且即便有网吧，里面的机器里还有没有 CS 就说不准了，毕竟已经不流行了……十年了。他们说如今 CS 已经有了更新的版本，新到他们已经不想玩了。

我早早和他们告别，不想 BABY-NANA 太过劳累，因为她怀孕了。BABY-NANA 说："放心，以后我会让我的孩子叫你'哥哥'的。"

他们知道，我依旧还是那个"不想长大的宝贝"，"BABY 战队"的队长，不朽的身影，那个依旧还在与时间抗衡的时代战士——BABY-YANGYANG。

向回走的时候，路过新天地，我的记忆又复苏了。许多地方我都能想起来，来过这里，去过那里，我追寻着十年前自己的身影，一路走着，一直走到淮海路，到底找到了十年前曾住过的旅馆，只不过那里已经换了名字，改了装修，一切都变了样子。

呼……就像松了口气，所有想寻找的东西都找到了，老朋友，老地方，和这十年来被许多新回忆覆盖的旧回忆。那个曾经写给十年后自己的东西也找到了，我想起来了，原来我没有把它埋在任何一个地点，而是埋在了心里的一个角落。那里写的东西我也读到了，嗯……

这段旅程，就像一次记忆的翻箱倒柜，把它们统统翻出来，整理一番，又装回去。

有时觉得十年并不长，比如现在回想起来许多十年前的事情就像发生在昨天，但有时再想想，十年又真的很长，因为只需6个十年，就可以让一个刚出生的婴儿变成一个老人。

童年时能拥有一个十年，少年时能拥有一个十年，青年时能拥有一个十年，中年时能拥有一个十年，然后，就要老了……

这样想想，人生还真是好短呢。

踏上归途的那天，几乎是闹铃和猫一起把我从睡梦中弄醒。我冲了个热水澡，把房间整理干净，给猫留好几天的水和猫粮，把钥匙藏好，然后离开了那里。

昨夜的上海外滩，今晨已成为身后的风景。我的前方是此次"南下之旅"的终站：北京。

尽管如今我住在那里，但不管在哪里，我都感觉自己是个过客，几十年时光的旅客，每个人生命路上或同行一段或擦身而过的路人某某。

回顾这十几天，走了五座城市：南京、杭州、苏州、宁波、上海。沿着十年前的路又走了一遍……看到熟悉的景象会突然感觉离从前好近好近，看到物是人非又突然感觉离从前好远好远。而这一趟旅行其实只为了一件事……2001年夏末，一个少年曾对自己说："十年后，不管怎样，你要再来一次。我给你留下了些东西，在路上。"

7

几天后，我将此次旅行的火车票装在一个文件袋里，寄给公司。

当我还沉醉在此次精打细算的"南下之旅"的完美落幕时（因为几乎没花什么钱，最主要的一大笔开销"路费"有公司报销哦！实在不得不佩服自己这次的冰雪聪明！哇哈哈！），我又接到责编小 SA 打来的电话。"熊猫老师，很抱歉，这次因为您去了太多地方，而且时间段拖得太长，公司的财务说只能给你报销从南京到杭州的车票，剩下的费用……都要由您自理哦！"

什……么？！

啊啊啊啊啊……

九月末的一天，我口吐白沫晕倒了。

▲长春"光阴咖啡馆"的公告栏,《长春光阴》弹唱会的海报。

▲吉他、鼓、口琴、口风琴、沙锤……每次排练必定会堆满床的乐器和曲谱,现在回想起来,总有种很美好的感觉。

10 月，忙并快乐着，才是对的忙

1

国庆节的四环路上畅通无阻，到达会场的时间比预计早，一看到门口根本没有几个人，估计又是一次坑爹的活动。

果然坑爹，这个所谓的"国际动漫展"冷清（而且还很冷）得要命，排队的读者寥寥无几，我依旧到后台等待两点准时现身开始这次的签售。在后台和一起等待的陆明聊了几句，他不知道我是谁，但我知道他，许多年前在我还是小屁孩的时候曾在人群里仰望过他。如今他已经离开漫画圈很多年，极少在杂志上露面。嗯，我可能也迟早要离开的……我有这样的预感。

"这个圈子烂透了！"他说着，语气像极了 Benjamin。

然后还没到 2 点工作人员就来叫我们了："读者太少了，现在就出去吧！"

签售开始的时候不禁数了下，读者只有 8 个，于是只能画得很仔细要多慢有多慢，想以此争取点时间，并心想读者们"快来啊"！但再抬头看看整个会场里零零星星的几个参观者，心已凉了一大截，全部参观人数加起来20来个吧！这会场实在太偏僻，广告也打得不够，会有人来也是奇迹，真搞不懂主办方怎么想的。但再看看身旁几个同台的作者，有的干脆没有读者，于是只能坐在那里自己画画玩……

在我只签了5本《将》的时候，书没了，工作人员说是忘运过来了。

啊，我只能绝望地离开了，出场费都拿得很愧疚。

从会场出来直接就去机场了，第二天一早在广州有我的新书《彩虹泪光》的首发式。

2

又回到熟悉的广州，熟悉的是即便是十月也依旧闷热的天气。

广州的漫展绝对是我见过全国各地的漫展里最专业并且人最多的，当天会场里的人挤到爆。我在签售时才第一次摸到《彩虹泪光》的实体书，质量挺好的，但昨天却因为不喜欢封面而难过了一晚上，因为觉得太幼稚。而似乎除了我之外没有人对封面产生质疑，都说"不是挺可爱嘛"，似乎只有我总在追求那种很孤高的视觉感，编辑说："如果是那样，就不会有这么多的读者来了哟。"的确，昨天和今日，仿佛地狱到天堂，今天的队伍望不到尾，身旁的工作人员只能一直督促："请加快速度啊，熊猫老师！"

我在人群里竟然看到了表弟雨海，他特地从深圳跑到广州来看我。这还是雨海第一次来我的签售会，自我们两个还是小屁孩在同一个桌子上一起画漫画并一起畅想着"漫画家之梦"的时候开始……

雨海说："你的梦终于实现了啊！"

我说："你的梦不也实现了吗！"

在表弟雨海在"漫画家之梦"的征途上受挫后，他就及时换了另一个梦——"设计师之梦"。如今他已是一位很有名气的设计师了。不过我们俩其实还有另外的梦没有实现，我的民谣歌手之梦和他的摇滚歌星之梦，哈哈，我们是两个做梦的狂徒！

下午是腾讯的专访，我依旧紧张，依旧语无伦次，这么多年一点也没有长进。又见到主持人澜火，回想我在宣传第一本书的时候主持人就是她，现在已经第八本了。

第二天上午又是一场签售，人来得比昨天还多，几乎已经过了午饭时间才脱身，匆匆请雨海吃寿司喝清酒，很多事情还没聊得尽兴又得离开了，因为接下来还有新一轮的采访等着。每次一出新书就是各种忙。

雨海说他要回深圳了，还有工作。望着他上地铁，总有些不舍和失落，这就是我们年少时爬在大桌子上痴痴畅想的未来啊，总有些身不由己。我们匆匆挤上属于各自方向的地铁，越来越远。

3

回北京后给秦昊的最新弹唱会《未央歌》当了嘉宾，虽是嘉宾，却被安排要唱七八首歌，不知道的一定以为我是来砸场子的，还好那天并没有被骂得太惨。

《未央歌》是一场普及"台湾民歌"的专场弹唱会，说起台湾民歌，许多人一定以为是那种闽南语或者原住民的民歌，其实不是。"台湾民歌是一个特定年代的歌的统称，大约是上个世纪七八十年代，在当时西洋歌曲已经滥大街的时代，突然有位年轻的歌手高呼：我们要唱自己的歌！然后在某次晚会现场他摔碎了手中的可乐瓶，这件事被成为'台湾民歌运动'的导火索，于是年轻人纷纷背起吉他，开始了一场'要唱自己的歌'的运动，那就是台湾民歌时代的开始。这个运动大约持续了十年，诞生出了大量不朽之作，像《橄榄树》《月琴》《龙的传人》等等……"这是秦昊在台上说的话，他照稿认真地念着，然后台下传来声音："别说了，快唱吧！"

那天晚上我负责合声、口琴、口风琴、沙蛋、串场台词……都是临时抱佛脚，现学现卖。不得不说，我很多的临场演出经验其实都是秦昊和小厚给的。

那晚我们望着在台上唱歌的秦昊，程诚一说他有一天一定会红的，会成为一个明星。我回头看着现场，来听他唱歌的人已经挤到窗户外面去了。何小P说秦昊现在已经成功占领了鼓楼，接下来就要开始占领北京，占领全国了。我们都相信这一天一定会到来的。

那天夜里，我走在鼓楼的街上，看到很多背着吉他的年轻人来来往往，我想在未来的某一天，我的"民谣歌手之梦"也将在这里唱响，在这个霓虹闪闪的北京鼓楼。

4

十月总是一年里最忙碌的，因为气温适宜，长假也够重量级，又远离圣诞新年期末考，于是很多出版社都选在十月出新书，然后作者就要拿出这个月配合许多活动。

这个月底除了新书推出后的大量访谈，我还办了一场新书的"签唱会"，因为新书《彩虹泪光》送了一张EP唱片《心中的孩童》。

其实随书送唱片是我的主意，在唱片市场日益萎靡的当下，一张唱片能卖到一千张已经是很值得高兴的事了，大家都选择了网络下载或直接在线听音乐，另外实体唱片店也已经基本绝迹，想买唱片都找不到地方。于是我决定把唱片随书免费送，这样根据书的销量，唱片就相当于有了动辄几万张的销量！……但后来发现这只是一个畅想而已，实际情况是，因为唱片随书发售，许多人可能根本懒得听里面的唱片（我平时就这样），还有就是买书的人基本都是爱书人，未必会对里面的唱片有兴趣，而且还有更多人并不把这张唱片当做唱片，而称之为"随书赠送的光盘"……咔嚓（心碎的声音）。不过更多的人，连光驱都没有。

然后，那天在唱完了几首歌之后，我完成了这个月最后一场签售，连续签了三个小时，手都签得变形了，变成《寄生兽》里那样……

然后的然后，十月就在这一段段忙忙碌碌的一张张签绘和一首首歌中度过了。

11月，多想把幸福装进真空保鲜袋里

1

我被邀请去北京电影学院当一个动漫比赛的评委。走在秋风萧瑟的校园里，想着这里曾经是我多年前做明星梦时多么渴望的圣殿啊！如今竟以这样的形式来到这里。并且几天前我还接到邀请，问要不要来当老师……

"如果让我当表演课老师还差不多，竟然让我当动漫老师，555！"我和舜边吃饭边吐槽，变态一般的叛逆心理总让我想撕掉这几年刚被贴上的"漫画家"的标签，我称之为——"漫画家牌"笼子。

"不然呢？你以为？疯子！"舜说。那时舜已经找到工作，就在电影学院旁边的电影频道，所以他很希望我能来电影学院工作，这样我们就可以经常在一个食堂吃饭了。

"那我再考虑考虑吧……"我嗫嚅地说。

人生里许多事情就是这样奇妙的，以前我撞破脑袋想进来当学生却进不来的学校，如今竟有机会可以进来当老师。但我不喜欢当老师，除了在真的变老前很抗拒"老"字以外，当老师也意味着好不容易重获自由的我又将被卷入另一个"机器"。这个社会的大多数机构都是一台台运转的机器，每个人只要一进去就会变成机器中的一个零件，也跟着运转不停了。

我没上过班，也不敢上班，因为我听过两只鸟的故事。你听过两只鸟的故事吗？其实那个故事只是一段对话，以下是两只鸟的对话……

笼子里的鸟对笼子外的鸟说："你不觉得你的生活很没安全感吗？每天都要为了吃而发愁，还要预防天敌，你不会感到恐慌吗？"

而笼子外的鸟对笼子里的鸟说："你每天有吃不完的食物，笼子也能保障你的安全，你的一生衣食无忧但一成不变，你不觉得很无聊吗？"

我也说不清它们谁对谁错，估计都对，错的只有"喜欢自由的鸟被关进笼子"和"缺乏安全感的鸟被遗弃在野外"。

人生只有一种错吧，就是选择了不适合自己的生活方式。

我知道我要哪种。

在许多事情拿不定主意的时候，我最喜欢的解决方式就是把它先放一边，时间会给我答案，会把我推到应属于的地方。如果有缘，那自然会继续；如果无缘，那也就随它去吧。

所以这一次的结果是，因为我拖太久没有回复，校方总终选择了其他人，而我反而突然一身轻松，仿佛获得赦免，生活又可以简单自由了，不用再在计算利益得失的左思右想中挣扎了。嗯，答案果然自然显现出来了。我很满意。

"你真是个白痴！"舜疯了。

但我却笑得云淡风轻。哈哈哈。

我想我还是喜欢当个自由的人，虽然有钱是件好事，但为了钱而失去自由可就不好了。虽然我也很希望自己可以很有钱，但有了钱以后要去干什么呢？想来想去……有了钱以后应该就可以很自由，然后可以过自己想要的生活了吧？！可是再想想，我现在过的不就是一直想要的生活吗？

折腾啥呀？！

2

坐地铁从"望京市"到"四惠市"要一个小时。北京太大了，所以我很喜欢把很多地方都称为"市"，还有"通州市""回龙观市""大兴市"等等……这样会感觉自己在一个微缩的世界里穿行，很有意思，也轻松一些。

和秦昊碰头，一起搭车去一个鸟不拉屎的地方排练。几天前收到秦昊的邀请："偶像，我们回长春开一场弹唱会吧！地点是：光阴咖啡馆。"

还是那句话——人生处处是奇妙。

几个月前我和田果果坐在长春"光阴咖啡馆"的天台上看星星那次，我还在对她说"真希望有一天能来这里唱歌啊"，没想到这个愿望这么快就要实现了！

于是当天我和秦昊就在电话里确定了弹唱会的名字，就叫《长春光阴》吧！因为秦昊在长春上学，而我在长春长大，尽管现在都变成北漂。

演出的前几日我坐火车先一步回长春，卧铺，觉得自己特不酷。

而秦昊和乐队的手风琴手小马还有鼓手 Mike 决定坐12小时的硬座去长春，他们说坐硬座才有意思，但我估计是因为便宜，那时秦昊还不红，还是习惯坐公交的秦昊1.0版本。然后那天1.0版本的秦昊对售票员说："如果没座票站票也没事，站在车厢之间唱歌更欢乐！"哎呀！这句话差点把我浪漫死，顿时觉得秦老湿光芒万丈，不枉此生。他的青春真是用来潇洒走一回的！而我……那一刻我真想把我的卧铺票给撕了！……但实在没舍得。

长春演出当晚来了好多人，场地都站不下，听说还创造了光阴咖啡馆演出的票房纪录。那晚我和秦昊站在二楼的窗口伸出脑袋，看见东北零下二十几度的寒夜里许多人守在门口，还有一些人呼着白色哈气摇头离去，但小马不许我们在窗口频繁探头怕被人看到，他说要保持上场前的神秘感，而我们之所以频繁探头是因为实在太紧张了，很想逃跑。我感觉自己一直在发抖，但再看看秦昊，他抖得更厉害，于是我的紧张多少得到了缓解。啊，毕竟我们那时还是新人，而且我比他还新。但紧张随着上台就不见了，特别是秦昊，他果然是属于舞台的人。

这天的演出结构是这样的：上半场秦昊唱一半我唱一半，下半场秦昊唱一半我唱一半，最后合唱一首。那天我在唱最后一首歌的时候，看见安雪艰难地从门口挤进来，还看见了台下许多熟悉的面孔，那时我正在唱《再见练习曲》："再看一眼，看一眼，你熟悉的脸，我会用微笑藏起眼泪……"唱到这儿的时候，我感觉我的微笑已经快藏不起眼泪了。

记得大学毕业的第一年，一位学弟在学校的放映厅自费开了一场演唱会，尽管都是翻唱歌曲，但还是反响热烈。那场我也挤在台下的人群里，听到他用颤抖的声音说："最后这首歌，送给这些年陪我走过的同学！"然后泪洒现场，同学们都冲上台去，拥成一团，场面感人。那时我遗憾地想起自己在毕业前也曾信誓旦旦地对很多朋友说"我要出一张专辑，到时送你。我要开一场演唱会，到时请你……"但都变成了风中戏言，大家就各奔东西，再也凑不齐。谢谢秦昊，这次就像完成了一个梦，只是迟到了许久。我总是那么爱迟到，就像上学时的每个早晨，就像应承朋友的每个约会，可是，虽然总是迟到，但还是会到的。

那天散场后，一个个熟悉的身影又纷纷各奔东西，在一起的时光就像一场梦。

第二天一早，秦昊他们也离开了。为了节省费用，回去依旧是硬座，但秦昊提着一袋"哈哈镜"辣鸭脖子很欢乐："没关系，我有火车上的好伙伴！"那一阵我们都很迷"哈哈镜"，常常边喝酒边啃，很有情趣。

那天很冷，我送他们上了火车，望着秦昊提着鸭脖子背着吉他、小马扛着重重的手风琴、Mike举着他的大鼓蹉跎在拥挤的入站人潮里，特别像一部老电影的画面，灰色的，布满胶片泛黄的颗粒感，有些沧桑，还令人憧憬。

3

我也要匆匆回京了，先前答应《知音漫客》杂志一篇短篇的稿约，资料还都在北京。

每次都是匆匆，我告诉爸爸妈妈买了回去的火车票，他们说这次怎么这么快，不舍的神情一如既往地流泻出来。

晚上在家吃过饭后出发了，和六十五告别，每次的告别都怕成为诀别，它就快十岁了，身体越来越不如从前，我亲了它一下，希望当我再次归来的时候它还会蹦蹦跳跳地来迎接我，就像每次一样，真希望永远这样。

新车站改在很远的临时车站，爸爸妈妈下了车一直送我进了安检口，我远远地看到扶在栅栏上久久不肯离去的爸爸妈妈，微笑着和他们挥手，我希望他们快点离开，因为再不离开，我的泪就要掉下来了。

可他们一直站在那里……

夜里破旧的候车室，我戴起连衣帽，不想让人看到我那时的表情。

世间悲伤的事，便是明知此刻是幸福的，却不能将这幸福永恒，谁也不能，唯一能做的，只是在珍惜和叹息里望着它慢慢走远，最后只留在老去的记忆里和暮色黄昏的梦中。

我总在想，人生就像一场满是遗憾的梦，当没有拥有渴望的生活时，必然是一种遗憾，而当正拥抱着渴望的生活时，那又是另一种遗憾。就像月圆，就像花开，你望着它，也仅能望着它。

多想把幸福的时光装进真空保鲜袋里。

火车开动了，城里的街灯又一盏盏划过车窗，连成一条虚幻又朦胧的线条。

12 月，没什么比现在更好了

1

2011年12月1日

入冬的日子一直缩在家里研究"豆瓣音乐人小站"，传了几首 Demo 上去，成员已经有73个了，很开心。这感觉很像回到2005年，刚开始弄博客的时候。那一阵身边的朋友几乎都在写博客，一时间好多人都变成了小作家，每个人的博客就像每个人的自传书，很惊讶周围原来有这么多有故事的人。于是读得很痴迷，没事就会坐到电脑前，会莫名地崇拜起周围的朋友或遥远的人。不可否认那两年整个世界都是充满诗意的（也可能是自我感觉），但很快就过去了，博客过时了，人们玩起微博，于是诗意变成了矫情，故事变成了笑话集锦，有一种原本每个人都在精心做着家庭私房菜但忽然都开始泡起方便面的感觉。

几乎所有人都不再写博客了。估计只剩下我还在没事发几篇，但评论冷冷清清，有时会有孤独感，像身边的人都长大了只有我还停留在当时的年纪。

其实支撑我能一直写下去的原因是因为我总幻想某一天这些文字可以集结成一本书，一本可以拿在手里的，真真实实的，可以翻阅的一段生活。

（没想到第二年这些文字真的如期变成了书，不过不是一本，而是两本，文集《曲岸》和《晴空》，次年又在香港出版了文集《青春的力度》。）

2

2011年12月6日

计划了好久的"冬季钢琴弹唱会"，临时被钢琴手放了鸽子，他说被公司派去外地学习一个月不能参加了，于是我又得靠自己了。在我尚无法自己演奏乐器的最初，就像一个无法单独行动的小孩，我只能默默练琴，也不知道到底能不能学会，但只能努力地去相信自己。

听说熟练地掌握一项技术需要10000个小时，还有一种说法是七年，回头来看，我用十几年的时间掌握了漫画，而因为从小就有每天写日记的习惯所以写作也算勉强掌握了。我很希望自己可以用每个七年去掌握一件事情，这样的人生感觉会有意思。当然也有许多人用一生去做一件事情，这我也不反对，并且就算这种"从一而终"会被许多人定义为很伟大也不会左右我的选择，人生就一次，我想多做些事情，多体验体验，反正来生和我没关系了，就像前生的事今生什么都记不得一样。

那接下来的七年，就努力成为一名民谣歌手吧！那是心底一直存在的一个不着边际的梦，我想试试。

3

2011年12月9日

今天是小厚来北京的日子，听说他下午会被直接接去鼓手的录音室录专辑的Demo。在经历了和各种唱片公司的谈判后，"好妹妹"决定还是一切靠自己，不签公司。

能行吗？我半信半疑。总是这样的，在一个妄想没有变成现实前，周围的人总是半信半疑的，就像我在做每个决定时也是一样，周围一多半人的反应都是"你不行"，而另一些人即便给了鼓励也只是安慰式的，这个时候许多意志不坚定的妄想者就会放弃了，于是妄想就真的变成了妄想，只有剩下很少部分的人，才能美梦成真。说白了还是和自己的坚定有很大关系。

半夜秦昊和小厚才录完音跑到我家，听说秦昊明年就要开始全国旅行了，要做自由的"沙发客"，他说要走遍全国每个城市，一站一站演出一直走到西藏，祈祷每一座城市都能有一位好心人为他提供一个沙发让他过夜，这会省去住宿费这笔最大的开销（无奈现在民谣歌手们普遍都是贫困又苦逼的），而他所能提供的是请好心人看一场免费的演出。秦昊总在做着让我很向往的事情，我也想像他一样背上吉他去流浪，可是目前还不会吉他演奏的我就像一个没有双脚的人妄想要徒步走天涯一样，但我不会遏制自己的妄想。与此同时，听说有一个民谣歌手已先一步开始了"沙发客"式的贫困巡演，他叫宋冬野，也是新人，我听过他几首歌，感觉蛮喜欢，特别是那首《莉莉安》。

晚上我下面给他们吃，两个录音快饿死的人对我的炸酱面赞不绝口，说以后可以开面馆了。厚厚饭后很早就睡了，打起微鼾；秦昊边喝酒边和我聊着午夜感情话题，他说他可能要分手了，说着一滴泪就落下来。这是个有点忧郁的夜，秦老湿忧伤的双层眼袋在昏黄的台灯下晶莹剔透。

2011年12月10日

今晚是"好妹妹"北京演出的日子，我照例当他们的表演嘉宾。南锣鼓巷吉他吧的情况貌似比上次还紧张，听说老板英格姐姐很早就把所有的桌子都搬了出去，即便这样场内还是坐不下了，许多人只能站在外面趴着窗户往里看。半年里，"好妹妹"成长惊人，这里已经装不下他们了。

今晚是月全食，红色的月亮挂在天上。大门口，吉他手麦丽素天儿正在抽烟。"他们已经这么火了？"这是天儿第一次来看"好妹妹"的演出。几个月后，他成了"好妹妹"全国巡演的御用吉他手。

庆功宴是鼓楼一个小巷子里的涮羊肉，一堆认识的不认识的人，喝了不少啤酒，喝完又去鼓手家继续喝，这回是洋酒，一大帮人全都喝嗨了，秦昊随便拿了把吉他开始随兴弹唱，大家在秦昊各种破音的歌声中跳舞。等所有人都差不多睡着的时候，我又开始精神了，很开心很活跃。大家横七竖八地躺在床上或地上，我望着天花板，想起似乎从学校毕业以后，就再没这么疯狂过了，也没人陪我疯狂了。

2011年12月11日

朦朦胧胧地醒来，看见手风琴手小马正趴在地上打呼噜，看起来就像一只熟睡的海象。我和小厚蹑手蹑脚走出去，离开鼓手的家。出门就看见了乔小刀的工作室，就在鼓手家旁边。对于这些民谣歌者的了解都来自小厚对我的民谣知识普及，因为他我知道了小娟和山谷里的居民、大乔小乔、钟立风、拇指姑娘等等……对我来说全都是一个新鲜的世界。

小厚要回南京了，我和他告别。冬天的北京边缘，有种苍茫的美。临别的时候，他说："明年我要来北京了。到时我们一起租房子吧！"

2011年12月12日

傍晚，我在家旁边的咖啡馆里画一篇叫做《回顾节》的绘本，又遇见张亚东（王菲和莫文蔚的制作人），最近总遇见他。那时正他坐在旁边的桌子拿着一台我叫不出名字的键盘乐器做着音乐，很遥远又神秘的样子，尽管近在咫尺，又像远在天涯。没有去打扰他，继续画自己的画。

总能在这间咖啡馆遇见名人，之前是刘若英，匆匆忙忙地进来买了两杯咖啡就走了，还有一些我知道样子却叫不出名字的人，都擦身而过在这间小小的咖啡馆。

2011年12月14日

可能是受了张亚东的影响，我也买了一大堆奇怪的乐器，打算明年开始自己做唱片。

晚上的夜路很冷，我看见一颗流星，听说今晚是双子座流星雨的日子，我不由地想起某个人来，很遥远的人。我哼起几天前刚写的一首歌，叫《那年的愿望》："那年的愿望，当初的梦想，实现了多少，还有多少埋葬在路上……"听过的人都说这首歌很难听，全世界只有小厚说好听，他说"我都要听哭了"。

4

2011年12月19日

听说我的画集《飞特日》出版了，傍晚出去买，可走了好多地方都没有，许多书报亭都不喜欢进我的书，因为听说不好卖，书店也总是把我的书放在角落，或许我的作品有点不符合大众审美，就像我的人一样，总是很孤独地站在角落，但我不会因为大多数人喜欢什么样就变成什么样，我不会刻意减肥，或者把自己整容成一个大帅哥，那不是我本来的样子。其实我还挺满意现在的自己的，尽管可能有很多人不喜欢，但应该也没有人能被所有人都喜欢吧。

总之呢，作者有很多种，我正体验着一个逆境作者的心路成长，也算别有一番收获吧！（只能这样安慰自己，哈。）

那个晚上我在望京迷走，最后总算在中福广场旁买到一本《飞特日》，然后跑去旁边一间咖啡馆翻阅起来，嗯……画得……不怎么样啊。

一直以来，关于作者也要花钱自己买自己的书的问题，一直充满谜团。

似乎很多人认为作者出了书，手里就会有无尽的免费书随便拿，所以每次我一出书身边总有很多人向我要……可是，作者并不是印书机。打个比方，作家就像农民，种了庄稼（作品）会有人（出版社）来收购然后经过工厂（印刷厂）加工，再到市场或超市里（书店）去卖，基本上庄稼离开农民的手就和农民没什么关系了，他不能跑到超市说"这个庄稼原本是我种的，所以我拿走了"。就算书是我写的，但如果我跑到印刷厂或书店随便拿一本就走，也是会被抓起来的。

所以呢，假如你身边刚好有朋友出了书，请不要向他要了，因为在你之前肯定已经有无数人向他要过了，也许他已经很烦恼了，如果可能就买一本支持他吧！带着找他签个名，也许会给他意外的感动呢！当然，如果是他主动送的，就愉快地收下吧。

5

2011年12月24日

车还行驶在北四环路上就接到编辑的催命电话："快点啊！已经好多人在排队了！"

今天要赶去中关村图书大厦参加我的三本新书《飞特日》和《将》（3、4）的首发，于是我特意穿了和《飞特日》封面上一样的衣服，戴了一样的飞行帽，这应该是我继2004年 COS 过《火影忍者》里的"漩涡鸣人"（胖版）后第二次玩 COSPLAY。

首发式上才看到新出版的《将》（3、4）实体书，翻了翻，觉得还可以。回看今年，尽管在年中的一次访谈里我说之后要放慢脚步，一年出1本书就好了，结果下半的最后一季一下子出了6本。今天活动来了不少人，要散场时舜也装成读者来找我签名，他属于那种只要我一出书就会买并不许我送他的那种朋友。

夜里我一个人走在不知名的街上，也不知要去哪儿，朋友家里正在办圣诞酒会，但我并没有很想去；酒吧也算了吧，在那里也找不到爱情。爱情在哪里呢？

我在北三环走了很远很远，一个人的夜，一个人的路，一个人的平安夜，压马路。我喜欢这种晃荡的感觉。

6

2011年12月26日

早上起来心情不明所以地低落，可能"大姨夫"来了，我收拾好书包，决定去图书馆转转，远行可以改变我的心情。

总之呢，人闲了就容易烦躁，忙的时候也会，最好是忙闲适中的状态最为完美，或者忙里偷闲的时候最自得其乐。

又走在冬天的北京街头，回首这一年，去年这时候因为太忙碌而几近绝望的心情已经一扫而去，一如一门已结业的必修课，于是走过之后我变得更坚定了，更懂得什么属于我、什么不想要了，那些不想要的就算别人再怎么说好也不要去碰，因为那其实是别人想要的，未必适合你；而那些想要但别人不赞成的，还是要试着去做，因为别人不懂，你只有做了才知道是否合适自己，也就无怨无悔了，就是这么回事。

别人是别人，自己是自己，生活是自己的，别人都只是看客。

但上个月底我还是违背内心地接了份稿约，因为觉得机会难得而且稿费很高，于是抱着投机的心态接了稿子，然后惩罚就来了，因为稿子并非发自内心想创作，于是总感觉有个小魔鬼拿着一叠钱在远处笑着看着你，说："快做！做完就给你！"

这是一份"理性的心"接受的工作，它觉得值得去做；但"感性的心"总是很直接的，它不愿意就是不愿意，且不受我摆布，于是心里又升起了一万个抗拒，而这些抗拒无处发泄就只能像垃圾一样堆在心底，时间一长，垃圾发酵了，量变引起了质变，我又病倒了，发高烧，39度，一连好几天也不见好，眼看来不及创作（也真的创作不出来了），于是只能和总编道歉："对不起，那个稿子很抱歉……"总编表示很理解。

然后，神奇的事情发生了，当这份稿约像一个堵住垃圾排放口的障碍物一样被清除掉之后，我一下子就康复了，并身心轻盈。我呼了一口气，庆幸自己做了这样的决定，因为我的身体太容易受情绪摆布了，如果如此怀着抗拒的心情做了一个月，心底的垃圾越来越多以后，指不定还会生出什么更大的病来。

许多人的癌症就是这样形成的，我的姥姥和姥爷在只有四、五十岁的时候就去世了，那时候生活压力太大，让人整天不开心，听说姥姥常常忍气吞声，于是早早就患上癌症离世了；而姥爷去世的原因是医院的误诊，当做医生的妈妈回家探望时才发现姥爷的病是癌症，并且已经很严重了……我从没见过姥姥和姥爷，连照片都没见过。在我小时候，我妈妈也患上了癌症，后来一个表弟因为学习压力也得了癌症，可能我们家人的身体都太容易被心情左右了，癌症仿佛是无孔不入的，只要借着一点坏心情就会钻进身体里。还好那时医学已经很发达了，在经过漫长的在生命边缘的对抗，妈妈总算赶走了病魔，表弟也是。和病魔战斗过的人在以后的生活里总会说一句话：没什么比活着更好了，也没什么比快乐更重要了。那场与病魔争夺生命的持久战，只有当事人明白有多辛苦，多恐怖，所以获得过二次生命的人往往比我们更懂得该怎样去生活。那么，那些看起来很重要以至于要带给你重重压力的事，在生命面前是不是太微不足道了呢，不能让它带走任何人的生命。

说实话我很佩服自己曾经竟能坚持一年多的连载，但我想那已是我的极限了，后期的挣扎算是给我的警告，痛苦算是给我的教训，让我顿悟什么才是更适合自己的事情。还有这次的稿约也让我更坚定了往后的选择，那就是我再也不连载了，也再也不接任何稿约了，这些都是让我内心抗拒的事情，都不是属于我的事情，我必须回归自己的归属里——快乐地活着，快乐地创作！

所以在这里还是要对喜欢看我连载的读者由衷地说声抱歉，作品迟早还是会有的，但请原谅我换了种方式。另外就是希望大家都能在年末这个时候反观自己的生活，回头想想这一年的自己是否快乐，如果不快乐的事情就停下来不要做了，其实一个决定只是一瞬间的事，一点都不难，只是看你有没有勇气按下那个内心的按钮。

当然在你做任何决定的时候肯定会有很多人不理解你甚至骂你，但如果全世界的人都顺着你那也挺没意思的不是吗，所以你一定要受到非议、嘲笑、各种阻力，这样你的励志故事才完整，在多年以后你回首时才能有很多故事去回味，当然如果你不想太励志而是只想平平凡凡过一生那也完全没错，人这一生怎么活都可以，但重要的是自在。

做个自在的自己吧！走属于自己的路！——这是我在这一年里所学到的。

7

2011年12月31日

很想在今年的最后一天出去走走，打算去玩具店和书店转转，然后喝杯咖啡，夜里再去世贸天阶倒数计时，就像去年那样拥在人群里，只是，去年在身边陪我倒数的人如今已和我走在不同的路上了。

车开了一会儿我就改了主意，去超市逛了一圈，买了牛排、火鸡腿、酒。

"我不想再重复去年了"，直觉是这样说的，然后我回家了。

今年的跨年，电视机里播放着天坛的焰火，钟声响起，然后，2011年就这样过去了。我一个人在家里安静地跨年，自在又舒服，这是我的国度，我是君王，在经过一年的战斗后，收复了本该由我主宰的一切。

我喝了口酒，自在地坐在沙发上，神气活现，没什么比现在更好了。

在喧嚣世界的另
一边画看画

漫画的未来

　　前几天看了一部上世纪初的日本老电影，里面有个情景：一个小孩子得到一本漫画书，高兴得手舞足蹈。这让我联想起自己小时候类似的情景，也是得到一本漫画书，高兴得能跳到半空中。

　　而在如今这个时代，还会有小孩子因为得到一本漫画书而喜出望外吗？

　　我出生在上个世纪末，但童年却是在世界巨变前，那个时代没有互联网、没有智能手机、没有平板电脑，有的人家甚至还没有电视，可能极有钱的家庭才能有一台286（电脑）。

　　在那样的时代里，街头有许多漫画店，橱窗上摆着最新的漫画书；还有漫画屋，据说有人能在那里痴痴地看一整天。在那样的时代里，漫画大概是一个孩子所有的精神娱乐，特别是对于内向的小孩来说，漫画可能是他的整个世界。

　　比如我。

　　那时候我有点害怕外面的世界，所以总是躲在漫画里。而在漫画的世界呆久了，体内隐藏的超能力也被激发了，我拿起笔画了几笔，发现自己竟然会画漫画。于是童年的后期，我看漫画、画漫画、看漫画、画漫画、看漫画、画漫画……这样的事就像呼吸，很自然地发生了。

我变成了别人眼里一个会画漫画的神奇男孩。

我经常在逃学的时候躲到屋顶，翻《画书大王》，那是我的避风港。我最喜欢里面每期介绍日本漫画家和漫画历史的部分，像追溯一个神秘的源头……

蒸汽时代以后，日本率先进入全民漫画时代，漫画之神手冢治虫诞生了，藤子不二雄以二人组合的形式出现了，周刊杂志《少年跳跃》创造了销量传说！而到了80年代，日本漫画家们更是如火山爆发般涌现！鸟山明、车田正美、井上雄彦、富坚义博、高桥留美子、北条司、安达充、CLAMP等等等等，数都数不过来……

许多书里记载着漫画时代的诞生与繁荣，但没人去探究未来，因为没人能想到时代之河以后会流向哪里。那时候互联网就像阿诺·施瓦辛格的电影《终结者》里的"天网"一样，估计所有人都觉得那不过是科幻片里一个不切实际的幻想。

那时我也没想过未来，只在享受漫画时代，可能唯一想过的未来就是：

未来我能不能成为漫画家？

能不能出版自己的漫画书？

如果有时间机器就好了，我要去未来，在书摊买一本自己的漫画书……哈哈哈……

然后傻笑起来。

在日本早就进入全民漫画时代后的90年代，漫画在中国也热起来了。中国也出现了一大批漫画家，姚非拉、颜开、聂俊、赵佳、陆明、胡蓉、自由鸟、翁辰等等，我也想成为他们中的一员，可奋斗了好些年也没有成功。后来当我终于变成漫画家以后，他们好多人都不画漫画了，我只赶上中国漫画最后一个黄金时代。

所谓黄金时代，标志是：画漫画也可以赚大钱了！

尽管那时中国的很多漫画家出席活动时还是踩着拖鞋，穿着好几天没洗的T恤，背着个大破书包和路人没什么分别，但画漫画终归变成了一个稍体面的工作……至少可以在有空调的环境里画画了，谈恋爱估计也买得起冈本了！那个时代的漫画家很像这个年代的民谣歌手，有种很接地气的沧桑文艺感。我很崇拜他们。但很奇怪的是，后来无论我画漫画还是唱民谣，都不太接地气。我画着让人性冷淡的漫画，唱着让人情欲尽散的歌曲，竟然也一直爬到了现在。有人说：你的作品总有一种小资贵族气……贵族，噗！

是的，画漫画让我一度觉得自己很贵族，因为我在身边的人都没开始赚钱的时候就赚钱了。说到这里其实一直以来都有很多人对我的稿费很好奇，在这里可以揭秘……我在90年代的稿费是一张漫画稿40-60元（人民币），就是说如果一期画30多张，一个月可以收入一两千；而在00年后，中国漫画进入最后一个黄金时代，我的稿费一下子涨到了每张200元，最高是400元，也就是说每个月稿费都上万啦！如果能双连载则稿费更多。

感谢那个时代，让我短暂地体验了一把当个有钱人的感觉！哈哈哈……

不过我的稿费和日本漫画家比起来，可连九牛一毛的一毛都不是了。据业内资料称，高桥留美子在画《福星小子》的时候（那时候还没有开始创作更有名的《乱马1/2》和《犬夜叉》）就用稿费买了栋楼，当时杂志上登了一栋高层楼的照片，后面注明：不是其中的一户，而是整座楼……在日本买整座楼，那究竟是怎样的稿费？！至今都是一个谜。

还有一个关于鸟山明的传说（也可能真的只是传说），鸟山明在1983年创下漫画家缴税最高纪录：6亿4745万日元（注意，这个时候《七龙珠》还没有诞生，这部作品是1984年出来的）。那时候他住在名古屋，每周要开车把稿子送到机场快递给东京的出版社，但路上经常塞车，好几次差点赶不上截稿时间，于是他有了搬家到东京的念头。名古屋政府得知此事惊慌失措，为了挽留（那么多税款），特地为鸟山明修了一条高速公路。这条公路，从他家门口，直通机场。

当然，日本还有一个被誉为拖稿界"无可超越神话"的男人——画《幽游白书》和《猎人》的鬼才漫画家富坚义博，据说他的稿费在90年代是一张30000日元（折合人民币2000多？哦天啊，比我一期稿费都多！），稿费每个月收入是60万人民币左右（我去！稿费都这样了他还拖稿？！他拖的是钱啊）！总算下来，富坚义博的稿费年收入近1000万。但对于日本漫画家来说稿费是少得可以忽略的存在，真正的主要收入其实是来自书的版税和动画片及影视的改编，还有玩具和游戏的开发。就是这个经常"因作者外出取材，本期连载暂停"的拖稿大王，他有一年的收入在日本收入排行榜上排名第二，注意：是总榜，不是漫画家榜，也不是别的什么榜……也就是说，一个漫画家的收入居然超越了当年 N 多的金融巨头、地产大亨、石油大王，成为全日本第二高收入人士。

那时很多人惊了，高呼：漫画创造了奇迹！漫画即将改变世界格局！

……可惜这些，都成为过去的传说。

最后并不是漫画改变了世界格局，而是互联网改变了整个世界。

网络为人类打开巨大脑洞。电子书、平板电脑、智能手机像异世界来的不速之客，将传统漫画打得鼻青脸肿。人们再不需要去书报亭追杂志，到处淘漫画，攒钱买全套，而是躺在家里的床上动动手指就可以免费看全世界几乎所有的漫画。

漫画突然就不值钱了。

从前的黄金时代一去不复返。漫画杂志纷纷倒闭，稿费不断下降，漫画单行本销量严重缩水，曾经动辄百万千万甚至上亿的销量如今能卖到几千上万册已算难得，而再过些年，几百册估计也会成为天方夜谭。

"实体漫画总有一天会从这个世界上消失！"所有漫画会议都在紧迫讨论着这些，并且在寻觅新的求生可能性，但后来许多人只能无奈地选择：转行。

我有很多漫画家朋友如今都不再画漫画了，当付出和收获总是不成正比时，谁都免不了心灰意冷。

很多人质疑我跟不上时代，为什么不出电子书呢？可没人知道其实我早就出了5本电子书，每本卖了3年只收到600块。

在人们已经对免费阅读习以为常的今天，还是可以在短期内尽情享受若干年前累积的漫画遗产，但之后，你会发现，世界上就只剩下那么多漫画了，再也没有新作了。

但是，Who cares？即便没有了漫画，还有其他无数种娱乐方式，漫画再也不会是某个孩子的整个世界了。没有了漫画，还有网络可以满足各种各样的精神需求，手机里各种好玩的APP，每天都在挑战改变传统的各种可能性，只要有那个长方形的窗口在，就永远不会无聊，精神可以通过那里到达任何想去的地方。再没有人愿意花钱买一本纸质的书，拿着它，翻着它，多累，多麻烦。

漫画，突然变成了一个被时代抛弃的产物。

这就是时代流转后的未来，超出每个人的想象。

长春最后一家漫画店被愤怒的家长砸了。理由是愤怒的家长认定孩子总去漫画店买漫画会影响学习，于是把漫画店砸了，理由无敌脑残。那个开漫画店的阿姨，已经开了二十多年，我想她在看着自己的漫画店被砸的时候一定在想：也许的确到了该结束的时候了。

漫画在中国最后也没有进入全民时代，因为在中国大人不屑看漫画，小孩不敢看漫画。漫画还是很多家长眼中影响学习的毒素，这种无奈，几十年不变。还是有很多人带着一双红卫兵般的眼睛随时去发现牛鬼蛇神。我们常听说这部动漫被禁了，那部又被禁了，中国太喜欢禁这禁那，又总有奇怪的人擅长举报。在日本漫画几乎全部禁止引进和日本动画片在电视基本全部被禁播只剩一些根本不是人类看的国产动画片后的当下，幸好还有网络，拯救了人们的智商。

网络这只新时代巨兽，一边肆意破坏着，一边无敌拯救着，时代被卷进瞬息万变的乱流。一些人被大浪推至半空，一些人被漩涡卷进水底。

如今还在画漫画的人都是玩命的英雄。因为在这个时代，在中国，画漫画真是一件了不起的事。收入不多不说，敌人实在太多。除了大时代洪流，还有朝阳区群众，你始终无法自由创作，最后只学会了欲言又止和点到即止，不管想到什么都要先想想是不是敏感了？这个不合适？那个过线了？仿佛朝阳区群众随时整装待发，查水表的随时等待敲门。

控制，我们都生活在控制里。并且漫画的控制比小说的控制更严格，因为在中国，人们都觉得漫画是给小孩子看的。

漫画是给小孩子看的吗？难道长大了就不能看漫画吗？

尽管我一直不想承认这个事实……但直到我身边的朋友慢慢都不再看漫画了；直到当我拿着一本漫画书，竟然有人问"你多大了？还在看漫画……"；一个小孩子拉着妈妈喊："妈妈妈妈！你看那个叔叔那么大了还在看漫画！"

是什么终结了漫画时代？

……你的漫画时代。

近年常常收到往日读者发来的消息，有人说：

"感谢你的漫画陪伴我长大，我如今已经很久不看漫画也不接触漫画了，你如今还好吗？"

那时候，我感觉自己像一只童年的旧玩具，又被遗弃了。

京都到东京

1. 日本的地下色情书店

2008年，我受邀去日本参加"世界漫画家大会"。

得奖、出书并成为漫画家的一大好处就是能经常接到邀请去不同的地方，国内多是各地签售，国外则多是此类活动。

飞机在大阪的羽田机场停下，我一路边走边抚摸着能摸到的一切，墙壁、铁栅栏、扶梯扶手……心想总算到日本了，还是第一次来这里，掩不住的兴奋，然后迷路了。偌大的白色机场里几乎看不见人，连工作人员都很难看到，同行的小伙伴都不会日文，我至少还学过两年（不过也忘得差不多了，那是小学的事！），于是一群只会说"阿里嘎豆"和"撒油那拉"的人在大迷宫里摸索。

一位穿制服戴白手套的老人微笑着指引我们过去，微笑，给了我们对日本的第一好印象。原来我们的箱子已被他从传送带上拿下来，并整齐地摆放在一起，有些受宠若惊。在日本很多服务性行业的工作人员都是老人，比如出租车司机、酒店服务人员，除了不得不承认有些工作老年人比年轻人做起来更合适更稳定以外，这些工作还给了很多退休却依旧热爱工作的日本人继续实现自己的机会，反观中国却很少有愿意接纳老人的工作，想来想去只有"看大门"。

　　第九届"世界漫画家大会"在京都的一间大酒店举行，礼堂里聚集了世界各地的漫画家。鸟山明！富坚义博！井上雄彦！伊藤润二！高桥留美子！北条司！安达充！CLAMP……很遗憾，这些都没来。据说日本许多漫画家都喜欢隐居起来，从来不参加公开活动，有时连编辑都找不到他们……不过听说车田正美有来参加过往次的大会，还有人说岸本齐史会来参加这次的大会，后来又有人说来的是他弟弟，岸本圣史。总之现场酒会是很神秘又充满未知的，偶尔会突然有个小轰动，不断有重量级人物现身，然后被人群或媒体围起来。

　　反观中国漫画家这边稍显冷清，来的也基本都是老面孔，有姚非拉、张晓雨、杨颖红这些前辈，还有就是丁冰、Shel、十九番这些我的小伙伴。中国漫画家在国际上没多大影响力，主要是还没出现很有影响力的作品，这条路还很漫长。

　　当晚我又从饭局逃跑了，和十九番逃到京都的夜里去，我们都不喜欢社交的场合，又眷恋逃学般的刺激。京都的街上空无一人，连偶尔见到的车都开得慢慢的，看到我们要过马路便早早停下来，等待我们过去。这座古城安静得十分柔软。

　　去了24小时书店，那里的漫画书多得让人想流泪，我拉着十九番说这简直是梦中的画面啊！一共四层的书店，漫画占了两层，小说一层，CD一层，听说还有地下一层，咦，那是卖什么的呢？我们带着这样疑问走下去，然后被眼前一排排肉色的封面吓了一跳。日本许多书店的底层都是成人区，陈列了一排又一排的色情杂志、色情漫画、色情小说、色情DVD等等。A片在这里是合法的，包括G片，和很多种在国内想都不敢想的片……好吧，尽管我觉得这很不可思议，但日本人和许多国家的人一定对我的不可思议感到不可思议。有时真的不解，为什么性的问题在我们国家总是那么禁忌呢？传播色情影像和书籍有如天大的犯罪，但性用品店又开得到处都是，实在有些自相矛盾。于是因为从小到大这种思想的根深蒂固，我只能带着强烈的羞愧与罪恶感（当然还有更多的兴奋与刺激）在成人区转着。我们还偶遇了同行的女编辑阿 Wing，她说正在给她的男朋友选 GV（男同志影片），说希望能培养起他的新爱好。我们都祈祷她能顺利选到，并且顺利带回国，当然更希望他的男朋友能被培养成功。

晚上我躺在床上，翻着新买的漫画书，眼花缭乱，因为对白全是日文的。那天晚上和十九番聊到快天亮，实在兴奋得睡不着，暗自计划着明天再去另外一家漫画书店逛逛，当然地下那层也是要去的。

2. 那个一直拉着我的手不放的日本大叔

第二天我们被送到一个大会场听报告，都是动漫产业的专业问题，听得让人想睡觉。我想身为漫画家负责好自己的创作就好，那些产业的问题自然有业内的人来负责。于是我睡着了，但马上被后座编辑手里的一支笔捅醒，叮嘱"小心被金总看到"（金总是我当时所在的经纪公司"漫友文化"的社长，中国原创动漫的重要推动人，金城先生）。然后我们不约而同回头看了一眼金总，发现他也睡着了。

下午大家一起去逛了全世界最大的漫画博物馆——京都漫画博物馆。博物馆里陈列着从第一期至今的《少年 Jump》和《少年 Sunday》杂志，据说还有几乎市面上能看到的所有漫画书。所有？我不信，一定没我的，要知道我的书即便在国内都是冷门，日本的博物馆里肯定没有。结果，居然真的有，它们正舒服地躺在海外漫画展柜里，我们隔着玻璃，完成了一场"父子"相见。

因为正好赶上每月一次的免费开放日，图书馆里人山人海，人们不分男女老少都坐在走廊或户外草坪上读着漫画，这时我又想流泪了，我想起安雪，我学生时代的漫画社社长，她也曾有个宏伟的心愿希望可以在中国普及漫画，让男女老少都看漫画，只是毕业以后漫画社就解散了，那些喜欢看漫画和画漫画的成员们各奔东西，各忙各的，唯独都不再做与漫画有关的事情了，生活所迫，这是个现实的问题。而即便是安雪，后来也远离了漫画，就算偶然拿起一本漫画想逃离一下现实，身边也马上会有人跳出来说："你都这么大了，怎么还在看漫画？！"没有办法，很多思想在中国社会已经根深蒂固。

也许有一天连我也会远离漫画吧，我有这样的预感。

漫画家大会总会把活动排得满满的，晚上我的逃跑计划失败了，被编辑拉去参加漫画家联谊会。"颜值高的，必·须·参·加！因为，代·表·国·家！"编辑厉呵道。啊？这个理由说服了我，哈哈，于是我被塞进一个榻榻米的房间。当晚东道主日本漫画家宴请各国漫画家，联谊会上大家喝着清酒。一开始酒席还井井有条，后来很多人喝大了，井井有条的画面开始横七竖八。

一位醉醺醺的日本漫画家大叔走过来坐到我旁边，他的脸涨红，笑起来摇摇晃晃，他和我说了很多话，但我一句也没听懂。也许是语言已经不足以表达，他干脆拉起我的手，紧握着，不放开，并且反复重复着一句话：

"××××××××！"

"××××××××！"

"××××××××！"

"××××××××！"

……

"……漂亮？！"常看日剧的我居然听懂了这个词。漂亮？！这情景让身旁的腐女编辑坏笑不止，我突然有一种自己变成了一个陪酒女郎的感觉，而这时翻译走过来说："老师说的是：你是个眼睛很漂亮的男孩。他说他年轻时也有和你一样的眼神……"

"MANGA……MANGA……MANGA……€£*$& €£+……"

那位日本大叔还在紧紧拉着我的手，已经近乎醉倒，嘴里囫囵地反复说着"MANGA……MANGA……"。这个词我倒是听懂了，"漫画"，他说的是"漫画"。

翻译继续说："对，漫画……他说他年轻时有和你一样的眼睛，漫画，漫画，漫画，那时生命里只有漫画……漂亮的眼睛，有梦的眼睛。"

望着已经趴在桌子上醉倒的日本漫画家大叔，我感到有些惭愧，他把漫画当生命，而我把漫画当爱好。

我有时在想，如果我生在日本，或许对工作会有不一样的认识。比如身在中国的我总是认为生活高于工作，而大多日本人则会认为工作高于生活，听说很多日本漫画家会为了工作每天只睡3、4个小时，这种态度固然伟大，但我却总觉得过于悲壮。尽管作为旁观者我很敬佩抱持这种态度的人，但作为当事人我则更偏爱法国式的工作态度，很随性的那种，想画就画，想玩就玩。上学的时候我也推崇这样的学习方法"想学就学，想玩就玩"，觉得自由自在才是人生应有的状态，成绩终归是过眼云烟。

所以日本的漫画家总是高产的，法国的漫画家总是低产的；于是日本的漫画日渐变成一种快餐文化，而法国的漫画则好多成了艺术品。至少我是不希望自己辛苦画完的作品变成快餐，被人在地铁上随便翻翻就丢进垃圾桶，那会让我很沮丧。所以我骨子里才总抗拒着日本式的连载制度吧！尽管许多业内人士总在呼吁漫画家们要懂得产业化，鼓励漫画家们变成管理者，开一间工作室，雇一大堆助手，每天像流水线一样马不停蹄地劳作（抱歉这里用"劳作"而无法用"创作"），高呼着："单打独斗的作者必败！漫画就应该是一种快餐文化！"

我却想着：总还是有人爱吃私房菜的吧！

　　无论走在哪条路上的人，只要忠于内心，我想都是该被祝福的。

3. 一个人的东京街头

　　几天后，金社长带领我们坐上从京都到东京的新干线。

　　对我们来说窗外的一切都新鲜又熟悉，乡村、麦田、戴着头巾或草帽的劳作者，都像极了宫崎骏动画片里的场景。我们还看到了富士山，不过从新干线上看只是一闪而过，据说新干线的车速极快，具体的数据我肯定不记得，不过我感觉耳膜已经鼓起来了，那感觉就像坐飞机。据说中国最快的高铁也在这一年开通，速度堪比新干线，从北京到天津只需要不到半小时。

　　此次去东京是要拜访角川书店，他们将在此行的中国漫画家中挑选一位留在日本，进行包装打造，决定推出一位"来自中国的旅日漫画家"！

　　在日本，角川书店是一间和集英社、小学馆齐名的漫画文学出版社，曾推出过许多著名的作品，如《新世纪福音战士》（就是国内版以主题歌神曲出名的《新世纪天鹰战士》，最著名的歌词是掐着嗓子唱的那句"勇敢的少年啊，快去创造奇迹！"），还有《穿越时空的少女》等等。

　　因为到达的时间刚好是中午，听说书店特地安排了午餐，于是我们幻想着会优雅地坐在榻榻米上，敬着清酒，吃着刺身，一顿海聊。所以随行的编辑叮嘱漫画家们："不要穿破洞的袜子！会在第一形象上减分！"那感觉就像我们是一群要被送进宫选秀的秀女一样……

　　然后那个中午当我们到了角川书店的时候，发现大会议桌上每个人的位置上都有个小盒子，打开一看，一杯咖啡，一块三明治，吃饭时间只有10分钟，吃完进入正题。

我实在太喜欢这样的洽谈方式了！

因为在国内，特别是在我们东北，办什么事情之前总要墨守成规地先来个饭局，甚至很多次饭局，于是吃饭仿佛成了重点，事情反倒成了陪衬，非常奇怪。我是很不喜欢和陌生人或不熟的人一起吃饭的，因为总要招呼对方或者想着制造话题，从而会感觉食物变得索然无味；并且如果有事要谈，心里也会总惦记着那件事情，于是完全无法专心吃饭，酒里也因此难免会掺杂一些虚情假意，实在没什么意义啊！当然，如果双方只是为了吃饭而聚，那就另当别论，但是如果主要是谈事情，那吃饭这个环节还是免了吧，直入正题，速战速决，多好。

于是很快就直入正题了。角川书店的高层们翻着每位漫画家的书，时而点头，时而摇头，时而讨论。我早就知道自己没戏了，于是根本没抱希望，只在跃跃欲试地想逃掉，出去玩！

说实话，就我的作品而言，有所了解的朋友都该知道，我的漫画如果只看画面而不读进去是一点意义都没有的。可以直白地讲，其实我并不会画画，我的漫画画面不够美，而故事的讲述和其中蕴藏的情感才是我的作品唯一的存在价值，但这些不读进去是看不到的。一个长得好看的人和一个相貌平平的人放在一起，在不去沟通和后期接触的前提下，多数人会对好看的人产生好感。这也是我后期对漫画这个表达方式日渐产生疑惑的原因，在"漫画"的世界，太容易以貌取人了，许多人第一眼看到我的漫画会说"画风不是我喜欢的"或者"画面不够美"，就直接把我的书丢到一边去了，连深入了解的机会都没有。像这类的事情在"小说"这个领域是很难发生的，毕竟漫画比小说还是要具象很多。这是一个值得思考的问题。

那次会议的结果是：丁冰被选中了。回国之后她就要整装待发，准备入宫，哦，不是，准备来日本了。哈哈。我想我有一天也会再来这里，但不一定是为了漫画事业，也许只是走在街上，一家一家逛着书店，或者喝杯咖啡看会儿漫画，说实话，做一个漫画读者要比做一个漫画作者幸福得多，这是只有当事人才能明白的道理。在成了漫画家之后我就很难很投入地看任何一本漫画了，我会不自觉地抱着审视的目光去拆解作者的技法和创作心理。我的内心会在我读的最初就告诉我这本书里：都是假的……（哈哈）

　　于是那天我又早早逃跑了，一个人逃到秋叶原去，逛起复古玩具店。我发觉我埋藏在记忆深处的日文单词开始复苏了，一个人完全不怕迷路，买东西的时候还突然会用蹩脚的日文讨价还价，但都失败了。

　　晚上和十九番走在银座，来之前刚看完一部漫画改编的日剧《女帝》，是讲一个陪酒女努力成为日本第一陪酒女的故事（别看是陪酒女，也是很励志很感人的哦！），还看了《帝王》，这回是一个牛郎的奋斗史！在日本，真是什么职业都可以画成漫画或拍成日剧啊！

　　灯红酒绿的银座和《女帝》里的场景一模一样，十九番还在那里被一个穿着荣华富贵的欧巴桑搭讪，那个阿姨暧昧地和十九番说了几句话，还抛了媚眼，可惜我们一句也听不懂她说的话，只看懂了媚眼。那晚我们抬头看见很多酒吧的广告牌上都印着牛郎的照片，他们都是瘦瘦的，棕色的长头发，和十九番一模一样……于是我们懂了。

　　其实我也想有人和我搭讪，但到离开也没有。也许我应该去上野，据说那里会有胖子的拥趸，或者去相扑体育馆附近……

　　凌晨3点，我一个人走在东京街头，很不想回国，回去又要跌回赶稿地狱。很希望迷路，可走着走着就到了酒店楼下。从前总是一个人在角落里画着漫画，年少时光啊、青春岁月啊，在笔和纸的摩擦中流逝了许许多多，那时候心里总有个画面，总希望有一天可以变成一个漫画家来到这个传说中的"漫画之国"，而如今就像完成了一个梦,然后醒了。

在夹杂着多种语言的陌生街头,我又沉入对新一轮人生的思考之中,心里有些东西就像一颗种子在土壤里默默发生着无声巨变。

有时我会问自己:"喂,你喜欢现在的自己吗?"然后心里的另一个自己总是低着头,用沉默告诉了我他的答案。

每个人对生活的感受,只有当事人才明白。我的确对如今与未来产生了疑问,心里总有个抗拒的波动在愈演愈烈,那或许是直觉给我的指示,它在指引着接下去的人生可能将有另一条轨迹。

归去的日子,我们坐错了通向机场的电车,在周围一片急促的慌张声中,我心里却一阵泰然与庆幸,不想回去啊,不想回到那可怕的赶稿地狱……

然后我在队伍里被编辑拉着,推着,换着车,没有灵魂地跑着,最后还是被塞进了回国的飞机。

那一刻,在漂浮着欢呼声的飞机里,我想我是唯一一个因为赶上飞机而感到悲伤的人。

如果有一天我老无所依

我不知道自己是不是一个变态。

在很小的时候，我就说："我以后不要孩子。"现在想想那不是一个小孩子应该思考的事情啊，但我那时已得出结论了：不要孩子。

首先我觉得自己就是一个孩子，直到现在也是，这个和身份证上的数字没有关系，是一个精神世界里的形态，那个世界和我们这个世界不同，在这个世界里我是会变老的，但在那个世界里我是永恒不变的。尽管我在这个世界里在别人看来已经到了适婚和制造下一代的年龄，但只有我自己知道，对于这个世界，我实在懂得太少，还没办法带一个生命来到这个世界，因为我一定没有办法教育好他，我自己都还在不停地学习和成长，人生这门课程实在太长太难，如果我勉强制造出一个下一代，那是对这个世界的不负责。

对这个世界不负责的人已经太多了，给世界添加的麻烦也够多了。

因为这个观点我经常被骂，但也没有办法，谁也不能得到所有人的认同，更何况是我这种变态的理论。骂我的人基本都是有孩子或者一定会要孩子的，我们的立场不同，我站在自己的位置，他们站在他们的位置，并且他们把自己升高，站在一个高度上俯视着骂我，或者联合起来批斗我，而我能做的只有允许那些与自己理念不同的人继续骂……我当然不能回骂，因为肯定骂不赢，并且骂了也没作用。没有人能被别人改变。

"你很自私！"

"你没有权力阻止一个生命来到这个世界！"

"你这样简直是一个杀人犯！"

……很多人这样说。

会这样说我的人，在对世界的认知上，我们存在很大的分别。我不知道他们所说的生命究竟是什么，我只知道灵魂都是永恒的，它们以一个恒定的数量存在于其他次元里，而生育就像一种召唤术，把一些灵魂召唤过来，进入到一个个在这个世界的肉体里，然后这些肉体就有生命了，就活了。这些不是我从书上看的，而是小时候就明白这回事，我也不知为什么。所以我不要孩子并不是扼杀了一个生命，而是代表我这扇召唤之门关闭了，但那些灵魂还会从其他的门来到这个世界。是的，我无权阻止一个灵魂来到这个世界，但我有权选择我这扇门是开还是关，如果喜欢，他们大可以透过别的门来到这个地球。

还有一个批判者说："世界这么美好，你为什么不让一个孩子来看看？你真残忍。"这让我想起我的一个朋友，他也是不要孩子主义者，他的理由是，这个社会有太多的不公和痛苦，他不想让一个无辜的生命来承受这些，并且自己的经济条件也的确不好，带一个孩子来受苦，太残忍。这是两个角度的人生体验，中和一下就是：一个生命来到世界，当然会品尝快乐，欣赏美好，但也会体会悲痛，目睹黑暗，谁都跑不了。

地球是圆形，总是一面亮一面暗，世界万物都是这样。人为何生，又为何死，只有人类自己总想给它赋予一个意义，但在人类以外，都没有"意义"这个东西存在。一个灵魂来了还是没来，一个生命生了还是死了，对于宇宙没有任何人类所想象的伟大意义。这个次元与另外无数个次元每秒钟数亿的灵魂在互相交换，死死生生，生生死死，它们的意义是什么？作为人类不需要去思考，就像昆虫不需要去思考人类社会，因为想破脑袋也不会明白。

按自己的线条去飞，飞好自己的一生，别干涉别人怎样飞，才是正确的人生观。

当然还有人关切地说："你不要孩子，老了怎么办？"

老了……老了就老了吧，谁都无法一直年轻，连变态也无法（比如我）。想必那时我会变成一个老人在暖黄的房间里煮饭、读书、写回忆录，自己照顾自己，还可能会养几只猫、种些一花，照顾不动了可能会去住养老院，没有钱就去流浪，不过更重要的一点是，我能不能活到老都还不知道，世间有太多意外和疾病，说不定什么时候这个肉体就坏掉了。可万一真的活到老，那就赚到了，我想我会更愉快从容地迎接死，毕竟已经为这一天准备了几十年。我想在死的刹那我会带着安宁的感恩之心，在下次轮回里，不管变成什么生命体，都希望能更明白这个宇宙和宇宙之外，我会努力去记录死后的世界和下一个世界，就像一个轮回的探索者，一个宇宙的旅行者。

记得有一天一个来自未来的我曾经对我说：

我不能批判人类为求自保的生物本能，但在你们这个时代里的确有很多"养儿防老"的行为，这很像我们未来世界里一度流行的"克隆本体"，就是用自己的 DNA 克隆一个和自己一样的人，当本体生病，就由克隆人来提供健全的器官，可遗憾的是，克隆人体内还装着一个另外的灵魂，你想不想问问他的感受，他是否愿意以这样的身份来到世界？从这点上看，从"养儿防老"这个出发点生出的孩子，其实和克隆人没多大区别，孩子只是一个为保全自己的工具。

所以，虽然不干涉，但我最鄙视以这个出发点生孩子的人。

最后听到最多的一句话就是——"没有孩子，你的人生不完整"。

嗯，只能说，每个人对"完整"的定义不同吧，如果他需要一个孩子来参与他的人生戏剧以成全他认为的完整我也无话可说，并且只能祝福。

但我知道大多人还是真心爱孩子的，他们不会说出完不完整这种奇怪的话语，而是自然而然因爱而生了孩子，这也是更高力量的设定，让人类因此得以延续，可惜我不在这个设定里，而在另外的设定里，这些不是我能左右的，都天生注定，就像出生在什么样的家庭，长什么样，是男是女，这些也都是注定的，当然这些注定也没什么伟大的意义，只是刚好这样，刚好他高，我矮，刚好她瘦，我胖，刚好我不想要孩子，而另外一些人想要……

说到这里还是要感谢爸爸妈妈，谢谢你们生了我，让我的灵魂在今生来到这个世界，变成人类，品尝了那么多快乐与痛苦、相聚与别离、笑与泪、得到和失去……体验了一场属于自己的人生之旅。

或许有一天我会老无所依。但从另一个角度看，虽然我没有人类的孩子，却已经有许多非人类的孩子了。

我从小就喜欢创作，喜欢留下一些东西在这世上。在我的好朋友们都在通宵打游戏的时候，我一个人在家通宵画漫画。那些年创作出大量的作品，为什么而创作出，我也说不出原因，因为很多作品都是主动找到我的，它们在我脑海里灵犀一现，我仿佛得到一个旨意：要让它们诞生在这个世界上。

真的很神奇，完全说不明白，仿佛有更高层力量在下达命令，就像一种宿命，一种编码，当我想到要诞生一个人类的孩子，内心和所有细胞就会出现一百万个排斥反应，而当我接到指示要创作某一个作品出来，那真是会有一种不完成就不行的感觉。

或许在人类的世界里，只认为活着的生物才有灵魂，但在我看来这个世界的万物都是有灵魂的，就算一块石头、一棵树、一栋房子、一滴水……或者一本书、一幅画、一首歌，都有灵魂在里面，只是人类不想承认，因为这有些超出科学范畴，但当你抚摸着一堵老墙、凝望着一枝嫩芽，当感到愉悦，或是在一段音乐里有了莫名的感动，没错，那是你感受到了他们的灵魂，你们共鸣了。谁也不能否认有过这样的体验。

到现在我已经有了近二十本书和几十首音乐作品了，我想他们都是我的孩子。为了他们，我也和人类的爸爸一样，为他们奔波，为他们寻找未来，为了让他们有一天可以发光，实现自己的非人生价值。杂志社、出版社、会议室、唱片公司、音乐平台……每当我抱着我的孩子面对老板和编辑，就像一个入学前带着孩子见校长和老师的父亲，他殷切并笃定地反复说着："请相信，这孩子真的很棒，请相信！！！"

尽管在很多人眼里，一个没有人类孩子的人是可悲的，但我真的没有为此担心。我的非人类孩子们，虽然他们现在都还没有多了不起，但他们都已经踏上了属于自己的轨迹，从前我一直在照顾他们，如今变成了他们一直在照顾我。我对人类社会的金钱没什么观念，也没有社保等这些复杂的东西，没有工作也没上过班，如今却不用为钱而担忧，也不用为生存而手足无措，因为都是我的孩子们一直在照料我，在我几次最窘迫的时候，他们都突然出现拯救了我。

我的孩子们，爸爸是如此爱你们，并因你们而骄傲。

疯狂年轻梦
——新版之《机器妈妈》后记

2004年前后，是我的"漫画梦"做得最疯狂的几年。而那之前我屡次去北京闯荡，做着疯狂的明星梦，被娱乐界的哥哥姐姐们称呼为"全能小孩儿"，因为我会演戏，会唱歌，会画画，会耍宝，貌似无所不能，但他们总会语重心长地对我说："你的画真不错哟！"言下之意就是其他都比较烂……（估计是！）

那个年纪，喜欢的事情在我的脑海里没有界限，喜欢就要去做，有了梦就要想将它实现。我的梦有好多，比如想演电影，想出唱片，还想出版自己的漫画书，我觉得这些都是今生一定要完成的事，虽然遥远，但每当想起，都会让我觉得人生因此会变得有趣又有意义。

我在2004年初接到一份漫画比赛的邀请函，那时我只是刚发表了些冷门短篇漫画的半吊子新人，毫无竞争力可言，但让我感兴趣的是，获奖的人除了可以获得丰厚的奖金外，还能获得出版自己的漫画书的机会！我因此感到离梦想格外近，于是当下就决定暂停一切乱七八糟的事情（包括谈恋爱），倾注全部能量专心创作一部作品参加比赛。

　　我一直想创作一部讲述母爱的故事，因为觉得这是我今生一定要完成的一件事！那想必一定是一部很感人的作品，每当想起有关这部作品的种种，我总感到心底会有许多模糊的画面跃跃欲试地想要映现出来。

　　那时习惯了短篇创作的我还是第一次想挑战一部很长（对我而言）的作品。200页左右吧！——我决定。而之所以决定这样的页数是因为它刚好够一本书的份量，这样得了奖就可以直接出书了（太有心机了！哈哈！）。我相信我一定会得奖的，后来我猜可能就是因为这种迷之自信（或者是自恋？！）才让我完成了很多事吧，嘿嘿……

　　然后我的"向漫画梦冲刺计划"就这样开始了。

　　究竟该怎样构思一部作品呢？

　　我也说不清具体方法。我喜欢的方式是骑自行车，耳机里放着背景音乐，骑着骑着许多画面就在脑海里自动生成了，就像电影的预告片，我也说不出原因。当时正值早春，长春最美好的季节，我骑着自行车从东朝阳路骑到南湖大路又骑到和平大路，当然2004年的长春路上还没有那么多汽车，整条马路还可以任我驰骋，滑行，狂飙……不像现在，满街上都是汽车尾气（无奈的笑）。

　　至于"机器妈妈"这个创意则是在一首歌里形成的，当时刚买了阿桑的首张唱片，里面有一首我很喜欢的歌叫《你的世界》，里面有一段这样唱着："想哭，想哭，却逼着自己强忍眼泪，怕你的样子，让泪水遮住看不清楚……"于是机器妈妈流着泪的脸就在我脑海中浮现出来，很奇妙的，机器人怎么会流泪呢？现在想想，真的很感谢阿桑的这首歌，当时我在想我终于找到了一位很喜欢的歌者，只是那时我还不知道这位歌者会在五年后的这个季节离开这个世界。

　　《机器妈妈》从2004年的4月底创作到6月底，正好两个月的时间。我在记事本里做了很周全的计划，前一个星期构思剧情，后三个星期画分镜，最后一个月开始描线和做后期。于是创作的前一个月我基本都在图书馆和阶梯教室里度过，有时画了一整天也没人和我说一句话，唯一的慰藉是每天回到家向妈妈汇报一天的工作情况。有时凌晨我还在赶稿，妈妈披着衣服默默站在门口陪我，她的长发披在肩上，逆光的剪影很美。

《机器妈妈》里实在有太多悲伤的情节了，其实很多都与我和妈妈的故事有关，有时我画着画着就流泪了，泪水滴到原稿纸上，我怕妈妈看到这样的情景，吓到她（哈哈）。

尽管做了周密的计划，创作《机器妈妈》的两个月还是让我吃尽苦头，因为我每天除了画漫画什么都不能做，连吃饭和睡觉都要算好时间，不能浪费一分一秒。而到了快截稿的最后15天，更是连睡觉的时间都没有了！有时我画着画着就趴在桌子上睡着了，然后若干分钟后又突然惊醒，再继续画。我经常感到自己好像快要画死了，但回过神来又发现自己原来还活着，而且手中的画笔还在鬼使神差地继续挥动着……沙沙沙……沙沙沙……

很幸运的是，《机器妈妈》总算赶在截稿的最后一天（总是这样！）邮了出去，然后我在床上瘫了N天。

现在回头再想想那深陷赶稿地狱的两个月，不管有多苦，回忆都是美的。我想梦想与野心最大的区别应该就是，追赶野心会留下痛苦的回忆，而追求梦想留下的全是回首时的美好吧。

如今的我已很难再有当年冲劲儿了，我时而人在旅途，时而唱着歌，还有时在安逸的午后写着一篇篇酸楚的文章，却很少会再拿出两个月全然地投入进一部漫画里了。但如果还有可能，我真希望以后每年还能拿出两个月的时间，还能找回那样的专注，就像那年一样。

《机器妈妈》在2004年获得了首届金龙奖的"最佳编剧奖"。

关于《机器妈妈》的获奖其实还有这样一个故事。起初《机器妈妈》在海选就直接被淘汰了，被淘汰的原因是画面太丑了（其实我已经努力在画得很美了），但后来有一位评委在整理被淘汰的稿件时偶然发现了这部作品，用她的话来讲，她读着读着就哭了，她说很少有一部国内的漫画能让她这样感动了，她说绝不能让这部作品就这样被埋没。所以真的要感谢那位评委，她叫 Tree，后来才知道她是打造了很多知名漫画和杂志的著名编辑，是她给了《机器妈妈》重生的机会。

《机器妈妈》在2004-2005年在杂志上连载了近一年。如今偶尔会收到当年小读者的消息，才惊觉时光如梭，当年很多上中学的读者如今都已长大成人，甚至很多都已成了家。

《机器妈妈》在2008年春天在内地首次出版了单行本，之后又出版了许多其他语言的版本，很高兴能有独具慧眼的人将这本书里的爱送到更多地方，给更多人。

感谢"知音动漫"在多年后给了《机器妈妈》再度重生的机会，让这份爱有了新的延续！感谢每一位阅读了这本书并收藏了这份爱的朋友！

飞特的烦恼
——画集《飞特日》后记

说真的，在出版《飞特日》这本画集之前，我从未认为自己是个画者。

近几年养成了一些习惯，每天要抓住早起最清醒的两个小时开始写作，午饭过后要在一杯咖啡的时间里补写前一天的日记，有时还要应付一下文章专栏，或者给自己的网络空间《曲岸晴空》添砖加瓦，心情好的时候还会写上一两篇歌词，而到了夜深人静的时候我要开始写连载或新短篇的剧本……当然这种生活最近经常会被繁重的赶稿工作覆盖，届时我会化身成一个机器人，机械地反复着手里的工作……不停……不停……将一张张A4的原稿纸填满……我想，这并不算是画画。

我差不多每隔十几天就要因为工作去一次外地，书包里的一本巴掌大的笔记本总会伴着我的每一次远行，于是我总是习惯性地走到哪儿写到哪儿。有时我会把自己幻想成一位漂泊的旅者，写一些酸溜溜的随笔，拍一些小忧伤的相片……走走停停……停停走走……没有停歇。而事实上，我确实一直在漂泊，自离开东北老家的那一天起，我便离从前越来越远，有时还会感到和自己的疏离。

在我的所有工作中或许只有写作是可以随时随地完成的，但画画却比较困难。

我一直认为画画就像一场郑重的仪式，需要一个优雅的场所和一颗绝对安静的心，当然还要有零散在桌上的画笔、颜料、调色盒……如果耳边再能配上一曲懒洋洋的爵士乐，那绝对算是画画时最大的享受了。

然而每每在路上，我不算大的行囊里总是塞满生活必需品，吃紧的空间不许我带过多的牵挂上路，充其量只有一支笔、一本书。有时路过一些呈着精美绘画用品的店铺，也只能暗自叹息，转身离去。一个习于奔波又惯于搬家的人，每一样实质性的物品都可能成为一个负累，化作一份担忧。

"不如就做个流浪的梦想家……也好。"我用这句话为自己开脱，然后离画画越来越远，甚至渐渐忘记了画画也曾是自己的一部分。

去年的一次颁奖典礼的后台，我听到编辑在催促一位漫画家："你的画集筹备得怎样了？大家都在等着呢！"那时我暗然低头，陷入沉思。

能出版自己的画集……是对每一个画者最大的肯定吧！尽管我或许还达不到成为一个画者的资格，但作为一个以漫画为职业的人，我也希望自己可以画出像画集里一样漂亮的画来……而事实上，这对我来说却没那么简单。

我的画经常被人评价着："风格好差啊！""真难看！""不是我的菜！"……每每面对这样的评论，我都安慰着自己："反正你只是个写作的人，不要难过。"尽管我常常羡慕着那些可以出版画集的插画家们，但那时我也告诫自己："出画集这种事和你没有关系，别妄想了。"

于是在许多年里，我都认定自己永远都不会出版画集。

但就在那个颁奖典礼结束的当晚，我躺在床上辗转反侧，不明所以地久久无法入睡。凌晨四点我下了床，突然想看看自己从前画过的画。于是去客厅开了电脑，双击那些久未打开过的文件夹……

一张又一张的画，令我有点吃惊，原来从前竟画过这么多的画？

许多画，竟都忘了曾经画过，还好从前细心的自己在每幅画的名字后面都记录了创作时间。我一张张翻阅着画，就像阅读着一段段心情日志，连已被岁月覆盖的许多回忆都翻了出来……

记忆中的某段青涩时期，我眷恋着画室里的恬静。那一阵我在接受短期的绘画基础课培训，主要学习素描和色彩，前后大概不到二十节课的样子（还逃了好多次课！），尽管短暂，但那个夏天已然成为我心中永恒的美好。

那时我有一张大大的画板，还总有一幅未完成又满载期待的画伏在上面，一支泛旧的木质画架支撑着它们。午后的阳光慵懒地洒在纸面上留下淡淡的树影斑驳，窗外飘来暖暖的风和响不停的知了叫声，我喝了口瓶身结着水珠的冰汽水，拭着额上的微汗，将放在画室角落的老式录音机扭开，播一支当年最爱的大提琴曲子《Childhood memories, shut away》，看着周围的同学都在安静地描绘着自己心里的世界，神圣而美好。

——这就是我对画画最甜蜜的回忆。那时我确定自己是真的无比爱着画画的，那么爱那么爱……尽管我画的永远不是最好的那个，在当时四个要好的朋友里我排第三或者更后，但我那时的格言是："不必画得多精彩，只要画得像自己！"（这似乎同时也成了一个借口吧？所以画技一直因此没什么提高……）

我曾和同学发起过"每周一画"的活动，就是我们每个星期都要完成一幅画，没有完成的人将沦为输家请按时完成任务的人吃冰激凌。这活动着实让我欢喜了好久，也有不少佳作从中诞生（虽然现在看来都很幼稚），可几周以后我们还是不约而同地都没有坚持下来。

后来我还发起过"每日一涂",但也没有坚持多久便放弃了……有时我会诅咒自己的懒散。不过画画确是应该抱着一颗玩的心来做的,当它变成了任务,也许就不那么好玩了吧,所以……我又在给自己开脱了,哈哈。

我就这样画画停停,停停画画了很久,直到我开始被人称呼为"故事漫画家",被媒体戏称为"剧情王"("王子"不是更好听吗?纠结!),拿了一些编剧的奖,并有读者开始夸赞:"这家伙讲故事还不错,但画风实在是……"……我就这样潜移默化地变化着,直到最后连自己都承认:嗯,我是一个写手,不是画者。

而此时此刻当我翻阅着这些从前的画,一种失落感却将我笼罩,多年来心中莫名的残缺也在此刻寻得答案……

不管是不是一位画者,不管会不会画画,不管画得有多不漂亮,多不被喜欢,只要那份对画画的爱还在,这就十分难得了,不是吗?在这个世界上,不是每个人都拥有最美丽的容貌,就算我们生得平凡甚至丑陋,那也不会成为我们勇敢追求的禁止令。

我的伤感竟在从前的一幅幅画中化为一种跃跃欲试的激动,像一团野火在荒芜多年的杂草中燃烧。

或许我也可以试着变成一个画者?……不,这并不重要!我只是一个爱画画的人,只是这样,就足够了!

那晚我将那些画发给了编辑,并像一个投稿的新人一样怀着无比的紧张和满满的憧憬等待着……而答复,竟很快便回了过来:"你的画集可以出版!"

这，就是关于这本画集的故事。

我给这本画集起名为《飞特日》。"飞特"是我一直对生活的一种向往：爱做就做，爱玩就玩。回忆起来，我从小学开始在杂志上发表漫画，用那些当时看来可观的稿费去买自己喜欢的漫画书、喜欢的唱片，到处去玩去疯，玩累了便又一头扎回漫画的世界去，自由自在，快乐美好。也正是这种随性的心态，才让我一下子画了那么多年，玩了那么多年。那时还没有"飞特"这个词存在，身边也没见过什么"飞特族"，现在想来自己当时竟误打误撞地"飞特"了那么多年，真令人开心！

这本画集里收录的画作就出自那些"飞特"的日子。

我在，绘心
——绘本《彩虹泪光》后记

2010年，我的创作一度陷入了传说中的瓶颈，什么也画不出来……我想那可能和我一直以来的创作形式有关。在此前了解我的朋友都知道，有个胖家伙曾经疯狂地创作出许多部多格故事漫画，还因此得到了一点儿马马虎虎的小成绩，这在别人眼里理应很风光才对，理应再接再厉越来越高产才对，结果那家伙却越画越疑惑，越画越缓慢，像只迷了路的蜗牛。一直觉得每个创作人都一定要忠于自己内心的声音才对吧，当它充满抗议的时候，那一定是哪里真的出了问题。

问题的源头……

也许与"自由"有关？

早前的两三年里，我应对着每个月固定的漫画连载，在固定的时间里完成着固定的页数，一切精打细算地有如完成一道巨大的数学题。我经常在工作台前搞得昏天黑地，像部机器般绘制着一张张图稿，再按部就班地将一个个画面填进格子……或许这样的工作形式对于许多职业漫画家来说简直太习以为常，可无奈某个家伙心里却始终住着一个别扭的"旅行家"。他总是想逃掉，或者说，他总在试图回到真正属于自己的路上。

诚然这几年，我经常感到多格故事漫画中的那些格子束缚了我。有时盯着一张张 A4 纸上的整齐分格，就像生活中诸多的条条框框一样，让我有种想冲破它的冲动。说真的，那时我更渴望一种更自由的表达方式，它不应该是日本漫画般固定的分镜模式，也不该是欧美或港漫中惯用的分格方法，它一定是一种更不被拘束、更独特、更发自内心的自我绽放。

可那……

究竟是什么呢？

一直以来我很欣赏的两位内地漫画家是 Benjamin 和寂地。之所以喜欢他们完全是因为他们不拘一格的表达，无论是他们独特的作品，还是他们独特的人生，无不我行我素和自成一派。我在无数次仰望他们的同时，也总在问自己："到底什么时候才能像他们一样勇敢呢？"……生命里也许还有太多抛不下的东西吧，舍不得放开，也就越撑越辛苦。

可当我几个月后突然发疯似的停掉所有工作，任性地离开了从前还算不错的生活后，才发现，其实放手并没想象得那么困难，那绝对比勉强维持要轻松得多，也显然比某一天坚持到崩溃要正确得多。

是的，当你发觉方向错了时候，停下来，就是前进。

在我结束了三年的广州漂泊之后，我开始思考要不要创作一部以自己为原型的作品，它也许是一些随笔的涂鸦，也许是一些亲手写的文字，还有可能是把它们都结合起来的涂涂画画，但想必不会再是多格漫画（因为我好不容易才冲出那些格子）。"总之只要发自内心，形式其实并不重要。"我这样想。

一直以来身边的许多朋友也曾不只一次地对我说："为什么不把你自己的生活展现出来呢？它明明那样有趣。大多数漫画家都在以一个画者的眼光看世界，而你却始终以一个普通人的视角解读人生。大家会愿意接受的。"（还好身边的许多朋友从没把我当成一个画画的，这反而让我轻松许多……）

于是，我决定动手把自己的故事描绘出来，就这样开始了"王小熊猫"的系列绘本创作。"王小熊猫"虽然还很渺小，活得也很平凡，但一直怀着一颗真心走人生，我相信这个世界上一定也有许多一样的同伴，只要我们怀着最真的心，现实就永远不会冷漠，它将永远温暖美妙，我们的人生也会因此变得像童话一般奇妙。

为了让这部描写人生的绘本（暂且就当它是绘本吧，形式其实并不重要）与大家见面，我尝试着联系了几家杂志社，但都没有结果。当时国内还没有杂志愿意刊登这样的作品。直到有一天我爸爸和一个远方的网友不约而同地对我说起："你看过《绘心》吗？或许可以试试。"……我才留意到这本杂志。

当时《绘心》才创刊不久，听说是国内的第一本绘本杂志，我在书报亭买到第二期，在一个入秋的傍晚边走边看了一路，那上面不只有许多新人大胆的尝试，还惊现了 Benjamin 和寂地的身影。我顿时跃跃欲试打算向这本杂志进军，但遗憾的是我不知道那里任何一位编辑的联络方式，我猜对方也一定不知道我是谁（毕竟在绘本界我连菜鸟都算不上），这样贸然投稿过去十有八九……不，百分之百会石沉大海吧！还是有些惧怕那种被否定的感受。

"还是算了吧……"我已没了当年初出茅庐时的勇气，那种被退稿一万次也不放弃的决心。

"或者……等全画完了再说？"……我喜欢拖延的坏毛病又在滋滋作怪了。

可缘分真是一种太奇妙的东西，第二天当我打开电脑，突然一位陌生的编辑加了我的QQ，说周末会到北京，希望可以见个面。

周末的傍晚，新街口的一间餐厅，来和我见面的，正是《绘心》的主编。

我真不知道《绘心》是怎么会突然找上我，难道是接收到了我跃跃欲试的脑电波？我也完全无法理解这位主编大人哪来的勇气会向我这么一个从未发表过一篇绘本的新人约稿，她不怕我达不到她的要求吗？她不怕我影响杂志的销量吗？

她只说："我相信你。"

呼……就为着这句"我相信你"，我当即答应了这次邀请（本来是我的请求，现在竟然变成了邀请……）。

于是"王小熊猫"就这样悄悄登上了《绘心》的第四期，在那本我向往的杂志里挤出一个属于自己的小天地（……当初这个作品还不叫《彩虹泪光》，也没想过要叫什么名字，原本以为只是以短篇的形式偶尔刊登，谁知一直持续到现在……）。

起初的心情还是忐忑不安的。

在创作第一篇《回家记》时更是完全没有把握。好在那时我正打算回家过年，所以在画这一篇的时候非常感同身受。我在首都图书馆里完成这篇故事时，安静的自习室里所有人都在学习，只有我一个人眼泪鼻涕流个不停，特别是画到爸爸妈妈那部分的时候就更是控制不住，于是只能用书包挡住脸，生怕被人看到。

《回家记》刊出来后也收到了一些读者的反馈，当时还没有很多，比较在意的地方是有人觉得风格太像高木直子……虽说高木直子是我很喜欢的一位漫画家，但作为一个创作人来说再没什么比像另一个创作人更糟糕的事了，于是下一期我告诉自己：要改变。

到第二篇《初恋记》的时候，我感觉创作状态明显比上次从容多了。这一篇是在雕刻时光咖啡馆里完成的，在创作过程中因为要不停挖掘童年的记忆，结果画到后面又是眼泪一把鼻涕一把，特别是画到描写"欣欣"那部分的时候。我想，我一定是想她了……

《初恋记》发表后一些读者说在读这篇故事的时候感觉像真事一样，其实我很想告诉他们：这个绘本里的出现的人和事本来就是真实存在的啊。后来中学时我还写过一张新年卡片打算到欣欣家亲自送给她，可我不好意思敲门于是将卡片从门缝丢进去，那卡片里除了我的祝福还有一份歉意，可惜之后一直没有收到她的回信，后来才想起来：她可能已经搬家了。

比较遗憾的是《初恋记》由于篇幅限制，后面还有一些故事没办法描述了（起初我给自己规定每期必须控制在12页，也不知为什么要这样），也许以后会出现"《初恋记2》"也说不定）。

《绘心》杂志的每一期其实都有一个主题，比如早前那期是关于"回家"的，上一期碰巧是情人节发行，所以主题是"约会"。编辑说如果觉得困难也可以自己来选题，但面对每一期未知的主题，就像面对一个个惊喜，每一回都是那么恰合我心，于是之后便都坚持着按照主题去创作了，这感觉很像回到少时的命题作文课，很是温馨。

然后当我接到新一期"朋友"的主题时，便知道一定要去画那个故事了——我和那几个最好的朋友的故事。这个酒后大哭的故事从前曾在我的文章里出现过，但我一直更希望能找机会把它画出来。

这一次我不再给自己限定页数，画风上也让它尽情发挥，结果成品的效果出奇的好，有时体验作品风格的进化是种很奇妙的感觉。《再见朋友》发表后收到了非常好的评价，许多读者留言说读到流泪，其实这也是一部创作中让我流了最多泪的作品。许多个夜晚，我几度哭得画不下去，那里有数不尽对朋友们的思念，对成长的无奈……但泪未必代表悲伤，许多时候，眼泪过后我们会变得更加坚定。

希望有一天，当一辉、冰河、星矢、紫龙看到这篇《再见朋友》的时候，他们依旧像少年般坚定。

然后是《回忆的匣子》，这篇是为了新一期"最好的时光"这个主题而创作的。这个主题起初着实难到了我，以至于心中曾频频升起想放弃的念头。后来我只能把从前的日记都翻出来，一本本地重读；架子上"回忆的匣子"也都被我一一拆了开来……于是这篇《回忆的匣子》就在这样的过程中奇妙地诞生了。

《回忆的匣子》过后，我在创作上遇见了一点点小阻挠。有人质疑：《彩虹泪光》这样的作品是否算作"绘本"呢？一些意见认为：绘本应该是纯幽默的，不应该表达真实的悲伤。还有人说：绘本如果不是幽默的，那就应该是充满诗意的，所以情感的表现应该更抽象才对。

而我却认为，当许多事情被套上了"应该"的枷锁，不就变得很无趣了吗？这个世界上不应该有那么多的"应该"。我不是为了让《彩虹泪光》更像绘本而去创作它，我只是在发自内心，即便它不是"绘本"，即便它是别的什么，又有何妨呢？

每颗心都是不一样的，所以表达又怎会一样呢？

在创作接下去一篇《虹色康乃馨》时，我刚好从长春回到北京。与亲人的再次离别，让我对这篇故事更有感触。

一直以来，妈妈都在用她的行动教导我如何做一个充满爱心的人。而关于母亲题材的漫画，我也不只画过《机器妈妈》这一部（我的长篇漫画《将》里也以独立的单元出现过）。好在每一篇都没有重复，因为对于妈妈的爱，永远道不尽。

北京的春天里，我在每个夜深人静的时候会画上一会儿《虹色康乃馨》，而每画几页就要被迫停下来，仿佛这其中每一段的表达都倾注了太多力气。而每次当我放下笔，都发觉眼角早已湿了。说真的我很怕刻意的煽情，只是画着画着，感情投了进去，泪也就掉下来了。

最后是这本书的最后一篇《归途》。时间真的很快，当我和编辑面对面坐在世贸天阶的一间咖啡书吧里，看着手中的那张"《彩虹泪光》的出版合约"的时候，仿若梦中。

又一个单纯的梦，即将变作现实……犹如《归途》中，我们那段漫长的征程，从一座城市徒步走到另一座城市，路途中曾不只一次地想着"还有好远啊""也许永远到不了了吧"，可当一步一步坚实地走了下去，再远的终点，也会变得越来越近。

在完成了《归途》的一刹，我也仿佛走完一段长路。路的尽头，新的起点；拨开树丛，一缕新的阳光将我照亮。

原来走着走着，一条路就走了出来；而有路的地方，就有方向。

那一刻我心中的那个调皮的"旅行家"突然欢呼雀跃起来，他说："我找到了！我找到了！"

的确，穿越层层迷雾，当那缕阳光映在我脸上的那一刻，我终于听懂了那个心底长久以来的呐喊，看清了真正属于我的那条路。

原来我要画的并不是画，而是——心。

是的，我在绘心，一笔一笔画的，是心。我不管别人会怎样称呼我如今的作品，漫画也好，绘本也好，在我的世界里，我只称呼它为"绘心"。能一笔一笔画着自己的心，这才是属于我——真正的表达。

我要一直这样，带着最真的心，画下去。

明天，我们去哪儿

——绘本《明日拥抱》后记

时间真快，2012年如期而至。

当年那个时候我还满怀未知与期待签下《彩虹泪光》的合约，而后第二本绘本《明日拥抱》都要出版了，昨天的明天变成今天的昨天，一年快得好似昼夜更迭，许多故事转眼都变成昨日风景。

很高兴在之后可以正式开始进行那部关于"王小熊猫"系列故事的创作，一年里，许多往事都被呼之欲出，我有如在书写一本迟到的日记；更欣慰的是许多朋友都在默默关注着这部作品，在《彩虹泪光》出版之后，我陆续收到许多鼓励，有人说仿佛在这本书里看到自己的故事，有人说边笑边流泪读完这本书……这些都犹如给了我无数个坚实拥抱，让我有了继续下去的信念。谢谢每一位读了这部作品的朋友！

如果说《彩虹泪光》主要记录了年少时五颜六色的纯真往事（一共收录了6个故事，关于"家、初恋、朋友、回忆、母亲、毕业"），那么这本《明日拥抱》

则主要记录了5种相互的感情，分别是"伙伴之情"（《微小之旅》）、"亲人之情"（《手心里的秘密》）、"人与宠物之情"（《无法停止想你》）、"懵懂的恋情"（《光源与飞蛾》）和"同学之情"（《拥抱》）。

我想我们每个人的一生都会在各种陪伴中度过，每一段路上，总会有一个或几个小伙伴与你携手走一段路，而路有起点，就有终点，尽管总希望时光能定格在最美好的岁月里，但每个生命都有属于自己的路，没有两条路能从始至终完全重叠，因为相聚的倒影总映着别离，所以在一起的时光才显得如此珍贵——这，便是《明日拥抱》的意义所在吧。同时我还想告诉大家的是，我们该庆幸，至少曾经携手同在，那些停留在回忆里的欢声笑语早已化作永恒，其实我们每个人都已拥有了"永远"。

这些年总会定期做一个相同的梦，梦见自己又回到学校，梦里的一切格外真切……每天上学放学的小路、同学们的笑脸、桌椅的位置、窗口的阳光，和连面对数学考卷时的慌张都依然如旧。但每次梦里的时间不知为何总是在毕业前夕，记得许多次我都在梦里庆幸地感慨："原来我还没有毕业啊？！那我得好好珍惜这最后的时光……"当然最后我总会醒来，总会承受一次次那种突然回到现实的恍然若失。

学校，的确是个奇怪的地方。

上学这件事，从前明明那么讨厌，可多年后竟成了午夜梦回才能感受的奢侈。当时总想挣脱的身份，总想逃离的场所，在蓦然回首时，竟一不小心就成了记忆中最美好的时光，这是当时一千万个没想到的。

说起来我的学生时代可能和许多人稍有不同，因为我很早就开始工作，有时要花大段时间来赶漫画，有时又要跑去外地拍戏追逐明星梦，所以记忆里的学生时代过得断断续续，理应在学校的时光经常被休学、请假、逃学、旷课所取代，慢慢我就成了同学口中的"幽灵学生"，一个置身于传说中的人（说起来每个学校都会有几个这样的家伙吧！）。当时有许多传闻，最让我欢喜的是有人说我被台湾的唱片公司签走了，准备以后当歌星了；而最让我无奈的传闻是有人说我病了，就快那什么了，但不管怎样，听说我那样散漫的生活当时被很多人羡慕，而且我也曾很陶醉那样的生活，因为觉得够酷够洒脱……只是在多年以后，那个屡来光顾的梦不小心泄露了我意识最深处的某个遗憾。

可许多事，非得在时过境迁之后才会明白。

另外要提一件值得高兴的事，就是《明日拥抱》的出版弥补了我学生时代的一个遗憾。所以在这里一定要讲一讲此次随书绑定发售的唱片——《毕业季》。

说起来能创作一张以毕业为主题的音乐专辑是我觉得今生一定要做的一件事，就像这张唱片最后一首歌里我在旁白中说的一样："其实我在上学的时候一直有一个心愿，我希望能写一张关于毕业的唱片，然后在毕业的时候送给每一个同学，可惜这个愿望最后也没能实现……"因为当时我总说很忙，总觉得时间还有那么多那么多，可一转眼就毕业了，大家很快各奔东西，之后我再也找不全他们了，久而久之，这张唱片也失去了再做下去的意义……但还好多年以后，我又有了继续做完这张唱片的理由——"王小熊猫"绘本拟订每一本都会附赠一张与书相关的音乐专辑（第一本《彩虹泪光》赠送了符合主题的《心中的孩童》，你听过了吗？）。说真的，在这样一个唱片没落的时代，做音乐完全是桩赔本生意，感谢公司和出版社理解我如此的任性之举，也很高兴现在的我依然会觉得完成一个梦比赚钱重要得多（估计出版社听到这样的话要气死了）。

说实话制作一张唱片着实是件辛苦的事，完全不亚于完成一本书。因为要赶在毕业季前完成这张唱片，我在许多个夜晚录音录到昏天黑地，仿佛一下子掉回地狱般的高三时光，和应考生一样每天与时间赛跑，但我同时又很庆幸，因为我已有很久不曾为了做一件事如此忘我了。对于一个菜鸟音乐人，许多乐器都是初次尝试，临阵磨刀，还好尚有些不足挂齿的绘画与写作的经验，让我明白真感情有时甚至可以胜过纯技术的道理（一直觉得无论漫画还是写作，如果能带着纯粹的情感去做，就算粗糙也会动人的），所以才不自量力地完成了《记忆中最美好的时光》《梦中的昨日笑语》《只有雨明白我当时的心》等等这些曲子，我完全不敢用与"好"有关的字眼来形容这些曲子，但至少可以保证里面的每个音符都是带着十足的情感去演绎的，这些曲子里记录了我的许多故事，关于学校，关于别离，关于许许多多不朽的纪念……

同时这次随专辑还特地附送了《以后》和《再见练习曲》两首歌的伴奏，两首都是关于毕业的歌，如果你喜欢可以在毕业的时候为同学们演唱（但请原谅《再见练习曲》的前奏太长了，而且还有个从 F 到 D 的转调，但这些都不会难倒用真情演绎的你，不是吗？真感情胜过纯技法！）。另外一首《离别的拥抱》是一首关于送别的歌，和弦非常简单，学两个月的吉他就可以自弹自唱了，你可以完全相信自己哦！告别的时候可以把这首歌唱给你喜欢的人听，如果当面不好意思，也可以像专辑里一样用录音机录下来，希望 TA 能听懂你的心。

这些年无论画漫画还是做音乐，我都一直紧握着一个不变的初衷，就是"漫画一定要有意思，音乐一定要好听"，这是我的创作之本。我很希望自己的漫画可以像音乐一样流畅，而音乐则可以像电影一样富有画面感。说真的我很想把这张《毕业季》做成一张电影原声带的样子，那部电影可能是我的故事，也可能是你的故事，也可能是这本《明日拥抱》里的某个故事，总之这些音乐……属于年少时最美好的时光。每个人的青葱年华都是一部胶片电影。

记得大学毕业的第一年，一位学弟在学校的放映厅自费开了一唱演唱会，那场我也混在台下的人群里，听到他用颤抖的声音说："最后这首歌，送给这些年陪我走过的同学！"然后泪洒现场，同学们都冲上台去，拥成一团将他围绕，场面感人至深，至今难忘。

当时我并不知道自己在多年以后也会经历和他类似的情形。去年我受到邀请有幸回长春开一场小型演唱会，当天现场来了许多昔日的同学，有经常在我的漫画里出现的田果果，还有《再见朋友》里的一辉和星矢，可惜因为场地有限，许多人最后都没能进到现场，我在唱最后一首歌的时候才看见安雪艰难地挤进来，那时正在唱《再见练习曲》，一首特地选择在最后送给同学的歌。起初我努力撑着微笑想将这首歌唱完做个完美的 Ending，可我边唱边看着台下那些熟悉的脸，却突然间哽咽了，或许某个我在为此刻我们仿佛穿越时空共同回到曾经而喜极而泣，或许某个我在为我们如今历经沧桑却再也回不去了而痛哭流涕，纵使一直觉得在台上唱哭是件很丢人的事，但我还是哭了，就像多年前的学弟一样，无法自制……当时田果果在台下大喊："小洋，我们爱你——"因为她坐得离收音器太近了，所以声音好大好大……这段难忘的录音也收进了此次的《毕业季》里……

在我整理这本书的最后阶段的某天，接到安雪结婚的消息，只听说在家乡默默又草草地办了个婚礼。我想起安雪在学生时代曾经信誓旦旦地说她永远也不要结婚，她说我们几个最要好的同学以后要租个大房子，一起住在里面，每天一起看漫画一起唱歌，整天都开开心心，都不要变成无聊的大人。为此我们当时还立了个协议，因为当时正在吃火锅，就把这个协议叫做"元盛居协议"（那家火锅店的名字）……而如今，协议里的人几乎都结婚了，大家纷纷变成大人。

我们被轮转的时光推着，从昨天被推到今天，从今天又要被推到明天。

最近看了个很有意思的日剧，叫做《我的老大，我的英雄》。那里面有句话令人记忆尤为深刻，伪装成高中生的超龄男主人公混进学校对全班同学说：

"我要在这里享受青春了！爱、友情、学习，我都 TMD 要享受个够！珍惜青春啊，只有到长大成人了才会明白，但长大以后就没有同学了！到那时只会你骗我我骗你，算计来算计去，只干些虚伪的 P 事！但是我们是同班同学啊，是一起享受青春，不需要任何顾虑的伙伴啊！这样的我们，这样自由的我们，TMD 不好好享受现在，还能干什么！"看这段的时候，我正在以泪洗面（汗）。

　　在写这本绘本的后记的时候，我正在坐在家旁边新开的一间咖啡馆里，窗外机器轰鸣，正在建造气派的望京 SOHO，听说它将要成为北京的新地标。两年前刚搬来望京的时候，我总嫌这里偏僻，家附近什么时候能开一间有情调的咖啡馆呢？什么时候地铁站又会开在家旁边呢？而如今咖啡馆如愿地开了，地铁也经过家门了，望京也变得越来越繁华，我却要搬走了。

　　离家六年搬了六次家，我已不再迷惑明天要去哪儿，既然该来的明天还是会到来，该走的今天还是会流走，就在今天变成昨天之前好好活着吧！

▲书房一角。摄于2015。

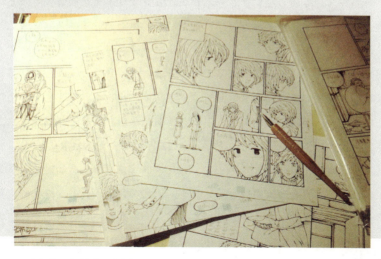

▲2006年，《黑虫》原稿。

青春的力度
——文集《青春的力度》香港版序

香港的朋友，你好。

好高兴《青春的力度》会在香港出版。在整理这本文集的时候我又重温了一遍书中的内容，实在是感慨万千，恍若隔世，里面的许多故事到现在已经过去了许多年，如今再看，自己竟完全变成了一个旁观者，仿佛在读另一个人的故事……那是一个我好喜欢的故事，关于青春，关于漫画，关于一个少年追梦的故事，如今再回想起来心里都是暖意。不得不感谢世界，感谢生命，感谢每一个路过又离开的人，他们编织成了一个美丽的画面。我始终相信许多电影都是真的，因为人生如戏，我的少年时代就经历了这么一场如戏般的故事。

书中的文章一部分来自我的 Blog。2005年博客在大陆盛行的时候，我身边的人都在写作，我也开始记录自己的故事，乐此不疲地，其中支撑我的除了一份写作的快乐，还有一个当时暗自的妄想——"如果有一天这些文章能结集成一本书，那该多好啊！"那时候我还没有出过书，总觉得出书实在是件很遥远的事。后来，慢慢地，微博取代了博客，大家开始用140个以内的字来记录心情，阅读进入了快餐时代，就像漫画、音乐一样，都不再是原来的样子。如今我身边已经没有人在写博客了，只有我还在写，然而已经没有人评论了，有时会感觉自己身在一座孤岛，但尽管有时寂寞，又不想离开这座避风港。

书中的另一部分文章来自我在《新蕾》杂志上的专栏《再生匣》，精选了一些篇章，但主要也都在记录生活的点滴，感谢会有人愿意听我絮絮叨叨。

非常喜欢这次出版公司建议的书名《青春的力度》，它似乎更形象地表达了书里的内容，仿佛一支画笔正在倔强地挥动着，刻画着，在纸上留下很深的印迹。听到这个名字我就热血沸腾了，好想赶快拿起笔来画画。

感谢香港三联书店，感谢李安老师、责编佩儿、叶绍麟先生，和每一位为这本书的出版给予了支持的朋友。谢谢你们将我的拙作带到香港，给予它们新生的机会。

# 2011，王小洋 A&Q
Q= 程诚一 /A= 王小洋

Q：你的作品现在已经是认可度比较高的了，首先请简要谈一下你自己的创作理念吧。

A：我想每个人都有属于自己的创作之道。在我来说，我觉得一部故事漫画作品除了要有吸引人的故事（这是最基本的）以外，更重要的是要有一个内在的精神力。我一直希望能透过我的每部作品把某种精神力传达给读者，就像一份心灵的礼物一样，我希望人们在读过我的作品后内心能有更深层的收获，而不是一种当下的转瞬即逝的娱乐。当然大众一直很需要娱乐，只是纯娱乐一直并非我的创作之道。

Q：你的创作手法定下来以后，创作的主题上有没有一个转变？

A：从我第一次发表作品到现在已经许多年了。这么多年来，个人的创作风格开始逐渐成形，在几年前大家已经普遍开始说"看到这个画就知道是你画的了"，这让我很高兴。我觉得作为一个创作者一定要有自己的风格，也可以说自己独有的创作手法，这样他的存在才有意义。至于作品的主题，我不喜欢被局限，只要是有意思的，我都喜欢尝试，这些年我画过搞笑漫画、爱情漫画、恐怖漫画等等，但抛开这些表面的主题向更深层的主题探究，你会发现我所有的作品都有一个共同的主题，那就是内心深处的某种东西，也许是爱，也许是希望，也可能是一种温暖，它映射在每个读者心里的形象都不一样。

Q：我们可以看到，你的作品有着丰富细腻的人物描写和叙事性，这些故事的灵感来自于哪里呢？

A：我记得从前在学习电影的时候，有一句话在我心里的印象深刻，那句话的大概意思是说剧中人物性格的发展远远比故事的发展重要。于是日后的创作我都更注重角色性格的描写，我不知道这在电影里属于哪一派，但显然这并不重要。故事是由人组成的，有人自然有故事。我身边有形形色色的人，我平时很喜欢观察他们。他们每个人都有自己不同的性格，他们会说不同的话，会做不同的事，当这些不同碰撞在一起，就产生了无数种可能性。我有时是个旁观者，有时又是参与者，而当时过境迁，一切经历在我心底沉淀以后，就转化成了故事。我早年很爱做白日梦，编一些别人的故事；近年的创作却大多在写自己的故事，比如我的许多文章，还有这两年开始创作的绘本，都在和大家分享着我心中的故事。

Q：怎样平衡自己作品的商业化和艺术性的呢？

A：商业化和艺术性一直是许多人热衷讨论的问题，当然两者在每个人心中的比重也不同。如今我作为一个商业漫画家，我也很想很牛B地标榜自己流着纯艺术家的血，但我也知道如果我的作品变成了纯艺术而远离了商业的话，也很难生存。没有办法，这是商品社会，所有的艺术最终只有两种结果，要么变成商品与人分享，要么被扔在角落只有作者自己孤芳自赏。说实话我真的不喜欢商业化，特别是在许多场合听到大人们（请原谅我在创作状态下始终认为自己是个孩子哈哈）聊着"市场化""产业链"等问题的时候……但反过来想想如果没有这些搞商业的人，估计整个行业都将集体灭亡。所以我无法拒绝商业化，但我可以把艺术性放在它前面一点点。至少我从来不会为了迎合当下的流行而创作，也不会因为怎样的风格好卖就突然变成怎样的风格。我不是商人，也不是商业化的奴隶；我是做艺术的人，我的艺术和商业化是合作伙伴，合作的前提是我必须永远是我。也许我的作品恰巧幸运了好卖了，或者不幸运不好卖，那对我来说也只是多了和少了的区别，我很难改变这些，只能继续创作，并且体验不同的境遇。

Q：可否和大家分享一下你成功背后的故事。

A：谢谢这样的夸奖。其实"成功"的定义不同。作为一个曾经名不见经传的漫画爱好者我是成功的，因为总算成了大家所知道的所谓的"漫画家"；但作为一个商业漫画家我又是不成功的，因为我的书目前还没有卖到一个值得骄傲的销量，所以在公司的眼里我或许是个不成功的商品，但在我自己的心里呢，我觉得自己已经相当成功了！因为我最初画漫画的目的只有一个，就是可以出版一本属于自己的漫画书，显然这个目标如今已超额完成了，我对此很满意。至于达成目标前的许多年都做了怎样的努力呢？我在许多访谈和文章里都已经描述过了，也不想再多说，总之是比较坎坷，一路跌跌撞撞，许多退稿，许多落选，许多失败，还好我在还差一步就要成功的时候没有放弃，总算是摸爬滚打地爬上来了。

Q：据我所知，你除了是一位漫画家外，还有这多重身份。比如独立音乐人，歌手。那么音乐创作和漫画创作，哪一种更能自由表达自己呢？

A：在我看来创作音乐和创作漫画本质上没太大的区别，它们都是一种内心情感的释放，但在形式上还是有点区别的。我喜欢写歌是因为这种表达够快够直接，一段音乐有时几分钟就能信手拈来，而演唱这种表达就更方便与人交流；但创作一部漫画有时需要几个月甚至几年的时间，我很难保证在创作的开始到结束心境上不会发生变化，最糟糕的是在这个过程中连创作的初衷都发生了变化，毕竟故事漫画这种表达很慢，与读者的交流也比较间接。在音乐方面我目前还是菜鸟，没资格说些什么，但无论漫画也好，音乐也好，我都会坚持自己，我相信这样它们的生命力才更长久。

Q：在自己的诸多作品中，自己比较满意的是哪一部？为什么？

A：似乎作者比较满意的作品永远不会是读者普遍满意的。我自己比较满意的是《通向心灵的路》，收录在短篇集《蓝色少年路》里，讲的是一个离家出走的别扭小孩遇见一位逃亡的大叔的故事，是一部公路漫画，虽然这部作品不是很有名，但我觉得在表达上算是我作品中最满意的一部了。另外《蓝色少年路》这本书里收录的所有故事我都比较满意，因为够纯粹。而《机器妈妈》和《黑虫》我也算满意，因为当时的创作状态非常好。

Q：可否谈谈你自己经过这么多年在漫画圈的发展对它的整体环境的看法？

A：从前没人认为我是漫画圈的人，如今许多人把我当作漫画圈的人，但我依然不认为自己是这个圈子的人，甚至连旁观者都不是。说真的许多事情一旦结成了圈子就会变得很复杂了，而且很局限。这些年我的创作，从不是为了在这个圈子里争得什么位置，而是想让更多人（包括圈子和不是圈子）的朋友能够接收到我的表达，所以我的漫画读起来很容易，完全不复杂。我觉得大家都在圈子里是很容易受到互相影响的，很容易跟风，比如什么样的作品受欢迎就都去画那样的。像90年代国内流行少女漫画，流行美型的画风，于是许多作者都开始画少女风，美型的；最近又流行校园幽默漫画，一下子又有好多人开始画这种。"一窝蜂"的举动永远代表着没落的开始，但这种行为同时也代表着有利可赚，因为真有作者靠这个赚到大钱了，才会有那么多人想去复制他。如今国内原创漫画在这几年已经非常商业化了，已经有许多作品能卖到几十万上百万了，这在前几年都是不敢想的。90年代初《画王》带领着大家高喊口号"超越日本"，结果当时的漫画无论画面还是故事都相当于日本小学生水平，也有人出过书，但销量也只是文字书的九牛一毛；90年代末《北京卡通》引领了一阵中国漫画，也出现一批很艺术很人文的漫画家，可在商业性上都很弱，当时杂志社也都很淳朴，只要求作者自由发挥个性就可以了，从来不会考虑以后的书会不会好卖、周边会不会好卖呀等问题（虽然作为读者我很喜欢这样的作家和作品）。2000年以后《漫友》基本掌控了整个漫画界，他们从做咨询开始一点点摇起中国原创漫画的大旗，曲线救国。一开始感觉《漫友》还是很有梦想很有野心的，完全商业化路线，新人选拔赛，签约漫画家，连载预热，宣传推广，推出单行本，开发周边……完全走的是日本的商业路线。我就是在那几年与《漫友》结缘，成为"签约漫画家"，很感谢他们的帮助，但这种纯商业的体制是否适合每一个创作者，又要另外去思考。如今国内又出现了许多漫画机构和杂志，也都开始走纯商业化路线，基本都和日本接轨，产业链也越来越完整，许多杂志都从月刊变成周刊，许多受欢迎的漫画也开始改编成动画片……我总觉得现在发展得有些匆忙，甚至会感到有种"唯利是图"的倾向，我已看不到先前漫画中的美好和单纯了。我无法断言中国漫画日后的发展究竟会怎样，但网络的冲击可能会是未来需要面对的最大问题。以上所说的都是我个人的看法，未来会给我们所有的答案。

Q：请谈一下未来的创作走向和你心中理想的生活状态。

A：未来还是会以每年差不多出一本书的速度继续下去，有可能是漫画书，也可能是文字书。我不想出得太急，那很容易把所有的力量和兴趣都用光。我现在每个月都在杂志上有连载，但今年杂志变旬刊了，我没有办法应付这样的速度。说实话我一直不喜欢日本式的漫画连载体制，觉得太快了，就像加工的流水线。我们每个创作者都有自己的节奏，要勉强自己配合杂志的节奏是件很痛苦的事。比如我写文章的状态突然来了，打算赶快投入进去，这时候编辑会突然来消息说"稿子明早必须交"，我就不得不放下文章去赶稿，等再回过头来，写文章的状态已经没有了。所以我最近一直酝酿着想把连载停掉或找到其他更好的解决方案。等到一切都能按自己的节奏去进行的时候，我会每年拿出一段时间专门做一个作品，其余的时间会去学些东西，比如乐器、油画……这些我都很感兴趣。而且每年肯定要去几个地方旅行，但不是旅游，而是那种背个行囊就出发的流浪，钱也不要多带，这样才好玩，遇见喜欢的地方就住到不想住为止，再孑然一身离开去下一个地方。自由，永远是最理想的生活状态。

Q：最后请说一说维持你创作的动力是什么，谢谢。

A：我从小就喜欢创造一些东西，长大后才明白其实我们每个人都在创造自己的人生，只是有的独特，有的平凡。所以问我为什么要创作就像问我为什么要活着一样，我不知道。我只知道只要我还活着，创作就还是会继续。

▲2008年，日本街头留影。那一年，年轻的眼神里闪烁着炽热的光芒，很多人这样说，不过，真的能看清眼睛吗？哈哈。

漫画家的陷阱
——《新快报》采访实录

《新快报》：很高兴有这样的机会采访到您，首先能否请您梳理一下您从事漫画创作的不同阶段？又有怎样的变化？

王小洋：分"很想成为漫画家""成为漫画家""抛弃漫画家标签"三个阶段。第一阶段就是特别喜欢漫画，在我还是小学生时，就发表了第一部漫画，之后陆续在杂志上发表作品。这个时候很希望有一天能够变成漫画家。第二个阶段是2007年初的时候，我获得了金龙奖的故事漫画金奖，这个转折点让我一下子变成了真正的漫画家，开始出版作品，包括国内国外，漫画家之梦实现了，可是慢慢我感觉，当自己真正成为所谓的漫画家的时候，就会抱着漫画家的视角去看这个世界，以至于看问题很片面，甚至感觉整个漫画界都很片面，所有创作者都在以一个创作人的眼光看世界，这样真的对吗？另外我真的喜欢这样的自己吗？我开始陷入反思。第三阶段，2012年的夏天，我不想再当漫画家了，我把这个身份卸掉，重新做回一个更真实的自己，用普通人的视角去看待这个世界。很多事情，都像一个拿起来再放下的过程。但能放下的前提，你能拿起来。

《新快报》：所以，您一直有多重身份，包括民谣歌手、写作的人、演员、变形金刚收藏家，您是如何安排漫画创作与其他身份之间的时间的？更喜欢哪个身份？

王小洋：在大部分的眼里，很多职业都是相互独立的，比如画画的人突然唱歌了，写作的人突然演戏了，这样的事情会超出一些人的思想界限，让很多人混乱并且质疑。但对我来说，这些事情都是同一件事情，就是：喜欢的事。我在做着这样的事。这些喜欢的事在我的世界里没有分类在不同的区域，我的世界没那么多界限。我想如果要概括我的身份，就是一个创作人吧！作为创作人，我没有把创作作为一个赖以生存的工具，因为那样很容易掉进陷阱，很容易追逐名利、财富以致失去快乐。我现在是想画画的时候就画画，想唱歌时就唱歌，我想听从内心直觉的指引而创作是最快乐的方式。很多时候，最快乐的方式就是最对的方式。

《新快报》：漫画家需要根据受众来确定自己的风格吗？

王小洋：作为一个创作人，无论哪方面，我想一直都有两种类型。一类是流行什么就跟随什么，这种创作者可能会在短时间内赚很多钱，但通常没什么自我风格，因为他的风格随波逐流。但这个没什么对错之分，都是个人的选择，自己认为对就好。另一类就是永远按照自己的风格来创作，这种创作者可能风格强烈，但弊端是往往不符合时代潮流，所以也许生存堪忧，但对于这种创作者，不红则已，一旦广受认可，也许会有不可估量的发展，甚至能引领一个时代。在从事漫画创作的人里，还有更多还不为人知并且还没浮出水面的创作者，也许他们的时代还没到来，但潮流的流向谁又说得清呢？它是那么无法捉摸。在创作上，我更倾向第二类，如果让我迎合受众去刻意改变自己的风格，那实在太痛苦啦，不如不做。

《新快报》：您觉得，要成为一名出色的漫画家，必须具备怎样的条件？

王小洋：成为一名出色漫画家，首先是画功达到一个基本水平线（这条线并不算高），但更重要的是用画来讲故事和表达情感的能力。这很像小说家们，在大家都会写字的标准线上，拼的是谁讲故事更有意思。当然作为一个漫画家，能把画画得更好当然还是会加分的，但不会讲故事的话还是不足以成为漫画家的，顶多算是插画家。一直以来，很多人认为中国有很多会画画的人，但漫画家却很少，归结于没有出色的剧本，但其实问题完全不在这里，因为他们忽视了一个很重要的桥梁，就是讲故事。哪怕有了很会画画的人，同时也有了很好的剧本，没有能把故事用画讲得很有意思的人还是不行的。这个环节相当于电影的导演，一万个人来讲同一个故事会讲出一万种效果，为什么冯小刚能把故事讲得更有意思？张艺谋能把故事讲得更有深度？一个漫画家需要具备一定的画功，但在创作比重里，顶多占百分之三十，剩下的都是讲故事，其中包括分镜、节奏、视觉角度、转位、画面整体构图等诸多因素……这些很难用只言片语说清，即便是从事画漫画的人，不画很多年，也很难明白。

《新快报》：国内漫画受日韩风影响已经成为共识，甚至有人认为，国内仍然缺乏中国风格，您怎么看？您觉得我们需要怎样的中国风漫画？

王小洋：国内一代人看着日韩漫画长大，并且很多人因为喜欢日韩漫画才想成为漫画家。因此，当我们创作时会无可避免地受到影响带上浓烈的日漫的影子（说实话韩漫本身也带着强烈的日漫影子，它也属于日漫衍生物）。中国漫画如今也在衍生物阶段，还没有生长出自己的样子，这需要更多的时间和更多有思想的人去努力，而不是随波逐流的人。对于中国风，很多人总是先联想到古代，或者刻意加入中国古老或神话元素，但只有这些才算中国风吗？我想我们现在的生活就是中国风，如果漫画能表达我们现在生活里的点点滴滴，比如在这样的社会里，很多普通人的真实生活，那想必也是很有意思很有特色的。但很少人画这些，中国的漫画里出现的不是华丽奢靡的贵族生活就是玄幻的超能力故事，配上日漫一样的画风，很难说它到底来自哪个国家。我自己的作品在早些时候也有这样的问题，但当我发现了问题，就停下了。有一句话是说：当你发现方向错了的时候，停下来就是进步。接下来的创作，我可能会更倾向于发现身边的小事情，那些真的属于我们身在其中的属于这个时代中国的故事。

《新快报》：据您所了解，目前漫画家的社会地位如何？

王小洋：漫画在中国目前还是个很角落的存在，而漫画家更是个很边缘的职业。在主流娱乐媒体中出现的，大多数是明星、电影等等，而关于漫画的新闻，实在少之又少。以至于很多人不知道漫画家到底在做什么。说实话我在很多场合被介绍是漫画家时，总有人希望我能帮他画个像，可漫画跟画像又有什么关系呢？就像爱情和结婚其实是两件事一样，但很少有人明白。在大多数人的认知里，漫画还只是《幽默大师》里的那种讽刺肖像漫画。

《新快报》：数码技术会导致漫画手稿绝迹？数码创作是否会虚弱漫画的艺术性？

王小洋：虽然作为一个漫画创作者不想承认这个事实，但纸质漫画迟早有一天还是会大批量消失。阅读会完全电子化，漫画会变得更加快餐化。这种苗头已经产生了，如今人们刷着手机，喜欢用简短又好笑的东西填补着细细碎碎的无聊时光，越来越少人会看又长又深刻的作品了。在网络和智能手机的冲击下，其实整个世界都在发生巨变，现在很多的漫画单行本也卖得不如以前，包括从我自己出过的十几本书来看，销量也在下滑。我想可能若干年以后，漫画会两极分化，一种是非常有收藏性的纸质漫画，可能会卖得特别贵，变成一种高端艺术收藏品的存在；而另一种就是非常快餐式的网络漫画，很娱乐的、看完就忘的那种。我觉得数码创作并没有削弱漫画的艺术性，只是让漫画创作者有了更多的选择。

《新快报》："青少年动漫创作大赛"即将拉开帷幕，您觉得这样的大赛对于热爱漫画的青少年，有怎样的意义？对于后进的漫画创作者，您有什么好的建议？

王小洋：漫画大赛对于初级漫画者和抱着漫画家之梦的人来说是个很有意义的存在，因为在很多人不知道该怎么努力才能成为漫画家的情况下，这里出现了一扇门，推开就行。我在早年的时候，也是不知道该怎么变成漫画家，不停投稿不停被退稿，于是只能不停参加比赛，不停推门，大大小小的，获得了不少奖，终于推开了一扇我能穿过去的门。我想对于后进漫画创作者的最好建议就是：多画。

《新快报》：能否分享一下作为漫画家的创作生活吗？

王小洋：不同的漫画家工作方式是不同的。例如一些很艺术性的漫画家，在法国有很多，这个国度连杂志都没有，很懒散很随性，人们不会生活在时间框里，工作状态是想休息就休息，想工作就工作；还有一种就是娱乐性的漫画家，主要目的是娱乐大众，在日本大多是这样的漫画家，日本有很完善的漫画产业，漫画家每天都要画漫画，每周都要交稿子，以至于人们变成了机器中的零件一样，运转不停。当然这两种工作方式没有对错之分，只有自己更喜欢哪个，更适合哪个。我想我更喜欢前者，这是在我画了很多年后可以确定的事情，我再也不会用日本式的工作方式去创作了。现在的我都是想画画的时候才画画，画画对我来说不能变成工作，也不可以去想生存的问题，特别是"那样不会饿死吧"，这是一句很可怕的咒语。其实在这个世界上每个人都应该做自己喜欢的事，当你一直做着自己喜欢的事，那件事就会变成天使守护你，它不只不会让你担心生存，还会让你的生活变得更自由更快乐。这是我在这些年学会的一个神奇的魔法。

B面人生

1. 我退出了漫画圈

2012夏天我在微博里写了一段话：

"终于做了个决定：我不画漫画了，要做职业歌手！其实我从小就希望长大可以当歌手，现在眼看青春不剩几年了，要赶快抓紧时间把这个愿望实现了，这样老了就不会后悔了！虽然很多人对此不理解，觉得我疯了，自不量力，误入歧途，得不偿失。但是，不被嘲笑的梦想不算梦想！只有我自己知道什么想要，什么不想要。"

若以往日的我来说，大多事情喜欢做了再说，怕计划不如变化，怕事情没成先变成大笑话，但这次却断然先说后做了，主要，我想封死自己的退路，不让未来的自己变卦。

很庆幸，在迷茫了好几年后，我又有了这样的勇气。

　　果不其然，退出的消息真的招来一些非议，这些可想而知，不同的人有不同的看法，别人不理解我的这件事我很理解。当然还招来一些骂声，许多漫画读者认为我半途而废，不从一而终，没有道德。

　　说真的我一直不明白为什么许多人总喜欢用"一辈子"这个时间概念和"至高品德"画等号，就像旧时一个女人一辈子只能守着一个男人（不管这个男人是否很花心或已经变心或已经死了）才算贞洁烈女一样，许多人认为一个人如果能一辈子做同一件事情就是伟大，但我实在不觉得一个一辈子只吃面条的人会比有时吃米饭、有时吃面条、有时吃饺子的人高尚在哪儿……或许这是一种根深蒂固的思想差异吧，辩驳显然没用。

　　另外呢，退出还招来一些诅咒，有些人冷嘲热讽地祝我失败，但这却更坚定了我离开的决心。

　　其实所谓"不画漫画"一是说退出漫画圈，因为实在不喜欢任何一个圈子，它除了让人浸淫在里面自以为不错，同时又让人习惯了攀比、敌视、八卦、目光变局限外，我想不出其他的意义所在，于是在最初画漫画时我曾对外坚决表示：尽管我在做着这件事，但并不意味着我就是这个圈子的人，我不想变成任何圈子的一份子。

　　另外"不画漫画"的另一种说法是"不再以画漫画为职业"，但也许在某一天想画了，那就画一画，又不想画了，那就不画了，等又想画时再说，让整个创作都沐浴在自由又轻松的心情里。这时一定又会有人觉得我缺乏所谓的责任心了，但创作这件事真是全凭感觉的，我无法像机器人一样不每天毫不间断地没有喜怒哀乐地"创作"，这样的工作方式是充满匠气的，毫无灵性，我拒绝称它为创作。我想，在想吃面的时候去一次面馆，但在不想吃面而在啃着一块汉堡的时候，并不代表着对不起一碗面，甚至对不起做面的厨师……至少我是这样认为的。

你会因为换了另一条回家的路而感到罪大恶极吗？人一辈子真的只能走一条路吗？

后来这个退出的消息还先后上了几个网站的首页，掀起一丝涟漪，我想这可能是我的名字最后在漫画圈里的小活跃，几天后，一如平常，许多新消息覆盖旧消息，新话题转移旧话题，非议消失了，骂声也不见了。

可能在未来的某一天，不会再有人记得我是谁，这么多年的拼搏只化作时间洪流里的一个一笔代过的人名，可有可无，但这些都不重要，重要的是我终于可以脱下那件别人认为好看的外套，变回自己原本的样子，以自己的方式急流勇退，游向属于我的河流。

2. 心里有座食人岛

关于绘画与音乐的关系，我有这样一个比喻：

画画对我来说就像我在说中文，我不记得是怎样一步步学会说话了，但在我有记忆起我就可以和人交流了，画画也是如此，尽管许多人称之为天赋，可当有人夸我画得好的时候我不会觉得这有多了不起，鄙视我画得差的时候我也不会觉得这有多糟糕。画画对我来说就和说话一样，是件很自然的事，我每天都在说话，用自己的方式说话，肯定不如专业播音员口齿伶俐，但也不至于说得磕磕绊绊，于是这件事便没有太过放在心上，也并没想过因为会说话而要成为全世界最会说话的人。

再打个比方：身为一个中国人，你会因为自己会说中文而感到惊世骇俗吗？

于是我从小学就开始靠画漫画赚钱的时候，也并没有太特别的感受。人生的第一笔收入是靠在杂志上发表漫画得来的，400块，在90年代不算少，后来发表短篇、中篇、长篇若再算上一些插图，已记不清到底发表过多少作品了，稿费也从几百变成几千、上万的，但对此感受强烈的总是我身边的人，他们说："太有前（钱）途了，你一定要画一辈子啊！"

在年少的日子里，我的确为漫画之梦拼搏多年，一度被传为抱有相同梦想的年轻人的"勇气指南"。

当时总觉得在前方依稀可见的地方有一片河岸，我很想游过去看个究竟。那是一个美丽的梦，一个一定要到达的梦。我想出书，想让更多人看见我心里的故事。画画是我的武器，是我与生俱来的能力，它能帮我表达内心，其功能犹如我的文字、我的语言。一个绘画，一个写作，宛若我的双臂，帮我摇桨，逆流而上，最后我终于到达了对岸。一如我有两本文集《曲岸》和《晴空》记录的那一段年少岁月，穿过曲曲折折和跌跌撞撞，终于到达了晴空下的彼岸。

这是一个美好的，关于梦如何实现的故事，通常，一部电影或一部文学作品到这里就可以画下圆满句号了，观众会满意地点点头："嗯，结局很励志。"

不过呢，这是人生，不是戏剧，只要生命还在继续，剧情就不会完结。

这接下来的情节是：

在我上岸后，岛上的人对我说："希望你能一辈子留在这里！"

我说："啊？可我还要继续旅行呢，还有很多地方要去呢。"

他们说："在这里我们可以给你无尽的荣华富贵，可只要你离开，就会一无所有。"

于是我动摇了，尽管我从未想过要在这里过一辈子，但我害怕已送到手边的荣华富贵变成一无所有。

于是几年里我没日没夜地死撑，为了不让头顶那个光圈掉下来，很累，根本不快乐，因为我守护的东西不再是梦，而是荣华富贵，它一点也不美好，真的。我开始焦虑，感觉哪里出了错，感觉青春在浪费，特别是每当想起要留在这里一辈子，就更加绝望，感觉生命在消失，感觉不久头顶的那个光圈就会掉下来，变成花圈。不知你是否看过《少年派的奇妙漂流》？那里有一座食人岛，它看似美好，却在吞噬着一切。而这座岛，那时就在我心里。

3. 所有错误都是正确的

对我来说，我的长篇连载漫画《将》可以说是一个错误的开始，这个纯商业模式下诞生的作品从未出现在我的人生规划里，流水线般的模式化工作也绝非我想要的生活，它的确可以让我活得安稳，却也让我失去了活着的意义。如果必须以这样的方式才能维持一个"漫画家"的位置，那我想离席把它的位子让给需要它的人。

《将》从2008年开始在一本黑白漫画杂志《少年S》上连载，每月一期，现在回想起来那还是段不错的日子，就像住在一栋喜欢的房子里。一年后杂志为了好卖决定改成全彩并降低年龄段，也从月刊变成半月刊，当时我内心便升起"是不是该离开了"的念头。那感觉很像房东为了房子更好租而把里外都漆成了我难以接受的风格。后来杂志又变成了周刊，我彻底放弃了，那是个我没办法完成的工作量，也不再是我想做的工作……诚然杂志没有错，编辑也没有错，错就错在，我可能走错了。

在《BAKUMAN》里有一句很有名的话（貌似是？）："漫画家如果不连载的话就是个普通的无业者。"于是长篇连载仿佛已成了每个漫画家成长的模式化路程，模式化的路程，模式化的工作，模式化的人生……呵呵。其实人生里有很多模式化路程，那是几条给大多数人参考的路程模版，比如结婚，比如生子，我不想去否定任何一种模式，只想说：想结婚的人就结婚吧，想生子的人就生子吧，而不想做的人就别看别人做了所以自己也去做，否则往后的人生，都会建立在一个错误的开始上。不是吗？

你该有属于自己的人生模式。

在"漫友文化"的三年是难忘的，如今回想起来都是想念和感激。那里有很多永远的朋友。合约顺利期满后我就离开了，离开了广州，再一年后离开了连载漫画家的身份，因为觉得那样的生活并不适合我。期满后几乎市面上所有的漫画杂志都向我约过稿，都婉拒了，包括时下最畅销的《知音漫客》。不夸张地说，我相当于扔掉了累计上百万的稿费，只为换回最初的自己。

或许在未来的某一天，当我重新与自由为伴，当我又找回最好的状态，也许会把《将》重新诠释出来，那可能是小说，或是什么，总之会有一个交代。

所以请原谅我的离开。人越长大越发现对于许多事情辩驳是没有意义的，一如这次告别，有人觉得是逃避，有人觉得是勇敢，而真正的对与错，只有当事人才明白。

这样说来，《将》又是一个正确的开始，因为它让我走上了真正属于自己的路。

4. 我是音乐界的外国人

对于我之前对画画这件事的形容，一定会有人对此嗤之以鼻，觉得我不可一世，因为我知道有太多人为了学画煞费苦心，他们不能接受落差。但这种情形很像我们在中国从小就在学外语，却无论如何也很难超越那些生来就说外语的人一样，尽管那些外国人觉得说外语是件多么平常的事，尽管他们觉得会说中文才是一件很了不起的事一样！

音乐对于我来说，就像一门外语，因为不懂，才想了解，因为喜欢，才想去学。我总幻想如果有一天自己变成一个会唱歌会弹琴的人，那将多么不可思议！这种感觉很像在学习班里听着外教老师行云流水般悦耳的外语时的那种倾羡之情。

但诚然，对于唱歌，我实在没什么天赋，又因为生性太过内向，总是羞于表达，连在人前说话都会脸红，所以从来都觉得敢在人前大声唱歌的人都是英雄。庆幸的是我唱歌不跑调，但只敢关起房门，小声唱给自己听，或者躲在被窝里，像做坏事一般唱着。说起来当时对歌唱的全部了解只来自妈妈每天做家务时的哼唱，还有电视上每集电视剧片头片尾的歌曲。

而对于弹琴我就更没什么天赋了，小时候对乐理一窍不通，觉得它简直像数学公式一般复杂，唯一的乐器只有一支笛子和一把口琴，可以吹出简单的旋律，和弦的概念完全一无所知。从前最羡慕会弹钢琴的小孩，很无奈我小时候家庭条件有限，学钢琴是不可能的，拥有一架钢琴更是天方夜谭，即便想拥有一台电子琴也是痴人说梦。以至于多年后当我做音乐的时候我总遗憾小时候没有练过钢琴，否则如今显然要少走许多弯路，少吃许多辛苦。然而，还是那句话，世上没有绝对的对与错，也许正是因为小时候的缺憾，长大后才将音乐惜如至宝。如今身边有许多小时候学过琴的朋友，他们现在大多都在做着与音乐毫无关系的工作，许多人甚至早就忘了手指在琴键上跳动的感觉。而我直到现在还在学习音乐，仿佛要把小时候缺失的都弥补回来，所以才要更加用心一般。

这几年，我把一部分漫画的收入变成音乐的学费，经常要去学校上钢琴课、吉他课、乐理课等许多课。我喜欢把音乐学校称呼为"魔法学院"，因为音乐真的就像现实世界里的魔法。

这两年，我的漫画创作开始逐渐减少，省下的时间用来交换学习的快乐，但在快乐之余，依旧要遭遇不断有人说我"不务正业"的指责，但我依旧觉得作为一个会说中文的人，努力学习一门外语并不算不务正业；甚至因为喜欢而去做，会让我觉得这是一件很了不起的事！

5. 嗯，我要当歌手！

我人生中第一次放声歌唱是在小学三年级的音乐课上，当时那个总背着一架大手风琴的音乐老师实在与众不同，因为她是全世界第一个说我唱歌"好听"的人。

她说："你的歌声里很有情感。"

然后，破天荒地，我被选成了几天后唱歌比赛的班级领唱。这个故事我曾在以前的一篇文章《青春短歌》里提过，所以不想再过多赘述，后面的情节大致是我又被班主任撤了下来，而让一个经常上台的女同学取代了我的位置，我为了向班主任证明自己于是在人群里唱得很大声，最后班主任觉得我的声音太不和谐而连我上场的资格都剥夺了，那天音乐老师刚好生病，我找不到那个全世界唯一支持我的人，我被丢弃到几个五音不全和调皮捣蛋的同学中间，又回到属于自己的阴暗角落。

哈，有些往事不堪回首，但依旧是那句话，或许正是因为缺憾，如今才更懂得珍惜吧。

全世界第二个说我唱歌好听的人，是我初中的班长一辉，那是一次放学的路上，我向他极力推荐一首张信哲的歌，当时也没有随身听，只能硬着头皮亲自唱给他听。

他说："真好听。"（其实很有可能他是在说那首歌好听，并不是我唱得好听，哈哈！）

我就是从那时开始做了一个超级自不量力的梦——我以后要当歌手。

真的很奇怪，当有人夸我画画好时，我总是感到稀松平常，而当有人说喜欢听我唱歌时，我的心总会跳得很快，就像一个丑人突然被人说其实你并不丑，一个矮子突然被人说其实你并不矮，有种豁然开朗的感觉！于是我开始重新审视自己，有如发现了一片隐藏的新大陆。

同样的，当我在去年拿到人生第一笔靠唱歌赚的钱的时候也是这样的感觉，受宠若惊，心花怒放，有一种突然长大了的感觉。虽然现在的我开一场弹唱会唱几个小时的收入可能还不如随便画上几笔。

我在上初二那年将过去的自己彻底抹杀，我不想再当瑟缩在角落里的懦夫，终于开始登台唱歌。高中伊始，我不想再让别人知道我会画画这件事，不想总在扮演那个独自画黑板报的男孩，因为我不喜欢他，觉得那不是我，我更想站在舞台上，唱歌给许多人听。我开始参加很多比赛，一如在漫画方面的努力，从最初的屡战屡败，到渐渐拿到名次。

我一直想在最美好的年华里签个唱片公司，可到头来都没人理我，寄出去的录音 Demo 也音讯皆无。音乐之梦因此放弃过一阵，转身冲刺漫画之梦。当时总是热情似火，心里装着许多梦，又总觉得青春无限，可以将它们一一实现，从未把未来想得太复杂，于是这么一画就是好几年。

直到有一天，当我埋头在教室里赶稿，那时已经连画数日，精神临近崩溃边缘，我边画边莫名流泪，根本不知道自己在做什么，只知道截稿日快到了，我越画越悲伤，越画越疑惑，觉得离某个梦越来越远，最后再也画不下去了，夺门而逃，那个夜晚我找了间 KTV，一个人唱了好几个小时，有如开了一场自己的演唱会。

6. 就这样变成了创作歌手

有时对于一些错过的事，会这样安慰自己："要不算了吧。"

可对于唱歌，对于音乐，不能就这样算了。生命还长，青春还在，我确定老了之后没有后悔药吃。

于是"重拾音乐梦"这个大计划在当时的心中已然提到前位，那是2008年，北京奥运会开幕的那一年，当时我刚结束了一场巡回签售，在广州东山口的一栋旧民宅里承受酷夏。

我觉得拥有自己的音乐作品是必要的，于是自费向人买歌，可是歌曲不是不合适自己，就是太贵了，在这样的合作方式里我找不到自由，于是我决定自己写歌。写了几首以后发现："啊，原来我可以啊！"歌词算是没问题，毕竟从小到大每天写日记，也发表过不少文章，总结以前写不出歌的原因总是苦于给歌词配出的旋律不是太俗气就是太恶心，于是干脆改了次序，先写旋律后写歌词，把哼唱出来不错的调调用手机录下来，之后再根据旋律的感觉填词，这便突然得心应手了！不过那时我依旧不懂乐理，一切只能全凭感觉，还好我是个内心敏感的人（所以经常受伤）。

于是就这样，我被逼成了一个创作歌手。

现在想想这样的转变是迟早的，因为我一直喜欢一种自由的创作，不希望自己只是一个会唱歌的发声机，一如一直不希望自己只是一个会画画的机器人，我更需要的，是一种内心自由的表达，一种完全属于自我的诠释。

7. 广州的泪和雨

之后我在网上重遇了昔日的好朋友秦昊和张小厚，他们俩一个画画的，一个学建筑工程的，早前在网上看过他们一段合唱的视频，两个人笨拙地弹着吉他，唱陈升的《风筝》，连和声都不会。

而时隔几个月，他们的吉他已经弹得很不错了，而且也开始自己写歌了。听说秦昊那时准备考研，每天在家除了复习就是弹琴唱歌，而小厚每天下班回家就和他一起唱歌弹琴，晚上扰得邻居经常半夜敲门。我们约定未来的某一天一定要一起去北京弹琴唱歌，那时我已在酝酿着离开广州了，因为心里一直有个声音在指引我，一个自己应该去的地方。

因为秦昊和小厚的刺激，我也开始练吉他，乐理也在那时候开始一点点摸索出一二。

后来有一天我接到一通电话，是广州的著名音乐人胡力老师（代表作《离家的孩子》《秋天不回来》《新贵妃醉酒》等），他说在朋友的手机里偶然听到了我的歌，很感兴趣，想我去试音。然后没几天，我就拿到了唱片公司的签约合约。当时我已经在广州当签约漫画家了，深知那种被签的感觉：要成名，就得签约，一签约，就没了自由，没了自由就没了心情，没了心情就无法继续创作。恶性循环。实在纠结。

签约的事被拖了很久，我仿佛站在一个分岔路口，踌躇不定，这一犹豫就是一年。直到有一天夜里我和胡老师在一个大排档喝了很多酒，白的、啤的、红的，乱喝一气，结果那次很胜酒力的我竟然醉了，同样很胜酒力的胡老师竟也醉了。摇摇晃晃回去的路上，当我们走到一个十字路口的时候，天空落下小雨，我想起签约的事，想起多年在音乐路上的跌跌撞撞，突然哭了。而让我感到莫名其妙的是，我看到胡老师也哭了，而且比我哭的还伤心，每个人那些埋在心底的世间烦恼和脆弱都在酒后的精神松懈中苏醒。

那个下着雨的夜，两个男人在昏黄的街灯下，相拥大哭。

当然，我自然知道自己为何而哭，但胡老师为什么哭我就不知道了，反正他是个感性的人，经常哭，看我的书都能看哭。总之那晚我们都哭了，抱在一起，在夜雨里，大哭。

最后，成名和自由，这回我选择了自由。

那夜的泪，帮我解答了所有疑惑。

8. 感谢"好妹妹"

2010年初夏，我终于离开广州去了北京，人是离开了，工作还没完，整天赶稿很苦逼，像个看不见未来的人，我深知这不是我要的生活，又无力冲破它，主要是害怕，怕改变，怕没钱，怕好不容易从人名变成名人又要变回人名。

就这么继续苦逼了一年，半死不活的。

第二年，秦昊没考上研，于是在春天的时候离开无锡来北京工作，听说在一个儿童美术学校当老师。我们的初次见面竟然是在 Ikea 偶遇的，缘分这东西真是耐人寻味。接着没几天就听说他丢了工作，只能靠卖唱为生，但又没过几天听说他在地铁通道唱歌被警察抓走了，以扰乱社会治安为由。

如果是别人，估计早就被这多磨的生活击压垮了，但秦昊对此淡如清风，一如他的人，总像一阵淡然的风。工作没了再找呗，钱没了再赚呗，什么都没了就继续唱歌呗……

至少还有自由。

我喜欢秦昊，他拥有我所没有的一切。

那年夏天张小厚来北京，他和秦昊组成的"好妹妹乐队"的首场弹唱会在鼓楼的吉他吧酒吧举行，当时来的人还没有很多，大家还有桌子可以边喝啤酒和咖啡边优雅地听歌（尽管这样的事后来再也没发生）。

然后他们自费出了唱片《春生》，从词、曲、唱，到设计、发行，一切自己做主，自己搞定。次年他们踏上了全国巡演的征途，场场爆满，那两个曾经在视频的那一头弹吉他给我听的男孩如今正被越来越多的人关注，变成明星，在自己的轨迹里闪烁着独有的光亮。

我也想找到自己的轨迹。

可以说，好妹妹给了我转变最大的力量，他们让我知道，原来唱歌还可以这样，生活还可以这样。

去年我和张小厚成了室友，再一次印证了缘分的不可思议。

记得初来北京的秋天，小厚来北京出差，第一次见面的我们走在夜晚三里屯秋风萧瑟的街上，当时我正抗议着当下的生活，他也是，他说如果有一天辞职了就来北京，到时我们一起合租房子好不好？尽管那是我很向往的生活，但又明白那是不可能的事，因为……实在不想再搬家了，自离家开始，以每年一次的频率，已搬了七次家，每次都会丢半条命进去。那晚我默默望着街灯下的他，知道自己一定会让他失望。

接着没过多久，小厚真的辞职来北京了，我还没来得及告诉他"其实我真的不想搬家了"的时候，房东就先告诉了我"房子卖掉了，希望你能尽快搬走"的消息。

就这样，我被莫名的缘分推动着，推到了"好妹妹"身边。

9. 青春经不起那么多等待

2012年末，在我经历了N次当串场嘉宾和拼场演出后，终于准备开自己的第一场专场弹唱会，场地是小厚帮我订的，行动风驰电掣，当他告诉我这个消息时我只感觉：啊啊啊？还没准备好啊！我行吗？太突然了吧！

他说：青春是经不起那么多等待的。

然后2011年11月16日，我的第一场专场弹唱会《明日的拥抱》在北京鼓楼的"蓝溪酒吧"初试啼声，嘉宾是"好妹妹"和我的吉他启蒙老师"麦丽素天儿"。当天来了不少人，场地里围得水泄不通只能跳窗子进去，许多朋友站在门外的院子里，承受初冬的寒意。总是觉得对不住，感觉自己何德何能，让这么多朋友如此辛苦来听歌，唯有更努力地唱。但，台上经验不足让我难以控制自己的身体，犹如我幼时拿笔写字，总也无法写得如现在般得心应手。那次我认识到，一个好歌手，真是要靠无数的演出累积出来的，就像一部好的耳机，是要靠长时间的聆听才能够"煲"出来的。

于是那之后，我又开了几场个人弹唱会，很感激的是，作为一个初来乍到的民谣歌手，几次的演出都维持了满场的战绩，虽然我知道这其中大部分观众想必并不是因歌而来，可能有很大部分来自以往的读者，还有"好妹妹"的支持者。虽然我总说着不在乎现场到底会来多少人，但当听说曾有一个民谣歌手某次演出现场只来了一个人的经历，我还是感到一阵风中凌乱的寒意。我也问过自己：如果真的只来一个人，你是否能无所顾虑地唱下去呢？

想必，这些都是往后的日子该去学习的东西，也是难免不会品尝到的滋味。

另外很高兴在今年获得了两个奖，一个是漫画方面的，一个是音乐方面的。

漫画方面是《中国动漫报》举办的"中国动漫驴奖"的评选，我被评为"2012年最囧漫画家"，以此对我去年退出漫画圈转行到歌手一事讽刺了一番，但我没有感觉，只觉得身后的喧嚣已与我无关。不走寻常路的人总会成为循规蹈矩者们群而攻之的对象，自古以来都是。属性不同，路也不同。我变成一颗畅游宇宙的流星，离开了卫星的轨道，并不觉得这有多囧。

音乐方面的奖是"阿比鹿音乐奖 -2012年度新人奖"，提名名单里还有我最崇敬的音乐人雷光夏和万芳。我不知道自己是怎么被提名又怎么获了奖的，只是有一天好多朋友突然在网上和发短信来祝贺，这是我人生中第一个音乐方面的奖，那时我意识到：一场新的旅程就要开始了，一条新的航道已铺展在我的眼前。

10. A 与 B 的选择题

关于选择，永远是人生最大的难题之一。

选 A 还是选 B？

当选 A 会有人说你为什么不选 B？

当选 B 会有人说你为什么不选 A？

当选了 AB 会有人说你为什么这么花心？结果可能哪个都得不到。

当什么都不选其实又是另外一种选择……

对于我这次的选择，结果是多了许多讨厌我的人，同时多了许多更支持我的人。

我们总是边收获边失去，又边失去边收获。

每个选择都有对的一面，又同时有着错的一面。生命看似是被动的，世界把一个个问题丢到我们面前，逼着我们做着一道道无尽的选择题，如果你只是随着大流做了选择，其实那只是接受了安排，不是选择，你依旧是被动的。只有听从内心，勇敢地做出选择，那一刻才算掌握了人生的主动权。

我想说，那才不白活过一回。

记忆里有一位红极一时的内地歌手叫程琳，她在最红的时候选择了出国留学，但回国再也无法重现昔日的辉煌，后来每次有人提到程琳，人们都会摇摇头说她当时为什么要做这样的选择呢？还有我很喜欢的日本巨星山口百惠，她也在最红的时候选择了结婚并永远退出娱乐圈，同样的也有很多人对她的抉择表示不可理解。

或许我们都太喜欢给别人安排上自己制定好的剧本，让每个人作为自己的世界里的布景安分地摆设着，永远做着自己认为理所应当的选择。人们会希望程琳永远在电视机里唱着歌，却没人在乎她出国留学的理想；人们会希望山口百惠永远扮演着青春偶像，却没人在乎她渴望做一位普通的家庭主妇。

也许她们的选择造成了我们认知世界的错乱感、不平衡感，因为她们的选择和我们期待她们做的选择不一样，所以我们感到失落、遗憾，甚至有一种被背叛的感觉。但是她们依旧那样选择了，因为只有当事人才明白哪一种选择是对的，她们只是按照自己的方式谱写人生，并没有按照我们擅自制定的剧本。

如今的我不再对别人的人生指手画脚，也不再为某个问题和人争论不休。因为所有分歧的原因只可能是你选了 A，他选了 B；或者你选了 B，他选了 A。每个人终其一生都在做着选择题，对对错错地走完一生，留下一条条迥然不同的人生线条。

而你唯一需要做的，就是对自己的每个选择负责。

因为只有你的人生是你的。

▲漫画博物馆户外草坪上席地而坐的读漫画的人们。
这样的画面，让人不由感到幸福。

▲曾经的漫画屋，在这个时代已绝迹。

红与不红

1

前几天有位朋友说要听一下我的歌，给他放了几首，每首都是听了几句就被喊停了，然后每次喊停都伴着无奈的摇头，他说："你的歌红不了！首先……！其次……！然后……！"说了一大堆，接着矛头又指向我的人："你的人也红不了！首先……！其次……！然后……！"又是一轮轰炸。

对于他的非议我没有反驳，只是笑笑，因为他是对的——我的歌确实不红，人目前也一样，这是显而易见的，我自己都知道。

实际情况最大——是这几年难得获得的智慧之一，也是让我最信服的无声话语。

然而我没有因为批评而低落，也没有困惑，甚至没有一点儿感觉（估计他知道白费了一番口舌一定气炸了），因为每一种反对的声音都只是对方单方面的感受罢了，当一个人被一万个人围看时会出现一万种视角，但每一种都无法代表这个人最全面的样子。所以呢……

主观意见最小——也是这几年难得获得的智慧之一。

基本上，一直以来，反对的声音已经听过太多了，它们不仅局限在我的音乐上，也曾集中在我的绘画方面，从前还遍布我人生的每个细节。还好我并不太在意这些，否则我不知要放弃多少人生的可能性，也不知要给人生留下多少遗憾，还说不定早就自杀了。

其实我早就发现了一件奇怪的事，就是：在一个人没受到广泛认可或某一种权威肯定之前，他做什么在别人看来都是错的，都是妄想，应该饱受质疑；而一旦他得到了认可或肯定，那他先前的所有"错"就都变成"对"了，他先前的每一种别人不可理解的事就都变成人们争相效仿的事了。

说到底，人类总有一种屈从多数的惯性。

所以呢，在一个歌手没红之前，他的音乐、他的风格、他的一切在别人看来可能都是错的，不妥的；而一旦他红了，他的一切就都对了，甚至还会变成一个成功案例供后来人研究和效仿。但当然，每一种"走红"也真不是研究和效仿就可以复制的。

2

常常我身边总有朋友这样"指点"我，他们会说你看什么什么样的音乐现在很流行，你应该去做那样的；你看什么什么样的漫画现在很好卖，你应该去画那样的。但我真的没办法，因为每当想到要去迎合什么的时候，我的心里就会升起一万个抗拒，一万种痛苦，那种感觉会让我宁可不去做。

说真的，这些年，直觉一直在指引我该走的路，到什么时候该做什么，仿佛在冥冥之中自有安排，那些本应属于我的事，会时时引领着我，带给我憧憬和喜悦，而那些不该做的事，直觉也会在0.00000001秒就迅速抗议，我只能听从。

直觉最大——这是我做每个决定时最重要的依据。

从小到大，我身边有数不清的创作人，他们是作家、漫画家、导演、演员、歌手、音乐人、设计师等等，请原谅我统称他们为"创作人"，因为我不太喜欢做分类，就像不喜欢给思想里放些条条框框一样，但如果一定要给他们分类的话，从深层分类大概也只有两类：一类是"随波逐流型"，一类是"坚持自我型"。随波逐流的创作人是随处可见的，他们关心的并不是创作什么，而是创作什么能更好赚钱，于是他们的风格总是变来变去的，他们谁都像就是不像自己，他们总追赶着潮流，今天流行这个就去做这个了，明天流行那个就去做那个了，也正因为这样，大多数这类创作人都看起来很时尚，也都活得不错，但当然也有很多失败者，按照人类的"金字塔定律"嘛，一层一层缩小，能在顶层做到极致的人肯定少之又少。还有一类创作人从始至终只能做自己，他们只有一种风格，就是自己的风格，万年不变，就像河床底下的大硬石头，总是不为潮流所动，这类创作人不鸣则已，一鸣惊人，他们不只创造艺术，还能创造潮流，他们是真正的艺术家，但毕竟能无心插柳创造潮流的只能属于少数（还是"金字塔定律"嘛），大多数这类创作人还是很苦逼地接受着生活给他们的磨炼打造，只可惜有些人受不了就放弃了，没能等到出炉的那一天。其实还有第三种创作人，我之前没有说是因为他们有些耍赖，因为他们完全有可能是上天派来指引全人类的，他们不需要修炼，生下来就极具创造力和影响力，当然这类开挂人士就更少了，每个时代就那么几个吧！所以不作为依据。

当然每种创作人都不分谁对谁错，当听从直觉很舒服地做着该做的事情的时候，不管是哪种创作人，都是对的；而当对于直觉的抗议视若无睹还在一意孤行的时候，就该反思了……人生最大的错误不是得不到别人的认可，而是在痛苦地扮演着另一个人，那个别人给你安排的角色，这是往后更多错误的开始。

　　我想我是属于第二种创作人吧，因为直觉一直都是这样告诉我的，虽然我也想像第一种创作人一样又潮又有钱，但还是难以效仿。我身边有个时尚的朋友常常吐槽我的着装，他觉得我太土了，总建议我去看最新的时尚杂志，可我实在懒得去研究那些潮流，觉得没有意义更没有意思，因为它们变得实在太快了，就像手机里的软件，隔几天就蹦出来提醒我又出了新版本让我更新一样，实在懒得去弄。但也有几回我的着装碰巧得到朋友的称赞，他说："你造吗？你这一身是今冬最流行的搭配哦！"可其实呢，这些衣服好多都是十年前的了，我只是一直反复穿着，有时候碰巧碰到潮流，就被当成"潮人"了，没碰巧的时候就是"土豹子"，但不管碰没碰到潮流，我都是自己，"潮人"不会让我开心，"土豹子"也不会令我伤感，只有"不得体"能让我尴尬，也只有"穿得像自己"才能令我舒心，就是这样。

　　……于是我只能担任着第二种创作人，在直觉的指引下经历各种蹉跎。好吧，直觉总是有它的道理的，我还是得听它的，因为只有听它的时候，我才能在做着属于自己的事情的当下，感到理所应当（甚至还有点小充实和小幸福一样的额外奖励），反之都是痛苦，真是没有办法。

　　3

　　一直有朋友问我为什么不参加选秀，说那样会火得很快。

　　近两年我的确接到几个选秀节目的邀请（还有征婚节目……），其中还有去年国内最火的选秀节目。

　　那为什么都没参加呢？

　　"实力太弱"这个理由就不用提醒我了。诚然我没有大嗓门、超高音、华丽的转音……尽管超高音我多换几个发声位置也是有办法可以勉强唱上去的，但超出最佳音域了不好听，歌也不是那么唱的；而过多的转音是我拒绝的演唱方式，我总觉得讲故事就好好讲，何必哗众取宠，当然这也只针对自己。就像我曾经在我的一本书前面说过的一句话："无论画画还是唱歌，我都不会令你惊叹，因为我做这些不是为了让你知道我有多厉害，我只希望在你寂寞的时候，我能像个老朋友一样，坐在你的身旁，陪你谈谈心。"

同样的理论也可以延伸到我的画画方面，如果只是比谁的技法厉害，估计我不知要被多少人甩出几个星球，画画好得令人赞不绝口的人多得有如天上繁星，我被甩出银河系也有可能，但是呢，我依旧有存在的意义。就像一个平凡的人，他可能长得不漂亮，也没有什么地位，也不是很有钱，但他依然有活着的意义一样。他可能是你的朋友，他不会和你比来比去，他总是安静地陪在你身旁，这样不是也很好吗？直到昨天，还有个朋友对我的漫画提出异议，他说你的画实在太简朴了，你看现在的日本、欧美甚至国内都没人这么画画了，你去看看人家的画多华丽！多萌！多时尚！可你……但他不知道他在抨击我的时候却给了我信心。

"没有人这么画画吗？那实在太好了。那样我的存在才有了独有的意义！"

我告诉他："我不会变的！我一直都这么画画，以前就这么画，现在还这么画，以后还这么画！就像我唱歌一样，我一直都这么唱，你觉得好听我当然会高兴，觉得难听也没关系，这都不会改变我的路线！就像我的生活一样，被不被人认可都不重要，因为我一直都这么活着。因为，这才是我！"好吧，虽然说得激情澎湃，估计是超级烦人的。"这家伙书卖得不怎么样，名气也不怎么样，还总这么执拗，懒得理他……"估计身边好多人都会这样觉得我吧。可能我老了以后会变成遥远树屋里的倔强老人吧！但我还是无法改变啊，请原谅。因为每当我违背内心去做什么的时候，直觉都会在最短的时间（0.00000001秒！也可能更短！）向我发出报警信号，就像当手指碰到很烫的东西时也许大脑还没反应过来但身体已经让手指第一时间缩回来了一样，每个人可能都有两套自我保护装置，一个外在的，一个内在的，外在的保护你不会受伤，内在的保护你不要走错人生。

总之呢，选秀比赛我是肯定拼不过别人的，最好的情况也就是混了几轮就被淘汰了，顶多争取到个脸熟，增加一些知名度。但还有朋友说就当锻炼啦，可以试试嘛，你看那谁谁谁，实力也不怎么样，现在多红啊！

可选秀这件事情真不是随便试试和锻炼锻炼的，它会带来的后续影响太大了。

我一直觉得选秀就像一个魔鬼的许愿盒，它是很有可能以最快速度满足你的愿望，却总让人心有余悸，总感觉它在透支未来的运气……

对于选秀歌手和常规途径歌手我一直有一个这样的比喻：选秀歌手就像街头巷尾的报刊杂志，常规途径歌手就像书店里的书。报刊杂志会在当期销量很高，但只要一过期就马上被新一期的刊物顶替，然后被堆放到角落；而书店里的书总是在书架上细水长流，虽然短期销量可能比不过报刊杂志，可永远不存在过期的问题。"选秀"这个标签只能在当季对歌手有说帮助，但只要过了期，马上就变成沉重的拖累。人们很喜欢给一切事物分类，这是普遍惯性，所以一旦一个歌手被大众归类为"过期歌手"，他未来的路会比一个新人出道还艰辛。这就是"选秀"的双刃剑，魔鬼许愿盒的恐怖之处。当然，根据"金字塔定律"还是会有少数个别几个选秀歌手在日后很可能会成功撕下过期选秀歌手的标签，于是人们又要麻烦地给他们重新归类，把他们划进常规歌手里，但还会有一些人懒得重新分类，继续把他们放在"选秀歌手"的类别里。改变大众的认定是一件极其困难的事。所以即便有的歌手已经出道十几年了，但只要他一出现就会被人挂上某某年什么选秀节目前多少强的标签，真的很令人尴尬。

其实说实话，在诱惑面前，我的心还是蠢蠢欲动的，尽管大脑里的报警信号一直在响。

作为一个歌手谁不想出名呢？谁不想让更多人听到自己的歌呢？

前几天在我发了一篇关于选秀的微博之后，有好几个朋友给我打电话让我一定要参加，说我再不参加就老了，没人想看到一个大叔在一群快男小鲜肉里，当然大叔也不可能在里面，肯定早被淘汰了；还有几个朋友特地打电话来叮嘱我一定不要参加，有一个朋友这样说："你想当海里的海豚？还是想当水族馆里的海豚？如果在海里，你的每次呼唤和跳跃都是快乐的；而在水族馆，你跳起来顶球只是为了得到训练员给的鱼吃，也就是比赛中晋级的机会。"当然，充足的鱼谁都喜欢，但作为一个习惯自由的人，我还是喜欢大海，尽管一个人的旅程充满不确定，但这更像一场华丽的冒险。

所以我决定不去打开那个潘多拉的盒子，尽管它就在一个我必经之路的一个路口上一直闪闪发光诱惑着我，但我还是对它微微笑，继续走在那条本应属于我的路上。

那盒子里无论装着什么，不管是"一夜爆红"，还是"转瞬流星"，还是什么都没有，都和我没关系了，人生的原野上有太多潘多拉的盒子，如果每一个都要跑过去将它们打开，那不知要走怎样一条复杂的路，也不知那条路究竟会把自己带到什么样不可控的地方。直觉已经给了我一条路，尽管我也不知道它究竟通往何处，但我还是要听信直觉——这个我最信赖的伙伴，我们要一起义无反顾地走下去。

4

关于红与不红的问题，我还一直有这样一个比喻：打牌。

打牌能力是一方面，关键看"手气"，特别是大家实力都差不多的时候，"手气"就更加重要。运势是一件非常难解释的事情。

所以当每个歌手或创作人的水平达到一个基本水平线之后，看的就不是实力，而是"命"了。每当有人说那谁谁谁的实力很强，为什么不红？我都一笑置之，实力强和会不会红是两件事。还有人说那个谁谁真的不怎么样，怎么会红？喜欢他的人都是白痴吗？答案也是不言而喻。

科学是无法解释运势的，也无法解释"命"。如果你打过牌一定体会过接连抓好牌，好运一个接着一个的感受吧！你也一定体会过接连抓烂牌，然后越抱怨抓的牌就越烂的感受吧！还有一种神奇的运势是：一个一切刚开始的新人，总能恰巧拥有"新手的狗屎运"，轻松就把资深老将都打败了。还有的人一开始总在输，但突然就莫名其妙地转运了，然后一发不可收拾，俗称"咸鱼翻身"。

所以呢，打牌就是这么输输赢赢，谁也无法预料运气会跑到谁头上，可能也就是因为这样，才有趣吧！

我经常和好朋友打麻将，许多人听到会感觉很颓废，我也不知道为什么，又是一个思想枷锁，不去管它。我从小学就开始打麻将，四个人一桌，喜欢的原因是因为的确有意思，因为里面有太多不可知、太多惊喜、太多变化策略……其次是麻将里包含太多的人生道理了，"牌局如人生"，这句话是没错的。

这些年我打牌的心得是：打牌就是一场游戏，最重要的是过程要开心。输输赢赢是常事，赢了别太得意（那会让人讨厌），输了也别抱怨（只会越抱怨越差），运势在明天不一定会降临到谁头上，谁也不可能永远赢，当然，谁也不可能永远输。

所以呢，我把当歌手和做音乐当做一场游戏，那过程的确是很开心的，每回有了新的想法都是憧憬又激动的，每完成一首歌或做完一场演出都是充满幸福和充实感的，正因为这些，我需要继续写继续唱，至于红不红那不是我能左右的，我不可能拿枪指着别人的脑袋说"你快喜欢我"别人就喜欢我了（好吧，尽管这搞不好能帮我上个头条）。是的，我现在确实不红，但不代表我以后不会红（说这话总感觉在未来将被打脸），关键是我要开心地将这个游戏继续玩下去，无论结果如何。

也许最后我输了，也许最后我赢了，但不管怎样，我都玩了一场！就像从游戏房里出来的小孩，就算"GAME OVER"了，那份把玩时的喜悦还是留在心里的。

5

这两年，对于人生慢慢有了新的认识，以前我总觉得人生一定要有多精彩才算不枉此生，可后来慢慢发现平平淡淡也是另一种人生。

我身边有许多平平凡凡的人，他们过着很普通的生活，不会被人瞩目，没有很多钱，也没什么地位，但可能有一份安稳的工作，每天在小城市里按部就班地活着，并安于现状，如果是以前的我一定会觉得他们不思进取，可后来我发现很多人很满足这样的生活，并觉得幸福。是呀，是谁规定人生一定要有钱有名有地位才算精彩呢？平凡中的小幸福难道不精彩吗？

回头来看，我喜欢的歌手许多后来都没有红，有的人转行了走向更适合自己的路，留下来继续默默做音乐的又好像根本不在乎红不红的问题。是呀，是谁规定了红才是一个创作人的最终目标呢？不是每一朵盛开的花都要被插进花瓶供人欣赏，有的花在自己的土壤里默默绽放、默默凋零也同样完成了它的一生。

被人注视也好，不被人理睬也好，都在绽放。

红也好，不红也好，那都是人生。

前些日子有朋友问我："你觉得你以后会红吗？"

我说："当我把一切尽我所能做到最好后，接下来就看命运了，命里安排我会红就会红，命里安排我不会红就不会红。"

他继续问："万一最后还是不红，该怎么办？"他眼神中充满怜悯，仿佛认定那将是个"糟糕"的未来。

我说："万一不红嘛……那就会和现在一样，不多也不少，还是活得很好。你看，现在的我不是活得很好吗？"

▲在京都火车站摆出奇特姿势拍照的2B青年，
或许自以为是平行宇宙里最勇敢的自己吧！

▲漫画和音乐，都是我生命中最美好的存在。

后记：动荡的青春

第一次在杂志上发表漫画的时候，很多人惊讶："这真的是一个小学生画出来的？！"但同时也听到一些大人不以为然甚至反对的声音："现在不好好学习，以后可是要后悔的！"而无论怎样，画就是画了，因为当时很想画，甚至有一种不画就不行的感觉。一个小孩子可不会考虑那么多，什么将来啊，什么发展啊，谁关心啊，只能想干嘛就干嘛，大有一种义无反顾的勇敢，现在想想，那也是最正确的来自灵魂的声音吧！总之后来一点也没有后悔，直到现在都是，甚至无怨无悔，根本不像那些大人所说的那样。

或许那时就明白了吧，想做的事不做才会后悔。

后来开始唱歌，反对的声音也是不绝于耳。这主要集中在画漫画出名以后，在不知名的时期，无论我做什么，谁又会搭理呢，所以即便后来有读者指责我"不务正业"，我也依旧是多少有些心存感激的。只是，我的"正业"本来也不是画画，我也不知道是什么，也可能什么都不是，或者是想干嘛就干嘛吧。不想把人生想得那么正式，那么严肃，本来就是一场梦嘛！我是真没觉得选择唱歌有什么奇怪，因为当时又有一种不做就不行的感觉，于是一气写了好多歌出来，有种接到旨意的感觉，或者就像某个空间有个人来央求我：请把这些歌带到你的次元里吧，虽然不一定有什么意义，但还是请你……

我在内在世界里似乎总能听见奇怪的声音，说实话我挺重视那些声音的，完全比现实世界里的声音要重视得多。

比如内在世界里总会有莫名的声音告诉我：做这件事，不要做那件事，可以和这个人交朋友，快点那个人绝交，可以去这个约会，周末不可以去那个派对，一定要保持微笑，要谈一场轰轰烈烈的恋爱，要去北京，要去广州，不可以上班，不能浪费时间，不要被钱左右，不可以做坏事，明天要去吃那个，一定要在那一天去那个地方……然后也不知道在什么时候也听到过这样的声音，不只一次：不要放弃写作，坚持写。

我很早就在杂志上发表文章了，还在一些报刊开了文章专栏，但对于写作我一直都是个半吊子，或者用"爱好者"来形容比较恰当。可以说，我很爱写作，每天都会写日记，还会写些其他什么，因为写作最自由，文字也可以让过往有迹可循。但当后来真的开始出文字书以后，也会有人说我："你写的真不怎么样，别做梦了。快回去画画吧！"

周围似乎总是大惊小怪的，身在世俗中，似乎每做一件超出别人认知的事都很难得到祝福。不过还好，内在世界里也总有这样的声音提醒我：请忽视外在世界里的评论……特别是不好的。

哈哈，那个声音真是很理解我呢。

所以，还是要继续写作。

我终于又出文集了，这次是第三本，和专辑一样，也刚好出到第三张。这本书里主要收录了一些早期的文章，发表过的，没发表过的，精挑细选，加加减减，组成了这本书，一本不断被否定的书，就像每一段起步时期的自己，总是要面对许多反对的声音。最初把这本书稿给某位畅销书编辑时，对方只是冷冷地翻着白眼，扔到桌子上，表示没兴趣。这时内在世界又有一个声音一再提醒我："不可以掀桌子……"

　　这几年网络对实体书的影响愈发强烈，青春文学的流行趋势也是风云莫测。几年里，这本书不是屡次被拒绝，就是答应出版这本书的出版公司和出版社不断反悔，它就像一个没人认养又被推来推去的孩子，也可能是缘分没到吧。有时出一本书就像和出版社谈一场恋爱，一厢情愿不行，非得两情相悦时，一本书才能出来。所以在这里要感谢我的责编豆芽，谢谢你愿意与我"谈恋爱"，并且认养了这本无家可归的少年，给他换了新的衣服，打扮得干干净净、漂漂亮亮，最终站在了众人面前。

　　我也不知该如何评价这本文集，这里面的大多数文章都创作于我的动荡时期，无论是身体的，还是精神的。可能青春本身就是动荡的吧，在一个还不算很懂这个世界与社会的年纪里，在人群与规则中横冲直撞，严肃的现实也和理想的生活不断砰砰相撞。

　　这就是这样的一本书吧。

　　最后要感谢为这本书写推荐语的几位朋友，他们都是我内在与外在的世界中同时很重要的存在。

　　某一年在沈阳，我和 Benjamin 一路寻找咖啡馆，也不知道走了多远的路，但无论怎么走附近都只有建材市场，就像误入了迷幻的双子宫。最后我们决定打车去大悦城，那个烈日炎炎的夏日午后我们总算喝到了冰咖啡，有一种马上要被 KO 时满血复活的感觉。那时我们刚好坐在一个靠窗的位置，Ben 开始评论路过的美女，说："小洋你看，那个妞儿不错，身材火辣。"那些能被他评论的女生都和他漫画中的美女同出一辙。可是，我不是很懂美女，也很少画美女，我想我比较懂少年，毕竟自己就是，虽然已经超龄。那时我对面的这位传说中的漫画家正在若有所思地看路过的美女，而我正在若有所思地看着他。数不清多少次，我始终没有对 Benjamin 说：Ben 啊！你知道吗？你曾是我年少时的偶像。曾经我为了要一个你的签名等了好几个小时啊！那真是一种在等明星的感觉啊。但后来工作人员告诉我，你不来了，就把我们都打发走了。再后来我也成了漫画家，我们在同样的台上签售，还经常遇见，慢慢变成了似乎总是有些莫名默契的朋友，如今甚至在一起若无其事地喝着咖啡，点评着美女，可我从来没告诉你我的那些过往……总觉得说出来会有些奇怪。

那天临走时 Ben 对我说："小洋，下次见。"

而那时我也没有告诉他："可能没有下次了。因为我不想当漫画家了。我的人生不久后可能就要转到其他的路上去。因为我的内心已经接到新的指示，又要再次上路。"是的，那个时期我内在的世界里正在翻天覆地，酝酿着一场革命，就是书里写的那一场。

后来也像这本书里的写的，我完成了革命，开始了另外的人生，我遇见了秦昊，遇见了小厚，但不变的是，新的人生里依旧处处是惊奇。后来我看着秦昊和小厚从那年的素人一步步变成了明星，特别是2015年的夏天，那个夜晚我在北京工人体育场台下看他们的万人演唱会的时候，更是感慨万千。

谢谢秦昊，谢谢你帮我写序，还写得那么好。和你在一起的时光都很快乐。也谢谢小厚，感谢的话不多说，都在书里。

另外谢谢牛奶咖啡的 kiki 帮我写推荐语，我上一本文集基本都在写我在广州时的故事，那时候我经常听的歌就是牛奶咖啡的《越长大越孤单》，似乎很符合那时的心境。后来我离开广州去了北京，微博时代来临，也不知怎么就和 kiki 成了好友，偶尔互相留言。不得不感慨缘分真是奇妙的东西，它们散布在人生里，不断给人惊喜。

越动荡，惊喜也就散落得越多。

王小洋

2017年8月 于 北京